W0002137

BASTEI
LÜBBE

Von Kerstin Gier sind bei BASTEI LÜBBE erschienen:

16152 Männer und andere Katastrophen
16159 Die Braut sagt leider nein
16172 Fisherman's Friend in meiner Koje
16178 Die Laufmasche
14407 Ehebrecher und andere Unschuldslämmer
16236 Lügen, die von Herzen kommen

Über die Autorin:

Kerstin Gier hat als mehr oder weniger arbeitslose Diplompädagogin 1995 mit dem Schreiben von Frauenromanen begonnen. Mit Erfolg: Ihr Erstling *Männer und andere Katastrophen* wurde mit Heike Makatsch in der Hauptrolle verfilmt, und auch die nachfolgenden Romane erfreuen sich großer Beliebtheit. Heute lebt Kerstin Gier, Jahrgang 1966, als freie Autorin mit Mann, Sohn, zwei Katzen und drei Hühnern in einem Dorf in der Nähe von Bergisch Gladbach.

Kerstin Gier

Ein unmoralisches Sonderangebot

ROMAN

BASTEI LÜBBE TASCHENBUCH
Band 16255

1. Auflage: April 2004

Vollständige Taschenbuchausgabe

Bastei Lübbe Taschenbuch ist ein Imprint
der Verlagsgruppe Lübbe

Originalausgabe

Titelbild: ZEFA/Ron Fehling
Umschlaggestaltung: Maria Herrlich | Cornelia Stark
Satz: Kremerdruck GmbH, Lindlar-Hartegasse
Druck und Verarbeitung: Nørhaven Paperback A/S Viborg
Printed in Denmark
ISBN 3-404-16255-2

Sie finden uns im Internet unter
www.luebbe.de

Der Preis dieses Bandes versteht sich einschließlich
der gesetzlichen Mehrwertsteuer.

Für Michaela

Einen Mann zu heiraten ist wie etwas zu kaufen, das man seit langem in einem Schaufenster bewundert hat. Vielleicht magst du es sehr, wenn du es nach Hause bringst, aber es passt nicht unbedingt zu allem anderen.

Jean Kerr

Prolog

Die milchige Flüssigkeit im Standmixer schimmerte hellrot im Licht der Kerzen, als Gernod Scherer – seines Zeichens Bankdirektor a. D. – sie in vier Gläser umfüllte. Dabei murmelte er, wie es das Ritual erforderte: »Männer, das ist das Blut, das uns unsterblich macht.«

Doktor Peter Berner, der pensionierte Chefarzt einer renommierten Privatklinik, seufzte, als er sein Glas entgegennahm. »Unsterblich! Schön wär's ja. Aber geht es nicht etwas weniger pathetisch? Zum Beispiel einfach: Das ist der Tomatensaft, der uns gesund erhält?«

»Wie würde das klingen!«, sagte Scherer empört. »Das wäre wohl kaum einer Geheimloge würdig. Außerdem ist da mehr drin als nur Tomatensaft. Aloe-vera-Frischpflanzensaft, Eiweißpulver, Vitamin C und E ...«

»... und Wodka«, ergänzte Fritz Gaertner, der mit seiner stattlichen Körpergröße von einem Meter fünfundachtzig und dem vollen, schneeweißen Haar die beeindruckendste Erscheinung unter den alten Herren darstellte. Die letzten zwanzig Jahre bis zu seiner Pensionierung hatte er einen namhaften Automobilkonzern geleitet. »Der Wodka ist noch das Beste daran, wenn ihr mich fragt.«

»Das Blut, das uns unsterblich macht«, wiederholte Hubert Rückert, ehemaliger Rektor des Johannes-Gutenberg-Gymnasiums und Erbe der berühmten Rückert-Millionen.

»Wenn ich es nur oft genug höre, dann glaube ich auch daran.«

Doktor Berner seufzte wieder. »Die Gesundheit ist wohl das Einzige, das man für Geld nicht kaufen kann«, sagte er und trank seinen Tomatenshake mit Todesverachtung aus. »Und natürlich Glück und Liebe. Und – wohl am wenigsten – das Glück unserer Kinder.«

Scherer brummte amüsiert. »Du wirst deiner Tochter wohl den Rest deines Lebens übel nehmen, dass sie einen Metzger geheiratet hat!«

»Das kannst du mir glauben!« Doktor Berner goss sich Wodka nach und nahm einen langen Zug. »Da hat das Mädchen Medizin studiert, und ich hatte für sie schon eine wunderbare Stelle gefunden, und was macht sie? Sie heiratet jemanden, der mit beiden Armen in Tiergedärmen herumwühlt, und will fortan nur noch an seiner Fleischtheke arbeiten. Was, bitte, nutzt mir hier mein ganzes Geld? Jedes Mal, wenn ich sie sehe, bricht sie mir das Herz mit ihrem: Darf's noch ein bisschen mehr sein, Papa?«

Fritz Gaertner lachte. »Ich bin sicher, wenn du nur genug hinblätterst, würde sie ihre Leberwurst sausen lassen.«

»Niemals.« Doktor Berner schüttelte überzeugt den Kopf. »Sie ist so stur, und sie schert sich einen Dreck um Geld, wirklich. Ich bin's aber auch selber schuld: Ich habe sie ein Leben lang Bescheidenheit gelehrt. Und den Sturkopf hat sie von mir geerbt.«

»Vielleicht müsstet du einfach dem Schwiegersohn das Geld anbieten«, schlug Rückert vor. »Damit er deine Tochter aus seiner Metzgerei wirft.«

»Nein, nein, das würde nicht funktionieren«, sagte Doktor Berner. »Die Kinder machen doch immer nur, was sie wollen. Ich bleibe dabei: Seine Kinder kann man nicht mit Geld kaufen.«

»Meine schon«, sagte Fritz Gaertner mit einer wegwerfenden Handbewegung. »Aber dafür war mir mein Geld immer zu schade. Sonst hätte ich wohl verhindert, dass meine Söhne so alberne Berufe ergreifen, sich bis über beide Ohren verschulden und die falschen Frauen heiraten.«

»Ich weiß gar nicht, was du hast. Stephans Frau, das Lockenköpfchen, ist doch ganz entzückend«, sagte Scherer. »Ich habe erst heute meine Balkonbepflanzung bei ihr in Auftrag gegeben, und ich finde, sie hat ein wirklich bezauberndes Lächeln.«

»Aber sie ist nicht die richtige Frau für Stephan«, sagte Fritz. »Die beiden sind so verschieden wie Tag und Nacht. Und obwohl sie schon seit zehn Jahren verheiratet sind, gibt es immer noch keinen Nachwuchs. Ebenso wenig wie bei meinem Ältesten. Ich frage mich manchmal, ob die jungen Leute von heute überhaupt wissen, wie man das macht: Nachwuchs zeugen!«

»Wenn du unbedingt Enkelkinder von deinen Söhnen willst, dann versuch doch mal, dir welche von ihnen zu *erkaufen*«, schlug Doktor Berner augenzwinkernd vor.

»Das wäre kein Problem«, sagte Fritz ungerührt. »Für Geld würden die alles tun. Aber ehrlich gesagt ist mir mein Geld dafür zu schade. Ich war immer der Ansicht, dass ich mich nicht krumm gelegt habe, damit meine Kinder das Geld zum Fenster hinausschmeißen. Außerdem sollten sie ihre eigenen Erfahrungen sammeln – auch schlechte. Kurzum, mein Geiz hat verhindert, dass meine Söhne das tun, was mir gefällt. Natürlich ist es nicht nur eine Frage des Geizes, sondern sozusagen ein Erziehungskonzept. Aber es hat gründlich versagt, wie man sieht.«

»Blödsinn«, widersprach Berner. »Das sagst du nur, weil du genau weißt, dass deine Söhne sich genauso wenig kaufen lassen wie meine Tochter.«

»Blödsinn? Weißt du, was die für Schulden haben? Die würden sofort nackt Straßenbahn fahren, wenn ich ihnen dafür was zahlte.«

Berner beugte sich interessiert vor. »Na ja, so viel gehört da nicht dazu in heutigen Zeiten. Aber würden sie auch etwas *wirklich* Verrücktes tun?«

»Alles«, sagte Fritz überzeugt. »Wenn ich nur genug zahle.«

»Niemals«, hielt Berner dagegen. »Du bist größenwahnsinnig, wenn du das glaubst.«

»Wollen wir wetten?«, fragte Fritz und beugte sich ebenfalls vor. Man merkte dem alten Herrn an, dass er an der Diskussion Spaß zu finden begann. »So komme ich wenigstens billiger dabei weg, wenn ich endlich mal in meine Kinder investiere.«

»Oh ja, eine richtige Wette«, freute sich auch Scherer. »Eine geheime, interne Wette, exclusiv für unsere Loge. Wir bieten alle mit. Wo es mit den Aktien doch jetzt keinen richtigen Spaß mehr macht …«

»Kinder sind nicht käuflich. Ich setze auf den Doktor«, sagte Rückert. »Vorausgesetzt, es fällt uns etwas richtig Verrücktes ein.«

»Tja, Fritz, die Wette wirst du wohl verlieren.« Berner streckte die Hand aus. »Ich habe da nämlich schon eine Idee, bei der deine Kinder keinesfalls mitmachen, nicht mal für eine Million …«

Fritz nahm Berners Hand und schüttelte sie förmlich. »Das wollen wir doch mal sehen«, sagte er. »Ich habe bisher noch nie eine Wette verloren.«

»Ich setze auf den alten Fritz«, sagte Scherer. »Unterschätze nie die Magie des Geldes …«

Und dann steckten die vier alten Männer die Köpfe zusammen, um sich etwas wirklich Verrücktes auszudenken.

1. Kapitel

Es war wie jeden Sonntag: Ich stand nackt vor meinem Kleiderschrank und wusste nicht, was ich anziehen sollte. Nicht, dass der Schrank leer gewesen wäre, aber alle in Frage kommenden Klamotten waren offensichtlich gerade in der Wäsche – wie immer. Es gibt wohl Dinge, die lernt man nie, egal, wie alt man wird.

Im Spiegel auf der Innenseite der Schranktür betrachtete ich missmutig mein Gesicht. Im Großen und Ganzen sah ich mit dreiunddreißig nicht anders aus als mit dreiundzwanzig. Aber diese drei Querfalten auf meiner Stirn, die waren vor zehn Jahren noch nicht da gewesen. Wahrscheinlich hatte ich sie beim Grübeln vor diesem Kleiderschrank bekommen. Diese ewige Kleiderfrage war aber auch wirklich zum Stirnrunzeln. Ich musste mir unbedingt eine Antifaltencreme zulegen. Allerdings würde die Anschaffung einer Antifaltencreme, die *wirklich* gegen Falten half, uns endgültig in den finanziellen Ruin treiben. Von neuen Klamotten ganz zu schweigen.

»Olli!«, brüllte Stephan von unten. »Beeil dich gefälligst ein bisschen.«

»Ich habe aber nichts zum Anziehen«, brüllte ich zurück. Vor lauter Schreck bröselte der Putz von der Decke. Ich registrierte es mit einem Achselzucken. Machte nichts. Alles was von allein hinunterfiel, brauchte nicht mühsam abgeschlagen zu werden. Allerdings war es, wenn man es genau nahm, ein Wunder, dass überhaupt noch etwas an der Decke klebte, denn in diesem Haus bröselte der Putz ungefähr schon seit 1950, was in etwa auch das Jahr war, in dem es erbaut wurde. Es war das einzige Haus, das ich je gesehen hatte, das sozusagen übergangslos vom Rohbauzustand in den Ruinenzustand gewechselt hatte. Dabei war es – kaum zu glauben – die ganze Zeit über bewohnt gewesen. Und niemand der Bewohner hatte auch nur irgendetwas annähernd Geschmackvolles in diesem Haus hinterlassen. Neben den diversen Gebäudeschäden gab es eine Vielzahl grell gemusterter Fliesen (überwiegend osterglockengelb und jägergrün), Tapeten (überwiegend großgeblümt) und PVC-Verkleidungen (überwiegend dunkelbraunes Eichenimitat) zu bestaunen. Die Räume waren allesamt so scheußlich, dass man sich nicht einmal an den Anblick gewöhnen konnte, sondern sich jeden Morgen aufs Neue wunderte und schüttelte.

Es gab so viel zu tun, dass man gar nicht wusste, wo man mit der Renovierung eigentlich anfangen sollte. Das war vielleicht der Grund dafür, *dass* wir noch nicht damit angefangen hatten. Aber der eigentliche Grund war natürlich, dass wir absolut und vollkommen pleite waren.

Das ganze Haus erinnerte mich fatal an den Marmorkuchen, den meine Schwiegermutter immer gebacken hatte. Sehr, sehr krümelig und leider absolut geschmacklos. Man hatte ihn nur mit viel Kaffee herunterspülen können, diesen Marmorkuchen. Manchmal vermisste ich ihn irgendwie trotzdem. Seit meine Schwiegermutter gestorben war, kaufte mein Schwiegervater nämlich den Kuchen immer beim Konditor. Sahnetorte vom Vorvortag gab es dort zum halben Preis. Mein Schwiegervater kaufte nur Sonderangebote, da war er konsequent. Dabei hatte er es im Gegensatz zu uns wirklich nicht nötig zu sparen, der alte Geizkragen.

»Olli?! Bist du vor dem Kleiderschrank eingeschlafen?«, schrie Stephan von unten.

»Ich suche nur was zum Anziehen«, wiederholte ich. Bröckel, bröckel.

»Herrgott, das ist nur ein Frühstück mit der Familie, kein Galadinner«, rief Stephan. »Zieh einfach irgendwas an!«

Das war leichter gesagt als getan. Ich gab mir wirklich Mühe, etwas zu finden, aber es war nun mal zu warm für den braunen Wollpullover mit Fellkragen und zu kalt für das himbeerfarbene Spaghettiträgerkleid. In grauen Jogginghosen konnte ich wohl ebenso wenig bei meinem Schwiegervater auftauchen wie in meinem perlenbestickten Brautkleid, das samt Reifrock unter einer Plastikhülle hing und mich irgendwie melancholisch stimmte. Der Rest der Klamotten gehörte in die Altkleidersammlung oder in die Karnevalskiste. Ich beschloss, mich in allernächster Zukunft ans Aussortieren zu machen. Am besten gleich morgen früh. Die Zeit, die ich vor dem Kleiderschrank verbrachte, konnte ich doch viel besser nutzen – zum Beispiel, um eine Fremdsprache zu lernen. Ich versuchte nachzurechnen, wie weit ich mittlerweile gekommen wäre, wenn ich, statt vor dem Kleiderschrank herumzustehen, Italienisch-Vokabeln gelernt hätte. Incredibile!

»Olli!«, schrie Stephan von unten. »Ich zähle jetzt bis zehn, und wenn du bis dahin deinen Hintern nicht zum Auto bewegt hast, reiche ich gleich morgen die Scheidung ein. Eins …«

Meine Frau findet nie was zum Anziehen – war das ein

zugelassener Scheidungsgrund? »Komm doch hoch, und sieh selbst nach, wenn du mir nicht glaubst!«

»Drei, vier …«

Ich öffnete hektisch die Kommodenschublade, um wenigstens schon mal die Unterwäsche anzuziehen. Da war mein schwarzes Lieblingshöschen, aber wo war der dazu passende BH?

»Fünf, sechs …«

»Nicht so schnell!«

»Sieben, acht – ich mein's ernst, Olli. Wenn ich die Zeit, die ich auf dich gewartet habe, zusammenrechne, dann sind das bestimmt Jahre meines Lebens! Du bist so was von lahmarschig, das hält kein Mensch aus!«

Lahmarschig! So etwas durfte man mir aber nicht ungestraft nachsagen. Ich zerrte ein Oberteil und eine Jeans aus dem Schrank und schlüpfte in Rekordzeit hinein. Wenn es irgendetwas gab, was ich nicht war, dann lahmarschig!

»Neuneinhalb, zehn!«, rief Stephan, als ich die Treppe heruntergerast kam und triumphierend vor ihm stehen blieb.

»Ich bin nicht lahmarschig«, keuchte ich, während ich mir mit einiger Mühe die Hose zuknöpfte. »Nimm es also zurück.«

Stephan sah mich mit offenem Mund an. Aber selbst wenn er so blöd guckte wie jetzt, war er immer noch der allerschönste Mann auf Erden. Mit seinen blonden, kurz geschnittenen Locken und der leicht gebräunten Haut sah er aus wie ein Brad-Pitt-Double. Und da war dieses gewisse Etwas in seinem Blick und in jeder seiner Gesten, das ihn einfach unwiderstehlich machte. Es gab nicht ein einziges Mädchen im ganzen Kreisgebiet, das nicht irgendwann mal scharf auf ihn gewesen wäre. Und erst die Mädchen an der Uni! Er hätte wirklich jede haben können. (Und soviel ich wusste, hatte er wohl nur wenige Angebote ausgeschlagen. Aber das war vor meiner Zeit.) Ich war immer noch beinahe täglich erstaunt und dankbar darüber, dass er ausgerechnet mich geheiratet hatte. Mich, die kleine, unspektakuläre Olivia, die nicht mal ihren Kleiderschrank in Ordnung halten konnte. Ich hatte noch nie etwas im Leben so sehr gewollt wie diesen Mann. Den Rat meiner Pflegemutter – »Von einem schönen Teller isst man nicht« – hatte ich bedenkenlos in den Wind geschlagen. Es war nur eine Schande, dass ich so wenig Ähnlichkeit mit Jennifer Aniston hatte. Ich sah mehr aus wie – nun, wenn ich's mir recht überlegte, sah ich keiner berühmten Persönlichkeit irgendwie ähnlich. Es gab allerdings Tage, an denen ich aussah wie ein Blumenkohl. Das lag an meinen hellblonden Naturlocken, um die mich eigenartigerweise manche Menschen beneideten.

»Herrgott, willst du wirklich so gehen?«, fragte Stephan.

»Du hast es ja nicht anders gewollt.« Ich zog mir meine Schuhe an. »Von mir aus können wir los!«

»Mir soll's egal sein. Du bist diejenige, die sich blamiert, nicht ich.« Stephan wandte sich kopfschüttelnd ab und suchte nach seinem Autoschlüssel. Er war wie immer tadellos gekleidet, in Jeans und Polo-Shirt, beides mit prestigeträchtigen Labels versehen. Stephan ließ sich sein gutes Aussehen gerne etwas kosten. Mit einem bisschen guten Willen und dem Geld, das er für seine Schuhe hingeblättert hatte, hätte man vermutlich das Schlafzimmer renovieren können. Wobei ich fairerweise hinzufügen muss, dass er sich in den anderthalb Jahren, in denen wir die Ruine bewohnten, genauso wenig neue Schuhe gekauft hatte wie ich. Wovon auch? »Wo ist der verdammte Schlüssel?«

»Ha, ha, du Lahmarsch«, sagte ich. »Ich zähle bis zehn, und wenn du bis dahin die Schlüssel nicht gefunden hast, reiche ich morgen früh die Scheidung ein …«

Später im Auto tat es mir Leid, dass ich mich so hatte hetzen lassen. Ich konnte mir jetzt schon die befremdeten Blicke meiner Schwägerinnen vorstellen, die eine wie immer von Kopf bis Fuß in gebügeltem Pastell, die andere in Designerschwarz. Ich war ganz sicher die Einzige, die sich in eine viel zu enge Jeans gequetscht hatte und ein ebenso enges T-Shirt mit der Aufschrift: »Ich bin dreißig – bitte helfen Sie mir über die Straße« trug.

Nun ja, aber dafür war ich erwiesenermaßen kein Lahmarsch.

2. Kapitel

Im Gegensatz zu unserem Haus war das Haus meines Schwiegervaters in allerbestem Zustand. Es war eine rosafarbene Villa, in allerschönstem Zuckerbäckerstil, mit viel Stuck, Erkern, Rundbogenfenstern, Türmchen und – als Krönung – zwei dicken, verschmitzt grinsenden Engelchen über dem Eingangsportal. Die Villa war nicht antik, sondern in den Sechzigerjahren für den hiesigen Sparkassendirektor erbaut worden, der, wie sich später herausstellte, das Geld für den Prachtbau hinterzogen hatte. Statt ins Gefängnis war der Direktor aber nur für ein paar Jahre in die Psychiatrie gewandert, was meinen Schwiegervater nicht weiter verwunderte. »Dass der Mann vollkommen irre war, sieht man ja an dem Irrenhaus«, pflegte er zu sagen. Meine Schwiegermutter hatte auf dem Erwerb des irren Hauses bestanden, als es zur Versteigerung anstand, und es war eine der wenigen Angelegenheiten, in denen sie ihre Wünsche durchgesetzt hatte. Irre hin, irre her, es war ein wunderbares Haus, um eine Schar Kinder darin großzuziehen und eine Menge Gäste zu empfangen. Mein Schwiegervater konnte es nicht ausstehen, er nannte es »diese grässliche geschmacklose Marzipanhochzeitstorte, in der ich gezwungen bin zu hausen«. Aus irgendeinem Grund behielt er die Hochzeitstorte aber, obwohl sie für ihn allein viel zu groß war und ihre Instandhaltung weit mehr kostete, als der alte Geizkragen eigentlich zu zahlen bereit war.

Wie jeden Sonntag war Stephans gesamte Familie vollzählig angetreten. Stephans jüngere Schwester Katinka (in Pastellrosa, passend zum Außenputz) arrangierte in der Küche Aufschnitt auf einem Teller, während ihre Kinder versuchten, meinen Schwiegervater zu erklettern, der wie ein Eisberg auf seinem Lieblingssessel saß und die Sonntagszeitung las. Die Kinder hießen Till, Lea und Jan, was eigentlich knapp und einprägsam war, aber mein Schwiegervater nannte sie trotzdem nie anders als »Dings, »Dings« und »Dings«, wenn er sie denn überhaupt nannte.

Wie immer ignorierte er seinen Besuch so lange wie möglich. Außer zu seiner Familie pflegte er nur noch Kontakt zu einer Hand voll Herren seines Alters, die Stephan den »Club der scheintoten Geizhälse« nannte. Ich vermutete, dass sie zusammen Doppelkopf spielten, Asbach Uralt tranken und sich gegenseitig mit den vielen, vielen Nullen ihres Gesamtvermögens beeindruckten. Aber Stephan meinte, dass sich die ehemaligen Direktoren, Chefärzte und Firmenbosse zu konspirativen Treffs zusammenfanden, bei denen sie über Mittel und Wege nachsannen, die Langeweile des Pensionsalters zu überbrücken, am liebsten, ohne Geld auszugeben.

»Es fehlt ihnen einfach, dass sie nun keine Leute mehr herumkommandieren und schubsen können«, sagte er. »Besonders meinem Vater.«

»Aber dafür hat er doch uns«, sagte ich.

»Uns hat er doch auch vorher schon herumgeschubst«, meinte Stephan da. Das stimmte allerdings. Der Mann war der geborene Herumschubser. Und im Beleidigen war er auch sehr gut. Eigentlich hat er nur ein einziges Mal etwas Nettes zu mir gesagt, und auch das war im Grunde noch beleidigend gewesen. Am Tag meiner Hochzeit hatte er mir mit einem ziemlich grimmigen Lächeln links und rechts einen Kuss auf die Wangen geknallt und dabei gesagt: »Nun, wo das Kind in den Brunnen gefallen ist, kann dich wohl auch in unserer Familie willkommen heißen. Meine liebe, äh, Dings, äh, Schwiegertochter, äh, Olga, auch, wenn du nicht die richtige Frau für Stephan bist, kann ich ihn irgendwie verstehen: Du hast wirklich beeindruckend viel Holz vor der Hütten. Und soweit ich das so erkennen kann« – hier hatte er etwas glasig in mein Dekolleté gestarrt – »ist es kolossal gut abgelagert, beste Qualität, eins a gestapelt.«

»Ich wusste gar nicht, dass du so ein Brennholzexperte bist, Fritz«, hatte ich verunsichert geantwortet. »Aber ich heiße Olivia, nicht Olga.«

»Namen kann ich mir grundsätzlich nicht merken«, hatte Fritz nur erwidert, und soweit ich mich erinnerte, hatte er mich seither auch nur »Schwiegertochter« genannt. Oder »Dings«. Im Grunde musste ich noch dankbar sein, dass er seine Meinung über mein Holz vor der Hütten nicht in seiner Rede an die Festgemeinde untergebracht hatte. Das wäre für uns beide wohl gleichermaßen peinlich gewesen.

Seither hatten wir glücklicherweise nie wieder über Brennholz gesprochen. Und Komplimente hat er mir auch keine mehr gemacht.

»Hallo, Fritz«, sagte ich zu ihm. Ich erwartete keine Antwort, da er den Gruß gewohnheitsgemäß nie erwiderte. Erst bei Tisch pflegte er mit uns zu reden, und das war auch früh genug, wenn man mich fragte.

Die Kinder aber ließen sich von seiner starren Miene nicht beirren.

»Opa, Opa, liest du uns eine Geschichte vor?«

»Opa, willst du nicht endlich mal das Bild sehen, das ich dir gemalt habe?«

»Opa, hoppe, hoppe Reiter machen.«

»Runter hier«, knurrte Fritz. »Und Pfoten weg von der Zeitung. Die muss ich teuer bezahlen.«

Katinka strahlte uns an. »Ist das nicht süß? Der Opa mit seinen drei Enkelchen. Ich hab erst gestern wieder mal gelesen, dass Kinder wissenschaftlich gesehen ein richtiger Jungbrunnen sind.«

»Ja, ja, vor allem für die Mütter, die jahrelang keinen Schlaf bekommen«, murmelte ich. »Von all den anderen Entbehrungen ganz zu schweigen.«

»Na, du weißt doch gar nicht, wovon du sprichst, Olivia!«

Es war also wieder mal so weit. Katinka hätte so nett sein können, wenn sie nicht ständig das Gespräch auf Kinder im Allgemeinen und unsere Kinderlosigkeit im Besonderen gebracht hätte. Ich warf einen Hilfe suchenden Blick zu Stephan hinüber, aber der war mit den Kindern beschäftigt, die von ihrem Opa abgelassen hatten und sich stattdessen auf ihren Onkel stürzten.

»Ich sag ja nicht, dass es nicht *anstrengend* ist, Kinder großzuziehen«, sagte Katinka. »Aber dafür bekommt man auch alles *tausendfach* zurück. An eurer Stelle würde ich mir das nicht entgehen lassen.« Hier machte sie eine bedeutungsschwangere Pause, bei der ihr Blick vielsagend auf meiner »Ich bin dreißig, bitte helfen Sie mir über die Straße«-Brust verweilte. »Beeilt euch lieber, bevor es zu spät ist. Ach, und wir haben übrigens eine Überraschung für euch.«

Katinka waren alle Frauen über dreißig, die sich nicht der Brutpflege widmeten, suspekt. Irgendwas stimmte mit unseren Hormonen nicht. Und dann war da noch der gesellschaftlich-soziale Aspekt: Sollten etwa Katinkas Kinder für *unsere* Rente aufkommen? Das fand Katinka nicht gerecht.

Ich konnte mir schon denken, was die Überraschung war (nicht umsonst war Stephans Spitzname für sie »Der Schnelle Brüter«), und flüchtete in den Wintergarten, bevor sie damit herausplatzen konnte.

Der Frühstückstisch war stets im Wintergarten gedeckt, egal, ob Winter oder Sommer. Stephans großer Bruder Oliver und seine Frau Evelyn saßen dort bereits mit Eberhard, Katinkas Mann. Eberhard war eine echte Landplage. Es war mir ein Rätsel, was Katinka jemals an ihm gefunden hatte oder gar noch fand. Während sie sich nach jeder Schwangerschaft wieder in Größe 38 zurückhungerte, hatte er mit jedem Kind etwas Bauch und ein Kinn dazubekommen, aber komischerweise war sein unerschütterliches Selbstwertgefühl mit jedem Kilo noch gewachsen. »Frauen müssen auf ihre Figur achten, Männer müssen nur auf ihre Frauen achten«, pflegte er zu sagen und dabei sein merkwürdiges, keckerndes Lachen hören zu lassen.

»Alle schon versammelt für den sonntäglichen Untergang der Titanic?«, sagte ich zur Begrüßung, aber nur Oliver sah zu mir hin, die beiden anderen waren schon in den ersten sonntäglichen Disput verwickelt.

»Hallo, Blumenköhlchen«, sagte Oliver.

»Hallo, alter Blumenkohl«, sagte ich.

Das war ein bisschen albern, aber so lauteten nun einmal unsere Spitznamen füreinander, weil wir dasselbe

Haarproblem hatten. Oliver sah nicht so spektakulär gut aus wie Stephan. Seine Augen waren nicht so blau, sein Lächeln nicht so umwerfend charmant und seine Haare nicht so blond wie Stephans. Dafür kräuselten sie sich noch stärker als meine, so stark, dass Oliver sie nur streichholzkurz tragen konnte, wenn er nicht aussehen wollte wie ein Blumenkohl, der die Nacht mit den Fingern in der Steckdose geschlafen hatte. Außerdem war er zu schlaksig und zu groß, um an Stephan und Brad Pitt heranreichen zu können. Dafür war allerdings seine Frau Evelyn – so ungerecht geht es in der Welt zu! – eindeutig ein Jennifer-Aniston-Typ, nur dass sie nicht so sympathisch lachen konnte. Genau gesagt konnte Evelyn vermutlich überhaupt nicht lachen. Man sah sie jedenfalls höchstens lächeln, und auch das noch ziemlich säuerlich. Allerdings tat das ihrer Schönheit keinen Abbruch. Sie war in irgendwas Schickes, Schwarzes, sicher sehr Teures gehüllt und machte ein Gesicht, als ob sie schlimme Zahnschmerzen hätte. Vielleicht lag es an Eberhard, vielleicht aber auch daran, dass sie wirklich Zahnschmerzen hatte.

Oliver musterte interessiert meinen Busen. »Was, bist du tatsächlich schon dreißig, Blumenköhlchen?«

Ich nickte betreten.

»Und zwar schon ein paar Jahre, nach der Staubkante im T-Shirt zu urteilen«, sagte Evelyn spitz.

»Oha«, grunzte Eberhard und starrte mit amüsiert-überheblichem Gesichtsausdruck auf die Staubkante. So was gab's natürlich zu Hause bei Katinka nicht. »Nicht schlecht, Herr Specht. Du lieber Herr Gesangverein.«

Ich wusste nie so recht, was ich auf Eberhards merkwürdige Floskeln antworten sollte. »Ich hab's noch nie getragen, weil's so klein ist«, sagte ich, weil ich mir plötzlich nicht mehr sicher war, wer mir das blöde T-Shirt damals eigentlich zum Geburtstag geschenkt hatte. Am Ende möglicherweise Eberhard und Katinka? Ich war versucht hinzuzufügen, dass ich nicht etwa dicker geworden war, sondern dass weder das T-Shirt noch die Jeans je gepasst haben. Ja, ich wage sogar zu behaupten, dass sie eine von den völlig fehlgeschnittenen Hosen war, die keinem Menschen in diesem Sonnensystem passen würde, nicht mal Heidi Klum aus Bergisch Gladbach. Die Hose war ein Sonderangebot gewesen, so günstig, dass ich versäumt hatte, sie anzuprobieren. Dummer Fehler.

»Man kann von dir sagen, was man will, aber mutig bist du«, sagte Evelyn. Ich musterte sie verstohlen von Kopf bis Fuß, aber es war hoffnungslos: An ihr war einfach kein Makel zu finden. An die teuren Klamotten kam sie als Einkäuferin für Damenoberbekleidung einer großen Kaufhauskette natürlich sehr günstig heran, aber sie war auch ohne Kleider eine wahre Augenweide. Mittelgroß, sehr schlank, mit halblangen, goldbraunen Haaren, die aussahen, als würden sie von ganz allein mit diesem weichen Schwung in ihre Stirn fallen. An der ganzen Frau war nirgendwo eine Problemzone zu entdecken, wohingegen mein Körper an manchen Tagen sozusagen eine einzige Problemzone darstellte. Kennen Sie das auch? Die Haare sehen aus wie ein Kohlkopf, die Tränensäcke sind eine Hommage an Derrick, und auf dem Kinn wächst ein Pickel, mit dem man nur noch schwer durch die Tür kommt. Aber solche Tage waren Evelyn völlig fremd. Ihre Augen waren braun, von langen, gebogenen Wimpern umrahmt, und die randlose, kleine Brille, die sie trug, störte kein bisschen, im Gegenteil. Selbst die

Sommersprossen saßen genau an den richtigen Stellen auf der Nase, auf der man selbst mit der Lupe keinen einzigen Mitesser gefunden hätte. Ihre Hände waren so sorgfältig gepflegt, dass ich meine Gärtnerhände sofort in den Hosentaschen versenkte, bevor Evelyn einfiel, eine Bemerkung darüber zu machen. Da die Jeans viel zu eng war, wurde die Blutzufuhr zu meinen Händen sofort unterbrochen.

Glücklicherweise beschloss Evelyn aber, nicht weiter auf meiner Aufmachung herumzuhacken, sondern stattdessen auf Eberhard.

»Schön, dass du da bist«, sagte sie. »Eberhard hat nämlich gerade wieder mal ausführlich über das Fernsehprogramm der Woche referiert, obwohl wir ihm gesagt haben, dass uns das einen Scheiß interessiert.« Das Wort *Scheiß* betonte sie so auffällig, dass ich nicht umhinkam, ihren erhöhten Aggressionsspiegel zu bemerken. Ich tippte auf prämenstruelles Syndrom. Oder es waren doch Zahnschmerzen.

»Oha«, sagte Eberhard, kein bisschen gekränkt. »Alles klärchen oder was! Es sollte dich allemal interessieren, was im Glotzophon so alles läuft, denn wer immer schön Zahlemann und Söhne macht, sollte wenigstens wissen wofür. Sonst – aus die Maus.«

»Ich gucke die *Tagesschau* und *Friends*, wenn ich dienstags meine Bügelwäsche erledige«, sagte Evelyn gereizt, während ich noch überlegte, was Eberhard eigentlich gesagt hatte. Es war, als würde er eine andere Sprache sprechen. »Ansonsten höre ich Radio. Das sind mir meine Rundfunkgebühren allemal wert. Und wenn sie *Friends* jemals absetzen, lasse ich auch das Bügeln sein, so einfach ist das.«

»Oha, da brat mir aber einer 'nen Storch«, sagte Eberhard spöttisch. »Jetzt hast du dich aber in die Nesseln gesetzt. Die Sendungen deines Ehemannes mutest du deinen Guckerchen wohl nicht zu, was?«

Oliver arbeitete in der Nachrichtenredaktion eines kleinen Regionalsenders, und er war dort mehrmals in der Woche zu sehen, als »unser Korrespondent vor Ort, Oliver Gaertner«. Ich war richtig stolz, mit ihm verwandt zu sein, und verpasste kaum eine seiner Sendungen. Für den Rest der Familie hatte sein Beruf längst an Faszination eingebüßt, zumal sie fanden, dass Oliver nach all den Jahren endlich mal da sein sollte, wo *wirklich* was los war: in London, New York oder Afghanistan. Aber Oliver blieb immer im Land, er übernahm die Reportagen, die am nächsten zum Sender lagen. Meist zerzauste ihm der Wind das streichholzkurze Haar, wenn er etwa sagte: »Neben mir steht der Einsatzleiter der örtlichen Feuerwehr. Herr Kowalski, wie lange werden die Löscharbeiten voraussichtlich noch dauern?«

»Ich muss mir das nicht angucken, weil Oliver mir nachher sowieso alles haarklein erzählt«, sagte Evelyn, und es klang so, als könne sie sich wahrlich Schöneres vorstellen.

»Oha!«, machte Eberhard. Oliver sagte nichts, bedachte Evelyn aber mit einem ziemlich finsteren Blick.

Oha, dachte ich, genau wie Eberhard.

»So, jetzt aber die Überraschung!« Katinka kam mit der Aufschnittplatte herein, gefolgt Stephan und den Kindern.

Stephan humpelte. Till hatte sich an sein linkes Bein geklammert, Lea an sein rechtes, und Jan rannte heulend hinterher und schrie dabei: »Daßß ißß undereßßt! Ißß will auch ein Bein haben!«

Katinka lachte glockenhell. »Ist das nicht süß? Der Onkel mit seinen Neffen und Nichten!«

Und Eberhard sagte: »Keine Panik auf der Titanic, Jan, du musst nicht weinen, ihr könnt euch doch abwechseln. Immer Ruhe mit den jungen Pferden.«

»Jetzt wird aber erst mal gefrühstückt«, sagte Stephan und versuchte sich zu setzen. Widerwillig ließen Lea und Till seine Beine los.

»Fehlt nur noch Opa«, stellte Katinka fest, als Jan in seinem Kinderstühlchen verstaut war und alle saßen. »Und dann haben wir für euch alle eine große Überraschung.«

Stephan, Oliver, Evelyn und ich tauschten einen kurzen Blick. Die Überraschung war wohl für niemanden von uns eine Überraschung, schon gar keine große. Katinkas idiotisches, triumphierendes Lächeln konnte nur eins bedeuten: Kind Nummer vier war unterwegs. Ganz ehrlich: Wir hatten schon vor Monaten damit gerechnet, denn Jan kam diesen Sommer schon in den Kindergarten, und so viel Zeit hatte Katinka noch nie zwischen zwei Schwangerschaften verstreichen lassen.

»Jan, du sollst das Ei nicht mit der Schale essen, das weißt du doch. Und warte, bis alle am Tisch sitzen! Opa! Opaaaa! Frühstück ist fertig!«

Vom Ohrensessel drinnen hörte man ein geknurrtes »Ja, ja«.

Evelyn bestaunte die Aufschnittplatte. »Na so was! Das ist ja wirklich eine Überraschung. Haben die bei Aldi ihr Sortiment erweitert?«

Katinka schüttelte den Kopf. »Das ist nicht von Aldi, das ist vom Metzger. Jan! Die Serviette kann man nicht essen! Und du sollst warten, bis alle am Tisch sitzen.«

»Metzger?«, wiederholte Oliver fassungslos. »Ist Vati krank?«

»Keine Sorge, mein Junge«, sagte Fritz von der Tür her und ließ sich mit einem Ächzen auf seinen Stammplatz an der Stirnseite des Tisches nieder. Sofort nahmen wir eine aufrechte Haltung an. Achtung, Kapitän auf der Brücke! »Aber ab und an gehe ich auch mal woanders einkaufen als bei Aldi. Da ist es neuerdings immer so voll! Und was für ein Pack da einkaufen geht, unfassbar. Möchte nicht wissen, was für Krankheiten man sich dort einfängt. Bei Metzger Sendmann ist es immer schön ruhig.«

»Bei Metzger Sendmann!«, sagte Stephan staunend. »Solltest du auf deine alten Tage etwa noch zum Verschwender werden?«

»Metzger Sendmann ist Doktor Berners Schwiegersohn«, erklärte mein Schwiegervater. Doktor Berner war einer der scheintoten Geizhälse seiner Doppelkopfrunde. »Deshalb behandelt man mich dort besonders zuvorkommend. Auch wenn ich nur die Sonderangebote nehme. Den Aufschnitt vom Vortag packt man dort nämlich bunt durcheinander in eine Tüte, und die ganze Tüte kostet weniger als eine Lage Schinken. Und was da alles drin ist: Mailänder Salami, Schwarzwälder Schinken, Fleischwurst, Sülze, Leberwurst – alles vom Feinsten.«

Evelyn, die sich gerade eine Scheibe Schinken auf ihr Brötchen legte, ließ die Gabel sinken. Auch Oliver, Stephan und Katinka hielten inne. Nur Eberhard ließ sich nicht stören und biss herzhaft in ein Leberwurstbrötchen. »Was uns nicht umbringt, macht uns stark. Wurst ist Wurst, da beißt die Maus keinen Faden ab.«

»Vati, dieser Aufschnitt in Tüten ist nicht vom Vortag, sondern eher von der Vorwoche«, sagte Oliver, und

Stephan setzte hinzu: »Und er ist für Leute mit *Hunden* gedacht!«

»Ihr bekommt Marmelade«, sagte Katinka besorgt zu den Kindern. »Wegen der Salmonellengefahr …« Dann aber kehrte ihr Lächeln zurück. Richtig, da war ja noch etwas … »Und jetzt hört mal alle zu. Wir bekommen – Lea!!«

Lea hatte ihr Milchglas umgeworfen. Das machte sie jeden Sonntag, und Katinka tupfte blitzschnell und routiniert das Tischtuch ab und goss neue Milch ins Glas.

»Blödsinn«, sagte Fritz derweil. »Für Hunde haben die dort die Innereien. Obwohl ich das auch für Verschwendung halte. Weiß der Himmel, warum heute keiner mehr leckere Nierchen zu schätzen weiß.«

Wir hatten zu Hause noch nicht gefrühstückt, aber das Schinkenbrötchen lockte inzwischen nicht mehr. War da nicht so ein seltsamer grüner Schimmer auf dem Schwarzwälder? Ich hielt mich sicherheitshalber an meinem Kaffee fest. Morgen wollte ich sowieso mit einer Diät beginnen. Ich hatte zwar nicht zugenommen, aber Stephan nannte mich seit neuestem Pummelchen oder Molli-Olli, was mir überhaupt nicht gefiel. Er vertrat die These, dass sich das Körpergewicht bei Frauen über dreißig anders verteile als vorher – und zwar nachteilig anders.

»Jetzt seid doch mal leise.« Katinka klopfte mit dem Eierlöffel an ihre Kaffeetasse.

»Schscht«, machte ich. Katinka tat mir allmählich Leid, weil sie ihre »Überraschung« einfach nicht loswerden konnte.

»Vielen Dank, Tochter«, sagte Fritz in das darauf folgende Schweigen und wandte sich seinen Söhnen zu. »Also, was gibt's Neues bei euch?« Das fragte er jeden

Sonntag, und es war jeden Sonntag der Auftakt zu einem handfesten Familienstreit. Na ja, man kann sich an alles gewöhnen.

»Bei Ebi und mir gibt es wunderbare Neuigkeiten«, machte Katinka einen verzweifelten Versuch, den Familienstreit zu verhindern, aber Fritz unterbrach sie rüde: »Dich habe ich nicht gemeint, Tochter. Du erzählst mir ja sowieso jeden Tag, was es Neues gibt.« Das stimmte sicher, denn Katinkas und Eberhards Reihenhaus lag nur zwei Straßen weiter, und Katinka ließ es sich nicht nehmen, täglich mit den Kindern einen Spaziergang zu Opa zu machen. Und das gar nicht mal aus purem Eigennutz, denn während die Kinder spielten, kümmerte sich Katinka um Fritzens Wäsche, obwohl er behauptete, sehr gut allein zurechtzukommen. Wirklich zu stören schien ihn Katinkas Anwesenheit bei aller Knurrigkeit aber nicht, denn er hatte tatsächlich ein Schaukelgerüst und einen Sandkasten in seinem Garten für Dings, Dings und Dings aufgestellt. Beides Sonderangebote vom Baumarkt und außerdem leicht beschädigt, aber immerhin. Für einen Mann, der vor lauter Geiz beim Metzger Hundeaufschnitt für sich und seine Familie kaufte, sich die Haare selber schnitt und seit 1979 denselben Mercedes fuhr, war es eine überaus großzügige Geste.

Katinka sah zu Recht beleidigt aus.

»Ich wollte, dass deine Brüder mir etwas von ihrem Elend berichten. Erst die schlechten, dann die guten Nachrichten«, sagte Fritz beschwichtigend und wandte sich an Stephan: »Also: Was macht der Umsatz? Und wie geht es eurer Bruchbude?«

»Welche Bruchbude meinst du? Das Haus oder die Gärtnerei?«, fragte Stephan zurück.

»Beide«, sagte Fritz.

Stephan und ich hatten das Wohnhaus und die Gewächshäuser vor eineinhalb Jahren gekauft und die alte Gärtnerei übernommen. Wir hatten einen hohen Kredit aufnehmen müssen, so hoch, dass nicht nur Fritz meinte, die Bank hätte ihn nie bewilligen dürfen. Natürlich hatte er keinerlei Anstalten gemacht, uns mit etwas Geld unter die Arme zu greifen oder gar einen günstigeren Kredit anzubieten als die Bank. »Ich war immer dafür, dass meine Kinder die Suppe, die sich sich einbrocken, auch selber auslöffeln sollen«, pflegte er seinen Geiz pädagogisch-blumig zu umschreiben. »Aber sagt hinterher nicht, ich hätte euch nicht gewarnt.« Ich hatte den Verdacht, dass er nur darauf wartete, dass wir Konkurs anmeldeten. Aber noch hatte ich die Hoffnung, dass er vergeblich warten würde. Die alte Gärtnerei mit ihren fünf riesigen Glasgewächshäusern befand sich zwar wie das Wohnhaus in ziemlich desolatem Zustand, aber das Grundstück war über vierzehntausend Quadratmeter groß, und der Boden war hervorragend, ideal für die Baumschule, die wir aufziehen wollten. Irgendwann würde sich die hohe Investition auszahlen, da war ich sicher. Und bis dahin gab es eben keine neuen Klamotten und teure Antifaltencremes. Lieber würde ich verschrumpeln, als dass mein Schwiegervater am Ende Recht bekäme.

»Na ja«, sagte Stephan. »Man merkt, dass es Frühling ist: Die Leute kaufen palettenweise Begonien und Neu-Ginuea-Dings, äh fleißige Lieschen ...« Er warf einen Blick zu mir hinüber, weil er wusste, dass ich beide Pflanzen nicht ausstehen konnte. Ich war gelernte Staudengärtnerin, und in einer Gewächshausecke zog ich seltene Stauden, deren Samen ich mir aus England schicken ließ.

Stauden, Rosen, wilde Clematissorten und Formschnittgehölze waren meine Leidenschaft, und ich war sicher, dass man damit eine Menge Geld verdienen konnte, wenn man es nur richtig anfing. Stephan war anderer Ansicht. Er hatte seine Gärtnerlehre nur angefangen, um die Wartezeit auf seinen Studienplatz in BWL zu überbrücken, und er hatte sie nach einem Jahr wieder abgebrochen, ohne von dieser gewissen Leidenschaft gepackt zu werden, die einen süchtig macht nach dem Geruch von Erde und frischem Grün. Eine Leidenschaft, die dafür sorgt, dass man nie wirklich gut manikürt aussieht, egal, was man auch tut.

Immerhin hatte sein kurzes Gastspiel als Gärtnerlehrling dazu geführt, dass wir uns kennen lernten. Zweieinhalb Jahre später, als Stephan sein Vordiplom in der Tasche hatte, heirateten wir auch schon. Ich hatte es gar nicht erwarten können, endlich den Namen *Gaertner* anzunehmen. Nicht nur, dass er hervorragend zu meinem Beruf passte, nein, ich konnte jetzt endlich aufhören, den Leuten meinen Nachnamen zu buchstabieren. »Wie der Gärtner, nur mit ae«, das ging einem doch sehr lässig von den Lippen, und jeder wusste gleich Bescheid. Mein Mädchenname war *Przbylla* gewesen, und ich argwöhnte, dass meine Vorfahren aus einer besonders vokalarmen Gegend Polens stammten. Jedenfalls hatten die Leute immer »Gesundheit« gesagt, wenn ich mich vorgestellt hatte, und wenn es einmal jemand schaffte, den Namen richtig auszusprechen, musste ich mir immer dessen Spucke aus dem Gesicht wischen. Diese Zeiten lagen glücklicherweise lange hinter mir. Nächstes Jahr würden wir unseren zehnjährigen Hochzeitstag feiern.

Wir ergänzten uns prima. Ich hatte die Ideen und

Stephan den Sinn für die Realität. Aus betriebswirtschaftlicher Sicht erklärte er mir leider ständig, dass mit meinen Träumen kein Geld zu verdienen sei. Vielmehr musste ich mich mit der Idee anfreunden, dass wir – zusätzlich zu den eigenen – billige Pflanzen aus Holland importierten und mit Gewinn weiterverkauften. Offensichtlich funktionierte das. Im Dezember waren wir das erste Mal aus den roten in die schwarzen Zahlen gerückt, und zwar durch den Verkauf von eingetopften Weihnachtssternen, die mit den widerlichsten Glitzersprays bearbeitet worden waren. Bitte keine Missverständnisse: Wir waren um genau einen Euro und neunzig Cent in die Gewinnzone gerutscht, nicht mehr, aber auch nicht weniger. Das war ein Erfolg, zumindest verglichen mit den Monaten davor, in denen wir nicht annähernd kostendeckend gearbeitet hatten und sich die Schulden auf unheimliche Weise vergrößert hatten. Die fleißigen Lieschen und Begonien würden uns voraussichtlich einen ähnlichen Erfolg bescheren wie die Weihnachtssterne.

»Zu meiner Zeit kamen die fleißigen Lieschen nicht aus Neu-Guinea.« Fritz schüttelte missbilligend den Kopf, und nur Eberhard fasste die Bemerkung als Scherz auf und ließ sein keckerndes Lachen hören. Fritz fuhr auf seine übliche Art und Weise fort: »Und zu meiner Zeit verdiente sich ein anständiger Mann auch seinen Lebensunterhalt nicht mit Blumenverkaufen! Wozu haben wir dich denn studieren lassen?«

Auch das fragte er jeden Sonntag. Ich sah verstohlen in die Runde. Oliver machte ein ernstes Gesicht, wohl weil er wusste, dass ihm diese Frage nachher auch noch blühte, Evelyn betrachtete ihre Fingernägel, Katinka seufzte, und Eberhard feixte.

Stephan versuchte, sich souverän zu geben. »Ich hatte diese Woche ein sehr vielversprechendes Gespräch mit dem Beerdigungsinstitut Sägebrecht. Die wollen vielleicht von Blumen Müller zu uns wechseln. Grabbepflanzung ist ein ausgesprochen lukratives Thema.«

»Aber hallo«, sagte Eberhard und keckerte wieder.

»Grabbepflanzung!«, schnaubte Fritz. »Damit kann ein anständiger Mann doch keine Familie ernähren. Ich könnte dir jederzeit einen Job in meiner alten Firma besorgen.«

»Stephan hat doch einen Job«, sagte ich.

»Das nennst du Arbeit?«, rief Fritz. »Wovon wollt ihr denn euren Kindern die Ausbildung finanzieren?«

»Äh, wir haben doch keine Kinder«, wagte ich es einzuwerfen.

Fritz runzelte die buschigen Augenbrauen. »Jawohl«, polterte er. »Und warum nicht? Weil ihr es euch nicht leisten könnt, darum nicht. Das ist auch der Grund, warum meine Schwiegertochter Sachen aus dem Altkleidersack tragen muss.«

Ich wollte empört aufspringen und rufen, dass die Sachen keinesfalls aus dem Altkleidersack stammten, sondern aus meinem Kleiderschrank. Aber dann hielt ich inne, weil mir klar wurde, dass keine wirklich gravierenden Unterschiede zwischen Sack und Schrank bestanden.

»Wir könnten es uns leisten, Kinder zu bekommen«, log Stephan tapfer. »Aber wir wollen keine Kinder. Jedenfalls noch nicht.«

»Genau«, sagte ich, um wenigstens etwas zu sagen. Wir waren uns darüber einig, dass wir nicht für Kinder geschaffen waren. Und Kinder nicht für uns.

»Oha«, sagte Eberhard. Er konnte dem sonntäglichen

Familienstreit immer ganz entspannt lauschen, weil er das Glück hatte, Fritzens Anerkennung zu genießen. Als Ausbilder bei einem großen Automobilhersteller (demselben, bei dem Fritz bis zu seiner Pensionierung die zweithöchste Position bekleidet hatte) verdiente er nicht nur eine Menge Geld, sondern er hatte nebenbei noch die Zeit gefunden, seiner Frau alle zwei bis drei Jahre ein Kind zu machen. Wie jeden Sonntag wünschte ich mir einen Gummihammer herbei, um auf ihn einzudreschen. Oder einen Baseballschläger oder eine geladene Schrotflinte oder ...

»Blödsinn!«, rief Fritz und schlug dabei mit der Faust auf den Esstisch, dass die Kaffeetassen nur so schepperten. »Das ist doch ein verdammter Blödsinn. *Jede* Frau wünscht sich Kinder, und *jeder* Mann braucht Nachwuchs! Ihr kriegt es doch verdammt noch mal nur nicht auf die Reihe! Und warum nicht? Weil ihr es verdammt noch mal völlig falsch angeht. Was für ein trauriger Anblick! Zwei kinderlose Männer, die auf die vierzig zugehen und bis über beide Ohren verschuldet sind! Der eine pflanzt Blümchen auf Gräber, und der andere interviewt für einen Hungerlohn Feuerwehrmänner! Das nenne ich ein verdammt armseliges Leben!«

»Verdammt darf man aber nicht sagen«, sagte Till.

»Da hast du ganz Recht, Till«, sagte Katinka.

»Verdammt Recht«, murmelte Evelyn.

»Ihr Kinder, ihr könnt schaukeln gehen«, bestimmte Fritz gereizt. Er wollte ungestört weiterpöbeln, -fluchen, -schimpfen und -beleidigen, mindestens noch eine halbe Stunde lang. Danach tranken wir dann in der Regel noch einen Kaffee, redeten übers Wetter und machten uns schließlich auf den Heimweg. Bis zum nächsten Sonntag. Aber ich sagte ja bereits: Man kann sich an alles gewöhnen. Sie merken schon, in dieser Familie ging es nicht ganz normal zu. Manchmal kam ich mir wie in einer schlechten Fernsehserie vor. Auch wenn wir nicht gerade in Dallas waren – die Gaertners standen den Ewings in nichts nach.

Tatataaa tatatatataaaa – die Gaertners – eine Familie zum Staunen. In den Hauptrollen: Fritz Gaertner, der alte Familientyrann, Oliver, sein ältester Sohn, der beim Fernsehen arbeitet und Jennifer Anistons Zwillingsschwester geheiratet hat, Stephan, der jüngere Bruder, der eine Gärtnerei besitzt und eine Frau, die aussieht wie ein Blumenkohl, und in den Nebenrollen Katinka, die kleine, fruchtbare Schwester und ihr Mann, dessen Bauch aussieht, als wäre er mit drei üppigen Sofakissen gepolstert. Sehen Sie heute: Das Sonntagsfrühstück. Wird sich der alte Fritz auch dieses Mal wieder gründlich danebenbenehmen und sich noch unbeliebter machen, als er es ohnehin schon ist? Werden sich seine Söhne wie jedes Mal geduldig beschimpfen lassen? Wird Katinka doch noch ihre brennende Neuigkeit loswerden? Und wird Eberhard den Frühstückstisch lebend verlassen können, obwohl die Mehrzahl der Protagonisten seit Jahren ernsthafte Mordabsichten gegen ihn hegt? Seien Sie gespannt, wenn es heute wieder heißt: Die Gaertners – eine Familie reif für die Anstalt!

Lea und Till sprangen sofort auf. Sie waren nicht scharf drauf, ihren Großvater pöbeln zu hören.

Fritz zeigte auf Jan, der noch in seinem Kinderstühlchen klemmte. »Der Dings soll auch gehen«, bestimmte er.

Eberhard zerrte Jan gehorsam aus dem Sitz. »Und denkt daran: Haust du meine Tante, hau ich deine Tante«, sagte er in mahnendem Ton. Jan nickte zu ihm hinauf und rannte den anderen beiden hinterher.

Mit einem zufriedenen »Oha« ließ Eberhard sich wieder in den Sessel sinken. Es fehlte nur noch, dass er sich die fetten Patschhändchen rieb. »Wo waren wir stehen geblieben?«

»Ach«, sagte Fritz mit einer wegwerfenden Handbewegung. »Ich möchte gerne mal wissen, warum ich mit zwei solchen Versagern von Söhnen gestraft worden bin. Als ich in eurem Alter war …« Es begann der übliche, einschläfernde Monolog über Fritzens Aufstieg in Wirtschaftswunderzeiten. Vom kleinen Buchhalterlehrling zum Firmenboss.

»*Wir* haben aber gute Neuigkeiten«, versuchte es Katinka noch einmal, als Fritz innehielt, um schwer zu seufzen. Und diesmal, endlich, ließ er sie ausreden. Sie stimmte ein helles, albernes Lachen an. »Unser Reihenhaus wird nämlich bald zu klein, nicht wahr, Ebi …«

Sie war sie nun doch noch losgeworden, die große Überraschung. Beinahe hätte ich erleichtert aufgeatmet.

»Dachte ich mir schon«, sagte Fritz, vorübergehend abgelenkt, und klopfte Eberhard auf die Schulter. »Gut gemacht, mein Junge.«

»Tja, wer rastet, der rostet«, sagte Eberhard stolz. »Wird wirklich eng werden in der Bude. Aber wir werden das Kind schon schaukeln.«

»Wir werden wahrscheinlich neu bauen«, sagte Katinka wichtig. Ja, und wenn sie das taten, dann am besten gleich mit sechs Kinderzimmern. Oder acht. Wer rastet, der rostet …

»Herzlichen Glückwunsch«, sagte Stephan nicht besonders enthusiastisch.

Aber der »Schnelle Brüter« strahlte trotzdem, wie nur ein Atomkraftwerk strahlen kann, und sah uns andere erwartungsvoll an.

»Ja, von mir auch«, sagte ich und rang mir ein Lächeln ab.

»Dito«, sagte Oliver.

Aber Evelyn machte nicht mit. Statt »Herzlichen Glückwunsch« sagte sie: »Ich habe diese Woche gekündigt.«

Schlagartig vergaßen alle das ungeborene Dings Nummer vier.

»Was?«, riefen Katinka, Stephan und Fritz wie aus einem Mund.

»Da brat mir doch einer 'nen Storch«, sagte Eberhard.

»Aber warum denn das?«, platzte ich heraus. »Du hast deinen Job doch immer so gern gemacht. Und wirklich viel Kohle verdient.« Beeindruckend viel Kohle. Beneidenswert viel Kohle.

»Aber hallo«, sagte Eberhard.

Es entstand eine unangenehme Pause.

»Es ist ein sehr stressiger Job«, setzte Oliver zu einer Erklärung an. »Unregelmäßige Arbeitszeiten, oft an den Wochenenden auf Messen ...«

»Hab oft den ganzen Tag nichts gegessen, zu viel geraucht«, ergänzte Evelyn. »Ist eben ungesund, eine Karrierefrau zu sein. Und nicht eben ideal, um ein Kind zu zeugen. Ich meine, wie soll ich schwanger werden, wenn ich meine fruchtbare Zeit im Büro verbringe oder auf irgendeiner Messe in London?«

»Jedenfalls nicht von Oliver«, murmelte Stephan, was aber niemand außer mir zu hören schien.

»Das ist wohl wahr«, sagte Katinka. »Obwohl, mich muss man ja nur mal scharf angucken, und schon werde ich schwanger, nicht wahr, Ebi? Egal, wie viel ich zu tun habe …«

»Ja, aber …«, sagte ich und verstummte wieder.

Mein Schwiegervater räusperte sich, aber offensichtlich fehlten auch ihm die Worte.

»Wir versuchen es jetzt schon über ein Jahr«, sagte Oliver. »Obwohl wir beide gesund sind, klappt es nicht. Wegen des Stresses, sagt die Frauenärztin.«

»Und deshalb habe ich gekündigt«, sagte Evelyn.

»Ja, aber«, sagte ich wieder. »Dann ist doch dein toller Job in der Firma ganz futsch. Hättest du nicht wenigstens einen weniger stressigen Job annehmen können? Vielleicht halbtags? Ich meine, so bekommst du doch noch nicht mal Erziehungsurlaub …«

Evelyn spielte mit ihrem Zigarettenetui. »Tja, ich mach nun mal keine halben Sachen. Hätte nicht zugucken können, wie jemand anders meinen Job macht, nein, das wär nichts für mich. Aber wenn das Kind aus dem Gröbsten raus ist, dann fange ich wieder an zu arbeiten, ganz klar.«

»Das darf doch wohl nicht wahr sein!« Endlich hatte Fritz seine Sprache wieder gefunden. »Wie zur Hölle willst du mit deinem Witz von Gehalt für Frau und Kind sorgen, Oliver? Und wie zur Hölle wollt ihr die monatlichen Abzahlungen für euren Luxusschlitten und die völlig überteuerte Schicki-Micki-Penthouse-Wohnung aufbringen?«

»Ich verstehe dich nicht, Vati. Du jammerst doch immer, dass wir noch keine Kinder haben, und jetzt, wo wir tun, was du willst, bist du auch wieder nicht zufrieden.«

Fritz Gesicht wurde dunkelrot vor Wut. »Ich habe immer gesagt, diese völlig abwegigen Luxusinvestitionen werden euch noch mal das Genick brechen. Man kann doch keine Kinder bekommen, wenn man bis über beide Ohren verschuldet ist! Ich hatte euch gewarnt!«

Ja, ja, das hatte er.

»Und jetzt kommt ihr angekrochen und wollt mich um Geld bitten!«, setzte er zornig hinzu.

Ein kollektives, empörtes Luftholen ging durch den Wintergarten. Das ging nun doch zu weit. Als ob es jemals jemand gewagt hätte, Fritz um Geld zu bitten!! Oder um überhaupt irgendetwas. Ich meine, der Mann pflegte seinen Kindern *Socken* zum Geburtstag zu schenken! Er kaufte einen Dreierpack und teilte ihn gerecht unter Söhnen und Schwiegersohn auf. Und an Weihnachten hatte er allen eine Uhr verpackt, die es an der Tankstelle für dreißig gesammelte Bonuspunkte gratis gegeben hatte.

Oliver sah für den Bruchteil einer Sekunde aus, als würde er – möglicherweise in der Erinnerung daran – in Tränen ausbrechen. Aber dann sagte er nur sehr kühl: »Keine Sorge, wir schaffen das schon allein.«

Die Frage war nur, wie. Die Penthouse-Wohnung, die er und Evelyn im vergangenen Jahr in der Stadt gekauft hatten, war genauso teuer wie unsere Gärtnerei gewesen. Das gleiche Geld für hundervierzig Quadratmeter wie für vierzehntausend. Ich fand, wir hatten die bessere Investition getätigt, aber für Fritz war alles beide gleich schwachsinnig.

»Im Rechnen warst du immer schon eine Niete, mein lieber Herr Sohn«, sagte er und sah Oliver durchbohrend an. »Wenn deine Frau von jetzt an kein Gold mehr spuckt und scheißt, ist es nicht mehr weit bis zum Offenbarungseid, das ist dir doch wohl hoffentlich klar.«

»Es wäre mir sehr lieb, wenn wir hier nicht über meine Verdauung sprächen«, sagte Evelyn trocken.

»Was man auch macht, dir kann man es nie recht machen«, sagte Oliver zu Fritz, aber Fritz redete einfach weiter.

»Du meinst also, ich soll weiter einfach nur zuschauen, wie ihr euer Leben ruiniert? Wie ihr völlig vor die Hunde geht? Seit Jahren rede ich mir den Mund fusselig, aber niemand hört auf mich. Ich habe euch weiß Gott eure eigenen Fehler machen lassen, weil ihr angeblich erwachsene Männer seid, habe euch offenen Auges in euer Unglück rennen und einen Missgriff nach dem anderen machen lassen, aber jetzt ist Schluss damit! Ein für alle Mal Schluss! Jetzt nehme ich die Sache in die Hand!«

Nach diesem Ausbruch herrschte verblüfftes Schweigen. Ich setzte mich aufrechter hin. Solch eine Wendung hatte der Familienstreit noch niemals genommen.

»Was soll das heißen?«, fragte Oliver schließlich.

»Das soll heißen, dass jetzt Schluss mit lustig ist«, sagte Fritz, wonach wir alle so klug waren wie vorher.

»Und was genau willst du damit sagen?«, fragte Stephan. Furcht und Hoffnung schwangen in seiner Stimme mit.

Fritz räusperte sich. »All die Jahre habe ich euch kein Geld gegeben, weil ich genau wusste, dass ihr damit nur Unsinn machen würdet. Und weil ich der Ansicht bin, dass richtige Männer für sich selber sorgen müssen. Aber ich denke, dass ich nun, unter gewissen Bedingungen bereit wäre, meine Meinung zu ändern. Ich gehe doch recht in der Annahme, dass ihr alle etwas von meinem Geld gebrauchen könntet, oder?«

Uns allen stockte der Atem. Genauso gut hätte Fritz eine Handgranate auf den Tisch werfen können. Oliver und Stephan tauschten einen nervösen Blick, Evelyn und ich ebenfalls. War das eine Fangfrage? War es überhaupt eine Frage?

Nur Eberhard wusste wie immer die richtige Antwort. »Oha«, sagte er. »Meiner einer würde mal sagen, dass man davon nie genug haben kann.«

Fritz seufzte. Dann erhob er sich kurz entschlossen. »Männer, kommt mit nach nebenan. Ich habe etwas mit euch zu besprechen.«

Stephan und Oliver tauschten einen weiteren nervösen Blick, aber mein Schwiegervater hatte sich schon zur Tür bewegt. »Kommt schon, es ist wichtig. Nee, nee, du kannst sitzen bleiben, Eberhard.«

Eberhard ließ sich beleidigt und ein bisschen besorgt auf seinen gut gepolsterten Hintern plumpsen, Stephan und Oliver folgten meinem Schwiegervater aus dem Wintergarten in Fritzens heiliges Reich, das Arbeitszimmer.

Fritz zog energisch die Tür hinter sich zu.

3. Kapitel

Katinka, Eberhard, Evelyn und ich blieben allein zurück, verblüfft und irritiert.

»Das Leben ist hart, aber ungerecht«, sagte Eberhard verschnupft.

»Worum geht es denn überhaupt?«, erkundigte ich mich.

»Um Geld natürlich«, sagte Katinka.

»Ach was«, sagte Evelyn. »Der rückt nie welches raus, der nicht.«

Ich war der gleichen Ansicht.

»Nichts ist unmöglich – Toyota!«, sagte Eberhard.

Allerdings war der Gedanke verlockend. Und aus Saulus war immerhin auch Paulus geworden, so etwas gab's.

»Meiner einer sollte aber wohl dabei sein«, sagte Eberhard. »Das ist doch nicht zu viel verlangt.«

»Das stimmt«, sagte Katinka und schielte auf ihrer Unterlippe kauend zum Arbeitszimmer hinüber. »Wenn einer dabei sein sollte, dann du. Schließlich bist *du* der Einzige, der mit Geld umgehen kann. Bei *uns* würde das Geld nicht einfach in einem tiefen, schwarzen Schuldenloch versickern, sondern wirklich sinnvoll verwendet werden.« Bei dem Gedanken an die sechs bis acht Kinderzimmer in ihrem neuen Haus hellte sich ihr Gesicht aber wieder auf. »Wie Vati sich gefreut hat! Ich denke, wir müssen uns keine Sorgen machen, dass wir zu kurz kommen, Ebi. Auf uns ist er ja schließlich nicht sauer. Wahrscheinlich will er den Jungs nur mal richtig den Kopf waschen.«

»Hm, hm«, machte Eberhard. »Dienst ist Dienst und Schnaps ist Schnaps.«

»Was?«, fragte ich.

»Ich frag mich manchmal wirklich, wie du es geschafft hast, Karriere zu machen, Eberhard«, sagte Evelyn.

»Vor den Erfolg setzt der Herr den Schweiß«, sagte Eberhard.

»Schweiß ist ein gutes Stichwort«, sagte Evelyn. »Wie sieht es denn mit einem Deo aus? Du könntest ruhig mal eins benutzen.«

»Er benutzt ein Deo«, mischte sich Katinka ein. »Es hält nur nicht so lange vor, weil seine Schweißdrüsen so kräftig arbeiten. Im Grunde ist das sogar gesund.«

»Das riecht man«, sagte Evelyn.

»Deo, wir fahr'n nach Lotsch«, sang Eberhard. »Ich glaube, hier hat jemand seine Tage ... – du bist wirklich sehr gereizt heute, meine liebe Schwägerin.«

Evelyn legte ihre Faust um das Frühstücksmesser und funkelte gefährlich mit ihren Augen.

»Lasst uns am besten das Thema wechseln«, schlug Katinka vor. Ich lächelte sie dankbar an.

Evelyn legte das Messer aus der Hand, zündete sich eine Zigarette an und inhallierte tief. Katinka guckte kritisch, aber es war ein ungeschriebenes Gesetz, dass im Wintergarten geraucht werden durfte, wenn auch nicht im Rest des Hauses – ganz egal, wie schwanger jemand auch sein mochte.

»Meiner einer findet Rauchgestank unangenehmer als gesunden Schweißgeruch«, sagte Eberhard.

Herrje, wie hielt Katinka das nur mit diesem Mann aus?

»Nikotin schränkt die Fruchtbarkeit ein«, sagte sie streng. »Nachweislich.«

»Dann verstehe ich nicht, warum du nicht längst mit dem Kettenrauchen angefangen hast«, gab Evelyn giftig zurück.

Eberhard räusperte sich. »Habt ihr das gesehen, am Montag?«, fragte er, unvermittelt zu seinem Lieblingsthema zurückkehrend.

Evelyn verdrehte die Augen in meine Richtung. Ich ließ die Zunge aus dem Mund hängen. Jetzt kam das wieder! Eberhards und Katinkas einziges Hobby und Freizeitvergnügen war neben dem Ausbrüten und der Aufzucht von Kindern, wie schon erwähnt, das Fernsehen. Seine und Katinkas Lieblingssendung war *»Wer wird Millionär«* mit Günther Jauch. Jeden Sonntag nach dem Familienkrach ereiferten sie sich ausführlich über die ihrer Meinung nach völlig unterbelichteten Kandidaten.

»Habt ihr das diese Woche gesehen?«, wollte Eberhard wissen. »Mit dem Typ, der nicht wusste, was ›reüssieren‹ heißt?«

Ich schüttelte den Kopf. Hatte ich nicht gesehen, leider. Sonst wüsste ich jetzt wenigstens, was reüssieren hieß.

Evelyn zog an ihrer Zigarette. »Ich habe abends weiß Gott Besseres zu tun, als vor der Glotze rumzuhängen«, sagte sie. »Sagte ich das nicht schon?«

»Schade. Denn das war wieder mal so peinlich. Reüssieren, ich bitte euch«, sagte Eberhard. »Aber der Typ hatte wirklich keinen Schimmer.«

Katinka war auch immer noch ganz betroffen. »Armes, armes Deutschland«, sagte sie.

Eine Weile herrschte allgemein betroffenes Schweigen.

Ich sah in die Runde und kam zu dem Schluss, dass alle außer mir das Wort kannten und um Deutschland trauerten, weil es Menschen gab, die das blöde Wort noch nie gehört hatten.

»Na ja«, sagte ich schließlich, um die Stimmung ein wenig aufzulockern. »Es spielt eben nicht jeder ein Instrument.«

Die anderen sahen mich erstaunt an.

»Was?«, fragte Katinka scharf.

»War nur 'n Scherz«, murmelte ich.

Das glaubte Katinka mir nicht. »Jetzt sag mir bloß nicht, dass du's auch nicht weißt.«

»Natürlich weiß ich's«, scherzte ich weiter. »Wo ich doch erst gestern den ganzen Tag junge Begonien reüssiert habe. Eine Heidenarbeit, sag ich euch.«

Katinka hatte leider Blut gerochen. »Nee, mal im Ernst, jetzt sag doch mal wirklich, was es heißt.«

»Du musst mir schon vier Antworten vorgeben«, sagte ich, sozusagen um mein Leben scherzend.

»Das darf doch nicht wahr sein«, sagte Katinka. »Du weißt es wirklich nicht.«

»Na und?«, sagte ich matt. »Das reüssiert doch kein Schwein.«

*

Es dauerte über eine halbe Stunde, bis Stephan und Oliver wieder aus dem Arbeitszimmer kamen. Ich musterte sie aufmerksam, aber sie sahen nicht gerade aus wie Menschen, die soeben einen Sechser im Lotto gezogen hatten. Sie sahen nicht mal nach drei Richtigen mit Zusatzzahl aus. Wie schade.

»Können wir fahren, Olli?«, fragte Stephan nur.

Ich erhob mich sofort, bevor Eberhard und Katinka herausfanden, dass ich keine Ahnung hatte, welche die größte der nordfriesischen Inseln war. (»Komm schon, Olivia, das ist doch nur eine 2000-Euro-Frage!«)

»Ich sag nur deinem Vater auf Wiedersehen.«

»Nicht nötig«, sagte Oliver schroff. »Er hat sich ein Weilchen hingelegt.«

»Jetzt schon?«, fragte Katinka besorgt. »Es ist doch erst halb zwölf. Nicht, dass er krank wird.«

Stephan schnaubte. »Da musst du dir keine Sorgen machen, Schwesterchen. Der Mann wird hundert Jahre alt.« Es hörte sich nicht so an, als wäre er darüber besonders erfreut. »Komm schon, Olli, wir haben zu Hause noch einiges zu tun.«

Evelyn und Oliver verließen mit uns das Haus. Ich hatte kein schlechtes Gewissen, Katinka und Eberhard die Arbeit mit dem leer gefutterten Frühstückstisch zu überlassen, dazu hatten sie mich mit ihrem blöden »Wer wird Millionär« zu sehr geärgert, diese Klugscheißer. Katinka rief mir etwas hinterher, das wie »Armes Borkum« klang, und Eberhard sein obligatorisches »Tschö mit ö!«.

»Was hat Fritz euch denn Geheimnisvolles zu sagen gehabt?«, fragte ich in der Einfahrt. »Wie viel will er denn springen lassen?« Überflüssig zu sagen, dass ich vor Neugier platzte.

Aber weder Oliver noch Stephan antworteten.

»Man müsste den Alten entmündigen lassen«, knurrte Stephan nur, und Oliver murmelte: »Neurotischer alter Despot. Total plemplem.«

»Sagt uns mal was Neues«, sagte Evelyn.

»Will er nun Geld rausrücken oder nicht?«, fragte ich.

»Ja und nein«, sagte Stephan, und Oliver sagte: »Wie man's nimmt«, und stieg in seinen silber glänzenden Z4. Evelyn stieg an der Beifahrerseite ein und schwenkte zum Abschied ein besonders giesgrämiges Zahnschmerzengesicht – Wurzelbehandlung ohne Betäubung – in unsere Richtung. Immerhin winkte sie matt. Ich winkte ein wenig schadenfroh zurück, weil mir einfiel, dass sie das Auto mangels Platz für einen Kindersitz wohl verkaufen müssten, wenn sie ein Baby bekämen. Wahrscheinlich brach es ihnen das Herz.

»Jetzt sag doch schon«, rief ich, als wir in unserem verbeulten Kombi saßen, der, so viel ist mal klar, uns niemals das Herz zu brechen in der Lage wäre. »Was hat Fritz gesagt?«

Stephan ließ wütend den Motor aufheulen. »Dass er sich für uns schämen würde, dass wir komplette Versager seien, dass wir nicht mit Geld umgehen könnten, dass wir für nichts und niemanden das richtige Gespür hätten – alles so was eben.«

»Ja, ja«, sagte ich ungeduldig. »Das sagt er doch immer. Aber warum wollte er es diesmal hinter verschlossener Tür sagen? Er führt doch irgendwas im Schilde.«

Stephan schwieg ein paar Sekunden, während er das Auto rückwärts aus der Einfahrt rangierte. »Weil er ein boshafter, machtbesessener, alter Tyrann ist«, sagte er dann.

»Aber das ist doch auch nichts Neues. Guck bitte auf die Straße! Neu ist nur, dass er offenbar etwas von seinem Geld rausrücken will. Und wenn du mich fragst: Ich würde es sofort annehmen. Da hätte ich keinerlei Skrupel!«

»Ja, meinst du etwa, ich hätte Skrupel?«, rief Stephan

und bremste haarscharf vor einer roten Ampel. »Wenn er sich auf seine alten Tage endlich einmal großzügig zeigen würde, wäre ich der Letzte, der ihn daran hindern würde, das kannst du mir wirklich glauben. Ich bin durchaus der Ansicht, dass ein Vater seinen Söhnen etwas von seinem Reichtum abgeben darf! Aber dieser Mann hat noch nie in seinem Leben etwas hergegeben, ohne eine Gegenleistung zu verlangen.«

Meine Neugierde erreichte ihren vorübergehenden Höhepunkt. »Was verlangt er denn für eine Gegenleistung?«, fragte ich atemlos, während meine Fantasie mit mir durchzugehen begann.

»Glaub mir, das willst du gar nicht wissen«, sagte Stephan.

»Natürlich will ich das wissen«, rief ich. Und wie ich es wissen wollte.

Aber Stephan seufzte nur und schwieg nervtötenderweise. Erst an der nächsten Ampel (ich hatte alldieweil meine Unterlippe fast blutig gebissen) sagte er: »Die Frage, die wir uns stellen müssen, lautet: Was würden wir für Geld alles tun? Wie weit würden wir gehen?«

»Es kommt wohl drauf an, von wie viel Geld wir hier reden«, sagte ich. »Übrigens ist die Ampel grün!«

Stephan ließ beim Anfahren die Reifen quietschen. »Genug, um die Schulden zu tilgen, das Haus zu renovieren und vielleicht noch einige wichtige Neuanschaffungen zu tätigen«, sagte er, und es klang ein bisschen sehnsüchtig.

»Oh«, machte ich. »Na gut, also *dafür* würde ich so gut wie alles tun.«

Stephan warf mir einen schwer zu deutenden Seitenblick zu. War es Entsetzen? Verachtung? Anerkennung? Ich wusste es nicht.

»Was heißt das, fast alles?«, fragte er.

»Wir befinden uns doch hier mitten in einer *theoretischen* Überlegung, oder?«

Stephan nickte.

»Also gut«, sagte ich mit einem gewissen Eifer, wie jemand, der sich schon öfter Gedanken über dieses Thema gemacht hat. Mal ehrlich, das tat doch wohl jeder, oder? »Eine Niere würde ich vielleicht spenden, allerdings nur an jemanden, der auch eine braucht, nicht bloß just for fun. Aber einen Arm würde ich zum Beispiel nicht hergeben. Auch keinen Finger, wenn ich es mir recht überlege. Kein Körperteil, das man sehen kann. Und natürlich keins, das man selber braucht. Ich würde auch niemanden umbringen, nicht mal Eberhard, das wäre mir einfach zu riskant, vom moralischen Standpunkt mal abgesehen. Ich meine, was nutzt mir das ganze Geld, wenn ich lebenslänglich im Knast sitze?« Ich unterbrach mich. »Würdest *du* für Geld einen Mord begehen?«

»Nur an meinem Vater«, sagte Stephan.

»Das würde natürlich eine Menge Probleme lösen«, sagte ich. »Eigentlich alle, wenn ich's mir recht überlege.«

»Das war ein Scherz, Olivia!«, fauchte Stephan mich an. Es schlug ihm immer sehr auf die Stimmung, wenn ich nicht über seine Witze lachte.

»Von mir doch auch«, sagte ich. »Du weißt genau, dass ich deinen Vater im Grunde sehr gern mag. Äh, einigermaßen gern jedenfalls.« Die Lüge lag mir schwer auf der Zunge. Deshalb setzte ich nach einem kurzen Augenblick hinzu: »Äh, jedenfalls finde ich ihn nicht so schrecklich, dass ich ihn umbringen würde.«

»Aber sonst würdest du alles tun, um an sein Geld zu kommen?« Ein durchbohrender Blick traf mich.

»Wieso ich? Er hat doch dich nach nebenan geholt.«

»Ja, aber wer sagt denn, dass wir dort nicht auch über dich geredet haben?«

Über *mich*? Natürlich fiel mir auf der Stelle wieder ein, was Fritz über meinen Busen gesagt hatte, damals auf der Hochzeit, als er so viel Champagner getrunken hatte. Brennholz, eins a gestapelt und so weiter.

Ich fühlte, wie mir der Unterkiefer herabfiel. »*Was*? So wie in *Ein unmoralisches Angebot*?« Eine Zehntelsekunde dachte ich nach, dann aber schüttelte ich den Kopf. »Nein, nein, vergiss es: Fritz ist ja nun wirklich nicht Robert Redford.«

»Und du bist nicht Demi Moore, *Molli-Olli*«, sagte Stephan und schüttelte ebenfalls den Kopf. »Aber gut zu wissen, dass du's dir bei Robert Redford überlegen würdest!« Das Auto machte einen ärgerlichen Schlenker. »Tss, als ob mein Vater etwas von dir wollte! Ich glaube nicht, dass er überhaupt jemals so etwas wie ein Sexualleben gehabt hat. Du hast wirklich zu viel Fantasie. Es wäre schön, wenn die Sache so unkompliziert wäre!«

Ich war beleidigt. »Du meinst, ich bin nicht sein Typ? Aber du hast doch gesagt ...«

»Vergiss es einfach. Mein Vater ist ein elender alter Knochen. Und ich habe keine Lust, mich und meine Frau von ihm wie Marionetten herumschubsen zu lassen. Auch nicht für eine Million Euro.«

»*Eine Million Euro?*«, schrie ich. »Wir reden hier die ganze Zeit über eine Million Euro? Jetzt sag doch endlich, was er dafür haben wollte!«

»Vergiss es«, sagte Stephan wieder und bog in die lang gestreckte Einfahrt zu unserer Gärtnerei ein.

Ich platzte verständlicherweise vor Neugierde, und ich

hätte die Wahrheit nur zu gern aus Stephan herausgeschüttelt. Aber aus Erfahrung wusste ich, dass das überhaupt nichts nützte. Je mehr ich insistierte, desto mehr würde er sich verschließen – aus reiner Lust an der Schikane. Im Grunde war er wütend auf seinen Vater, aber ersatzweise ließ er die Wut nun an mir aus, das kannte ich schon.

Wenn ich also jemals erfahren wollte, was Fritz gesagt hatte, musste ich einen simplen, alten Trick anwenden.

»Du hast Recht«, sagte ich so freundlich wie möglich. »Wir sollten das wirklich vergessen. Ganz egal, wie viel Geld Fritz angeboten hat und was auch immer seine Forderungen sein mögen: Wir sind nicht käuflich.«

»Genau«, sagte Stephan, aber natürlich klang es nicht wirklich überzeugt.

4. Kapitel

Jeder hat sein Päckchen zu tragen«, hatte meine Pflegemutter immer gesagt, und: »Unter jedem Dach ein Ach!«

Mein Päckchen und mein »Ach« hieß, jedenfalls montag- bis freitagvormittags, Petra Schmidtke, zweiunddreißig Jahre alt und von Natur aus gemein.

»Ach du liebe Güte, was ist denn mit deinen Tränensäcken los? Die sind ja so groß wie *Handtaschen*«, sagte sie heute zur Begrüßung. Sie kam vormittags zum Arbeiten in die Gärtnerei, und die Tatsache, dass ich ihre Chefin war und sie meine Angestellte, hinderte sie nicht im Mindesten daran, mich zu beleidigen. Ich besaß nicht genügend Führungsqualitäten, um sie daran zu hindern. Ja, genau gesagt besaß ich nicht mal den Mut, sie auf ihren unpassenden Umgangston auch nur hinzuweisen. Von Anfang an hatte sie sich herausgenommen, mich zu duzen, ohne weitere Erklärung, während sie Stephan immer noch höflich siezte. Immerhin hatte ich es geschafft, sie zurückzuduzen, und wenn Kunden uns miteinander reden hörten, dann dachten sie sicher, wir seien alte Freundinnen, die einen etwas rauen Umgangston pflegten.

»Ach, halt den Mund, du sonnenbankverbrutzeltes Frettchen«, hätte ich gern gesagt, aber stattdessen murmelte ich etwas von »Pollenallergie« und »schlecht geschlafen«, was beides stimmte. Ich war sehr erstaunt gewesen, dass ich überhaupt eingeschlafen war. Es hatte mich ungeheure

Selbstbeherrschung gekostet, mit Stephan nicht mehr über Fritz und sein – zweifellos – unmoralisches Angebot zu sprechen, und noch im Bett hatte ich an nichts anderes denken können. Wollte Fritz uns wirklich eine Million Euro geben, und was verlangte er dafür? Je länger ich darüber nachgedacht hatte, desto mehr zweifelte ich daran, dass ich freiwillig eine Niere abgeben würde. Was, wenn die übrig gebliebene Niere plötzlich versagte?

Aber eine Million Euro waren wirklich eine Menge Geld. Eine Menge Geld, das eine Menge Probleme lösen würde. Wenn man es hätte.

Stephan war schon vor mir aufgestanden und zum Großmarkt gefahren. Vor halb zehn würde er wohl nicht zurück sein. Aber dann würde ich die Wahrheit aus ihm herausquetschen.

Ich nieste dreimal hintereinander.

»Du siehst scheiße aus«, stellte Petra fest, das Gesicht zu einer schadenfrohen Miene verzogen.

»Du aber auch«, hätte ich gern gesagt, aber das war leider Geschmackssache. Viele Menschen, vor allem Männer, haben offenbar ein Faible für kleine, kartoffelige Himmelfahrtsnasen, eng aneinander stehende, himmelblaue Augen und leicht lispelnde Kleinmädchenstimmen.

»Diese Frettchengesichter lösen bei Männern eigenartige Instinkte aus«, hatte mir meine Freundin Elisabeth erklärt. »Einerseits wollen sie das niedliche Tierchen beschützen, andererseits wollen sie es unbedingt bumsen.«

Elisabeth musste es ja wissen, denn der Mann, den sie beinahe geheiratet hätte, hatte kurz vor der Hochzeit etwas mit einer frettchengesichtigen Praktikantin angefangen. Glücklicherweise hatte sie es noch rechtzeitig gemerkt und vor dem Altar nein gesagt. (Es war übrigens die beste Hochzeit, auf der ich jemals gewesen bin. Das Gesicht des Bräutigams hätten Sie mal sehen müssen!) Auch Elisabeths darauf folgende Beziehung zu einem surfbegeisterten Beamten war an einem stupsnasigen Frettchen gescheitert. Jetzt war sie eine gebrannte Frau, allein erziehende Mutter eines vierjährigen Sohnes und selbst ernannte Expertin in Sachen Frettchen. Kaum hatte sie einen Blick auf Petra geworfen, empfahl sie mir dringend, sie rauszuschmeißen.

»Zumal sie wirklich ausgesprochen ekelhaft zu dir ist«, sagte sie.

»Sie ist zu allen Frauen ekelhaft«, erwiderte ich wahrheitsgemäß.

»Schmeiß sie raus«, wiederholte Elisabeth nur. »Frauen dieses Typs haben nur ein Hobby: anderen Frauen die Männer auszuspannen. Das brauchen sie für ihr Ego.«

Aber das hielt ich nun doch für übertrieben. Möglicherweise war Petra tatsächlich an Stephan interessiert, aber sie war definitiv nicht Stephans Typ. Er mochte die Frauen elegant, kultiviert und nach Geld stinkend – also das Gegenteil von Petra.

Und das Gegenteil von mir.

Dass Petra außer Ehemänner ausspannen keine Hobbies hatte, konnte auch nicht stimmen. Sie hatte immerhin ein Haus, einen Mann, zwei kleine Kinder und musste ungeheuer viel Zeit auf der Sonnenbank verbringen. Außerdem putzte sie in ihrer Freizeit leidenschaftlich gern.

Stephan hatte Petra eingestellt, ohne mich nach meiner Meinung zu fragen, unter anderem, weil sie nach eigenen Angaben keinen Staub sehen konnte, ohne ihn wegzuwischen.

»Wenn gerade kein Kunde da ist, macht sie den Laden

sauber«, versuchte Stephan seine Entscheidung zu rechtfertigen. »Damit sparen wir die Putzfrau.«

Und wirklich: Seit Petra bei uns arbeitete, war der Laden immer blank gewienert. Nicht mal einen Fingerabdruck konnte man auf der Theke finden. Dafür roch es etwas streng nach den antibakteriellen Reinigungssprays, mit denen sie dem Staub zu Leibe rückte.

Ich war mit Stephans Wahl trotzdem nicht ganz einverstanden. Natürlich brauchten wir jemanden für den Verkauf, aber es hätte ruhig jemand sein dürfen, der von Pflanzen Ahnung hatte. Oder bereit war, sich ab und an mal die Hände schmutzig zu machen.

»Dafür haben wir doch den Kabulke«, sagte Stephan und meinte damit den rüstigen Rentner, der täglich kam und sich für keine Arbeit zu schade war. »Hauptsache, sie kann sie gut verkaufen. Und sie ist sehr charmant zu den Kunden, das musst du doch wohl zugeben.«

»Zu den männlichen Kunden, ja«, räumte ich ein. Männern konnte Petra einfach alles aufschwatzen. Ich hatte den Verdacht, dass manche davon gar nicht wegen der Begonien kamen, sondern wegen Petra. Sie trug die langen, blonden Haare bevorzugt zu neckischen Zöpfchen geflochten, und sie lispelte (absichtlich) und sprach mit heller Kinderstimme. Aber im Kontrast dazu wirkten ihre Lippen dank eines dunkelrosa Lipgloss stets wie angefeuchtet und ihr Dekolletee war tiefer als der Gran Cañon. Um den verruchten Schulmädchenlook zu vervollkommenen, trug sie eng anliegende Klamotten aus der Abteilung für Vierzehn- bis Achtzehnjährige, die zeigten, wie wohl und sexy sie sich mit ihrer Figur fühlte. Bis zur Taille konnte ich ihre Gefühle durchaus nachvollziehen: Sie hatte nämlich eine, die man mit zwei Händen umfassen konnte, dazu einen kleinen, knackigen Busen und einen beneidenswert flachen Bauch, und das obwohl sie zwei Schwangerschaften hinter sich hatte. Warum sie den Rest ihres Körpers allerdings auch noch durch hautenge Jeans und Miniröcke betonte, war mir ein Rätsel, denn der Hintern war flach wie Holland und ungefähr genauso breit, und ihre Beine waren zwar so »wahnsinnig lang und schlank«, wie sie immer wieder gerne betonte, aber sie waren auch wahnsinnig krumm. Wenn Petra die Füße zusammenschob, konnte immer noch eine Schubkarre zwischen ihren Beinen hindurchfahren.

Aber bekanntlich sollte nicht mit Steinen nach O-Beinen werfen, wer im Glashaus sitzt und selber X-Beine hat, so wie ich.

»Ich weiß, dass ich grauenvoll aussehe«, sagte ich daher griesgrämig und nieste wieder. »Wir müssen heute vierzehn Balkonkästen bepflanzen. Sie werden bis Mittag abgeholt.«

»Wenn ich du wäre, würde ich das draußen erledigen.« Keine Frage, dass Petra derartige Arbeiten nicht übernehmen konnte und wollte. »Dann fängst du dir wenigstens mal etwas Farbe ein. An deiner Stelle würde ich mal ein bisschen Geld auf der Sonnenbank lassen. Schön braun gebrannt sehen Fettröllchen auch gleich viel weniger unappetitlich aus.«

»Wenn ich jemals Fettröllchen bekomme, dann werde ich vielleicht auch auf die Sonnenbank gehen«, sagte ich, etwas schärfer als beabsichtigt. Ich war nicht fett, ich hatte nur viel Busen! Warum konnte denn niemand den Unterschied erkennen? »Vielleicht gibt es bis dahin Sonnenbänke, von denen man weder Falten noch Hautkrebs bekommt.«

Glücklicherweise kam in diesem Augenblick der erste Kunde, und während Petra ihm eine Palette leicht angewelkter, rosa Begonien aufschwatzte, machte ich mich drei Gewächshaus weiter daran, die vierzehn Balkonkästen zu bepflanzen. Das war endlich mal eine Arbeit, der ich mit Hingabe nachgehen konnte, weil ich völlig freie Hand bei der Gestaltung hatte. Ich summte fröhlich vor mich hin, wenn ich nicht gerade mit den Pflanzen sprach. Ja, ja, ich weiß, was Sie sagen wollen, aber es gibt wirklich einen Haufen *seriöser* Untersuchungen darüber, dass Pflanzen, mit denen liebevoll gesprochen wird, besser wachsen als andere. Ich fand, es konnte nicht schaden, wenn man ihnen Komplimente machte und ihnen erklärte, was man mit ihnen vorhatte. Solange die Pflanzen nicht antworteten, zweifelte ich deshalb auch nicht an meinem Verstand, so wie Stephan es tat. Er sagte, es sei total bekloppt, mit Pflanzen zu sprechen. Dabei war er noch viel bekloppter, denn er sprach nicht nur mit unserem Auto (»Spring doch an, du blöde alte Karre«), sondern auch mit seinen blauen Flecken. Erst letzte Woche im Badezimmer hatte er sich über sein Schienbein gebeugt und mit einem blauen Fleck gesprochen.

»Nanu, wo kommst du denn her?«, sagte er zu dem Fleck. »Ich kann mich gar nicht erinnern, mich gestoßen zu haben. Meinst du, ich müsste mit dir mal zum Arzt gehen?«

Darüber konnte ich nur lachen. Wenn ich wegen jedem blauen Flecken zum Arzt liefe, hätte ich für nichts anderes mehr Zeit. Stephan meinte, bei mir wäre das aber etwas ganz anderes, weil ich schließlich auch ständig irgendwo gegen rannte. Sein blauer Fleck hingegen sei entstanden, *ohne* dass er sich irgendwo gestoßen habe, und das sei bedenklich. Mehr als bedenklich. Stephan fasste sich an die Kehle. Die fühle sich schon seit einiger Zeit so zugeschnürt an, erläuterte er mir mit Grabesstimme. Irgendwas stimme mit seinen Drüsen nicht. Und der blaue Fleck, der einfach so aus dem Nichts aufgetaucht war, sei ein Zeichen für eine gravierende Fehlfunktion im Körper. Der Anfang vom Ende sozusagen. Glücklicherweise sagte der Arzt, dem er am nächsten Morgen seinen blauen Fleck präsentierte, die einzige Fehlfunktion in Stephans Körper beträfe sein Erinnerungsvermögen, da er sich nun mal nicht mehr erinnern könne, wann und wie er sich den blauen Fleck zugezogen hatte. Aber anstatt erleichtert zu sein, dem Tod noch mal von der Schippe gesprungen zu sein, machte sich Stephan nun Gedanken darüber, dass er Alzheimer haben könne. Also frage ich Sie: Wer von beiden war hier bekloppt, er oder ich?

Die Blumenkästen wurden wunderschön, und die Kunden, die im Laufe des späten Vormittags kamen, waren voll des Lobes. Petra verkaufte derweil Begonien und fleißige Lieschen wie geschnitten Brot, und Stephan, der palettenweise Nachschub hereinbrachte, schenkte mir ein triumphierendes Lächeln.

»Siehst du, Pummelchen, die Rechnung geht auf. Wir geben den Kunden, was sie wollen! Und das sind nun mal Begonien.« Er gab mir einen herzhaften, aber flüchtigen Kuss und verschwand im Büro.

»Dann will ich eben andere Kunden«, sagte ich mürrisch hinter ihm her. Er ging mir ganz klar aus dem Weg, um nicht über Fritz und das Geld sprechen zu müssen. Dabei war ich ganz sicher, dass er an nichts anderes mehr dachte und im Grunde darauf brannte, mir die Sache endlich zu erzählen. Ich überlegte, ob ich meine Freundin

Elisabeth anrufen sollte, um sie um Rat zu fragen, aber im Grunde gab es ja noch gar nichts Konkretes zu erzählen. Außerdem glaubte ich zu wissen, was Elisabeth mir raten würde. Für sie war Geld nicht so wichtig. Aber sie hatte ja auch nicht so hohe Schulden. Und der Neubau, den sie sich mit einer ebenfalls allein erziehenden Freundin teilte, war natürlich kein bisschen renovierungsbedürftig. Nein, ich fürchtete, Elisabeth würde auf die Million verzichten, wenn sie dafür einen Mann wie Stephan hätte.

Um Viertel nach zwölf schulterte Petra ihre Handtasche. Sie hatte unsere Erlaubnis, früher Schluss zu machen, um ihre Kinder rechtzeitig vom Kindergarten abholen zu können. Die Kinder hießen Timo und Nico und sahen ein bisschen aus wie kleine Frettchen. Bei Kindern ist das aber irgendwie noch richtig niedlich. Wenn sie Schnupfen hatten oder der Kindergarten geschlossen war, brachte Petra sie mit zur Arbeit. Sie durften dann im Büro sitzen und endlos Videos von Bob der Baumeister anschauen. Anfangs hatte ich versucht, sie ein bisschen in die Gartenarbeit einzubinden (ich habe diesbezüglich eine eindeutig missionarische Ader), Blumen gießen, umtopfen, Saatgut ausbringen, alles, wozu sie Lust hatten. Es waren nämlich erstaunlich nette Kinder. Wahrscheinlich kamen sie diesbezüglich auf ihren Papa.

Petra wollte aber nicht, dass sie sich schmutzig machten.

»Das fehlte mir noch, dass meine Kinder wie Erdferkel aussehen«, erklärte sie. Bob der Baumeister war hingegen eine absolut keimfreie Angelegenheit.

»Herr Gae-härtner«, flötete sie, während sie ihren Kopf und ihre Titten zu Stephan ins Büro reinhängte. »Ich bin dann fä-härtig für heute. Tschüssie!«

»Tschüssie – und vielen Dank«, flötete Stephan zurück. Ich verzog das Gesicht. *Tschüssie* fand ich persönlich noch schlimmer als Eberhards *Tschö mit ö.*

»Bin dann weg«, sagte Petra zu mir, kein bisschen mehr flötend. »Igitt, sieh dir doch mal deine Fingernägel an. Schwarz wie ...«

»... Drä-häck«, ergänzte ich flötend und betrachtete meine Hände mit gespieltem Erstaunen. »Nanu, wie kommt der denn an meine Hände?«

»Du könntest mit Handschuhen arbeiten, wie jeder andere normale Mensch auch.« Petra rümpfte zum Abschied ihre Kartoffelnase. »Bis Mittwoch dann.«

Ich winkte ihr mit meinen erdigen Pfoten nach. »Schöne Grüße an deine Kinder und deinen Mann.« Letzteren kannte ich nicht, ich vermutete nur, dass er ein ganz armes Schwein war.

»Huch!« An der Tür war Petra mit jemandem zusammengestoßen. Weil es eine Frau war, machte sie sich nicht die Mühe, sich zu entschuldigen.

»Wir haben jetzt gleich Mittagspause«, sagte sie unfreundlich.

»Deshalb müssen Sie mir doch nicht gleich Ihre billige Gucci-Imitat-Handtasche in die Rippen rammen«, erwiderte die Frau. Es war meine Schwägerin Evelyn, wie immer hochelegant und lässig zugleich. Vor der Tür parkte der silber glänzende BMW mit offenem Verdeck.

»Das ist keine Gutschi-Handtasche«, schnappte Petra.

Evelyn schob sich an ihr vorbei. »Sag ich doch. Ein billiges Imitat, genau wie das Parfüm.«

»Das Parfüm ist zufälligerweise echt«, sagte Petra und ließ die Tür mit diesem gewissen »Der hab ich's aber gegeben«-Knall hinter sich zufallen.

»Dann riecht es wohl nur so billig«, sagte Evelyn zu mir.

»Das ist Desinfektionsmittel«, sagte ich.

Evelyn sah Petra durch die Schaufensterscheibe nach, wie sie ihren Hintern über den Parkplatz schwenkte. »Seit wann arbeitet diese o-beinige Schnepfe denn hier?«

»Seit zwei Monaten«, antwortete ich. »Und was machst du hier? Wolltest du Pflanzen kaufen?« Zu Olivers und Evelyns Penthouse gehörte eine riesige Dachterrasse, die völlig kahl war, bis auf eine Teakholz-Sitzgruppe mit Sonnenschirm und den Kübel mit Buchsbaum, den ich ihnen zum Einzug geschenkt hatte.

»Nein«, sagte Evelyn und pflanzte sich graziös auf die Ladentheke. »Du weißt doch, dass ich es nicht mit Pflanzen und Haustieren habe. Ich wollte mit dir über die Sache reden.«

»Über welche Sache?«

»Über die Eine-Million-Euro-Sache«, sagte Evelyn leichthin.

»Oh, über *die* Sache«, sagte ich. Darüber wollte ich auch nur zu gerne reden. Zumal ich so gut wie gar nichts darüber wusste.

Evelyn fuhr sich mit der Hand durch die perfekt sitzenden Haare. »Oliver ist der Ansicht, wir sollten es nicht tun. Aber das kann er doch wohl nicht alleine entscheiden, oder?«

»Tja, eine Million Euro sind eine Menge Geld«, sagte ich vorsichtig. So viel wusste ich ja immerhin. »Aber Stephan denkt auch, dass der Vorschlag indiskutabel ist.«

»Und was denkst *du*?«

»Tja, also«, sagte ich verlegen. Zu dumm, dass ich immer noch völlig im Dunkeln tappte.

»Olivia?«

Unter Evelyns durchbohrendem Blick errötete ich leicht. »Ähm – tja, ich weiß ehrlich gesagt nicht so recht, was ich davon halten soll. Was denkst du denn?«

»Ich denke, wir sollten es machen«, sagte Evelyn. »So leicht kommen wir nie wieder zu Geld. Für eine Million Euro muss eine alte Frau lange fi … äh stricken. Und jetzt, wo ich praktisch arbeitslos bin, könnte ich es erst recht gut gebrauchen.«

»Aber – es wäre doch … unmoralisch!«, sagte ich raffiniert.

»Unmoralisch?«, wiederholte Evelyn. »Das ist aber nun wirklich Interpretationssache. Wir täten ja nichts Ungesetzliches.«

»Nicht?«, fragte ich und fühlte mich irgendwie erleichtert.

»Natürlich nicht, oder kennst du ein Gesetz, das einem das verbietet?«

»Äh – puh«, machte ich. »Darüber müsste ich wohl noch ein Weilchen reüssieren …«

Jetzt dämmerte es Evelyn. Dumm war sie ja nicht. »Stephan hat's dir gar nicht gesagt, was?«

Ich schüttelte beschämt den Kopf.

»Dieser Feigling«, sagte Evelyn und sah sich um. »Wo ist er?«

»Im Büro. Er kann uns nicht hören.«

»Also, dann hör mir mal zu: Fritz möchte jedem seiner Söhne eine Million Euro geben, wenn sie für ein halbes Jahr ihre Frauen tauschen.«

»Was?«, rief ich aus. Es klang simpel und kompliziert zugleich. Und völlig verrückt. »Wie soll denn das gehen?«

»Ganz einfach: Du würdest für sechs Monate zu Oliver

in unsere Wohnung ziehen, und ich würde so lange hier bei Stephan in eurer Bruchbude hausen. Das ist alles.«

»Ja, aber … – was soll das Ganze denn? Ich meine, was hat Fritz davon?«

»Ein gutes Gefühl«, sagte Evelyn.

»Das ist doch völlig bescheuert! Oliver und Stephan haben Recht, der Mann müsste entmündigt werden. Er weiß nicht, was er sagt.«

»Er ist nun mal der Meinung, dass seine Söhne die falschen Frauen geheiratet haben.«

»Und er meint, andersherum passten wir besser zueinander?« Brad Pitt zu Jennifer Aniston, Blumenkohl zu Blumenkohl – natürlich! Warum musste denn alle Welt die Menschen nur nach Äußerlichkeiten beurteilen?

Evelyn ließ lässig ihre Beine baumeln. »Offenbar. Er glaubt nun mal, dass wir schuld daran sind, dass seine Söhne weder eine Karriere noch Kinder vorzuweisen haben.«

»Aber das ist doch nicht meine Schuld«, protestierte ich. »Außerdem, wenn ich dem einen Sohn keine Karriere verschaffe, wie sollte ich das dann für den anderen bewerkstelligen?«

»Das spielt doch keine Rolle!« Evelyn machte ein ungeduldiges Zahnschmerzengesicht. »Es geht hier um irgendein subtiles Machtspielchen, bei dem Fritz beweisen will, dass seine Söhne immer noch machen, was er sagt.«

»Für eine Million Euro«, sagte ich verächtlich.

»Für eine Million Euro«, bestätigte Evelyn. »Das ist es Fritz wohl wert. Wahrscheinlich ist es eine Wette.«

»Mit wem denn?«

»Weiß ich doch nicht.« Evelyn schlug elegant die Beine übereinander. »Aber wenn wir nicht mitmachen, hat er verloren. Und das wollen wir doch nicht, oder? Er ist immerhin unser lieber Schwiegerpapa.«

»Aber wenn er verliert, kann er doch seine Million behalten!«

»Zwei Millionen. Jeder bekäme schließlich eine.«

»Umso schlimmer! Wenn es sich wirklich um eine Wette handelt, dann ist Fritz wahrscheinlich heilfroh, wenn er verliert.«

Evelyn war anderer Meinung. »Oh nein! Der Mann bekommt doch schon einen Tobsuchtsanfall, wenn er beim Mensch-ärgere-dich-nicht gegen seine Enkelkinder verliert!«

»Ja, aber er bekommt auch einen Tobsuchtsanfall, wenn die bei Aldi die Preise um zwei Cent erhöhen. Ich wage gar nicht daran zu denken, wie das erst bei zwei Millionen wäre.«

»Wer weiß denn, wie hoch der Wetteinsatz ist?«, sagte Evelyn. »Am Ende macht der Alte wahrscheinlich noch ein gutes Geschäft – so oder so!«

Mir war mittlerweile ganz schwindelig.

»Alles Blödsinn!«, rief ich aus. »Wer sollte bei so was mitmachen? Niemand hat irgendetwas davon! Kinder und Karriere haben Stephan und Oliver doch auch dann nicht vorzuweisen, wenn sie die Frauen tauschen! Das macht alles keinen Sinn.«

»Das kann uns aber doch egal sein«, hielt Evelyn dagegen. »*Wir* hätten definitiv was davon – und wir wollen doch nur das Geld, oder?«

»*Nur* ist gut«, sagte ich.

»Sieh es doch mal ganz pragmatisch: Die Hälfte davon gehört uns«, sagte Evelyn. »Dir und mir. Fünfhunderttausend Euro für jede von uns.«

Fünfhunderttausend Euro. Ich starrte zu den Erdkrumen auf meinen Schuhen herab. Vor meinem inneren Auge sah ich lange Reihen prächtiger Obstbäumchen historischer Apfel- und Birnensorten, Buchskugeln und -kegel, Englische Rosen neben gefülltem Rittersporn und Lavendel auf vierzehntausend Quadratmetern kultivierten Landes. Ich sah zahllose Kunden, die sich durch die renovierten Gewächshäuser schoben und begeistert vor fantasievoll bepflanzten Terracottakübeln, plätschernden Sandsteinbrunnen und eisernen, dekorativ angerosteten Obelisken stehen blieben, und ich sah mich Stephan einen triumphierenden Blick zuwerfen, der besagte, dass die Begonien-Ära ein für alle Mal hinter uns lag.

»Und ich müsste nur zu euch ziehen und du zu uns?«, fragte ich und kam mir dabei vor wie ein Fisch, der in einen besonders leckeren Köder gebissen hatte. Er hatte ja meist nicht lange Freude daran, der Fisch. Spätestens, wenn er aus dem Wasser gezogen wurde, bereute er, dass er nicht widerstanden hatte.

»Genau«, sagte Evelyn. »Fritz ist wohl der Ansicht, alles andere passiere dann von ganz allein.«

»Welches andere?«

»Na, du weißt schon.«

»Weiß ich nicht!«

»Komm schon, stell dich nicht dümmer an, als du bist! Fritz will, dass wir für immer tauschen.«

»Was hätte er denn davon?«

Evelyn zuckte mit den Schultern. »Ich sag doch: ein gutes Gefühl! Das Gefühl, Recht gehabt zu haben. Das Gefühl, Kontrolle auszuüben. Was weiß ich! Das kann uns doch auch egal sein! Wir wollen doch bloß die Kohle, oder?«

Ich nickte. Ja, ich wollte die Kohle. Aber ich wollte auch Stephan, und aus irgendeinem Grund hielt ich es für nicht unwahrscheinlich, dass er während dieses halben Jahres auf die Idee kommen könne, dass Evelyn womöglich besser zu ihm passte als ich. Deshalb fügte ich hoffnungsvoll hinzu: »Aber wenn unsere Männer nicht dabei mitmachen wollen …«

»Die wollen«, sagte Evelyn bestimmt. »Die zieren sich bloß aus Prinzip. Um wenigstens etwas Würde zu bewahren.«

»Und was ist mit unserer Würde?«

»Die verkauf ich gern zu dem Preis«, sagte Evelyn. »Außerdem – so dramatisch ist es doch gar nicht. Wir tauschen nur die Männer, nicht unsere Jobs, unsere Essgewohnheiten oder unsere Autos! Auch nicht unsere Klamotten – denn *das* würde ich mir wirklich dreimal überlegen.«

»Ich würde in deine gar nicht reinpassen«, sagte ich und musste grinsen.

»Jedenfalls nicht obenherum«, sagte Evelyn und grinste auch. »Also, wie sieht's aus? Bist du dabei?«

»Na ja – es ist immer noch besser, als eine Niere zu spenden«, sagte ich.

»Dann ist es also abgemacht.« Evelyn hielt mir die Hand hin.

Ich schlug ein, tapfer das mulmige Fisch-Gefühl ignorierend, das mich befallen hatte. »Wenn Stephan und Oliver wirklich mitmachen sollten, bin ich auch dabei. Ich weiß aber nicht, ob ich mir das wünschen soll. Denn wenn sie uns lieben, dann müssten sie doch wohl eher nein sagen, oder?«

»Vielleicht solltest du dir genau diese Frage besser

nicht stellen.« Evelyn rutschte genauso anmutig vom Tresen herunter, wie sie hinauf gelangt war.

Ich schluckte. »Das kommt mir irgendwie riskant vor.«

»Das Leben ist ein Spiel. Man macht keine größeren Gewinne, wenn man nicht auch einen Verlust riskiert. Natürlich machen sie mit, du Dummchen!«

»Natürlich«, wiederholte ich matt.

Als sie an der Tür war, fiel mir noch etwas ein. »Ach – Evelyn?«

»Hm?« Evelyn dreht sich um.

»Was heißt ›reüssieren‹ denn nun eigentlich?«

»Ich habe nicht den leisesten Schimmer«, sagte Evelyn heiter.

»Und welches ist die größte der nordfriesischen Inseln?«

»A: Norderney, B: Jamaika, C: Borkum oder D: Fehmarn.« Auf Evelyns Gesicht erschien eins ihrer seltenen Lächeln.

»Fehmarn ist es nicht«, sagte ich. »Das liegt in der Ostsee. Bleiben noch Jamaika, Borkum oder Norderney.«

Evelyns Lächeln vertiefte sich. »Wir werden jedenfalls bald Millionär, ganz ohne blöde Antworten auf blöde Fragen geben zu müssen.«

5. Kapitel

Stephan saß mit dem Rücken zur Tür vor dem Computer, als ich hereinkam.

»Bin gleich so weit«, sagte er, ohne sich umzudrehen.

»Nur keine Eile. Ich habe sowieso nichts gekocht.« Ich konnte nicht besonders gut kochen, und Stephan auch nicht. Zu unserer mittäglichen Routine gehörte es, zwei Fertiggerichte aus der Tiefkühltruhe zu holen und in die Mikrowelle zu stellen. Abends machten wir dasselbe noch einmal. Nicht besonders gesund, aber wenn man genug Obst zwischendurch aß, konnte man wohl alt damit werden. Wenn wir Glück hatten.

Ich stellte mich hinter Stephan und kraulte seinen Blondschopf. Ich fand es immer schwierig, die Finger von ihm zu lassen, wenn wir allein waren. Jetzt waren wir annähernd zehn Jahre verheiratet, und es verging immer noch kein Tag, an dem ich nicht darüber staunte, dass dieser wunderschöne, perfekte und kluge Mann ausgerechnet mich, Olivia Przbylla mit den klodeckelgroßen, erdigen Händen und den Blumenkohlhaaren geheiratet hatte. Es war ein Wunder – mein ganz persönliches Wunder. Konnte ich wirklich das Risiko eingehen und ihn sechs Monate lang mit einer Frau wie Evelyn zusammen wohnen lassen? Würde er dann nicht mit der Nase darauf gestoßen, wie wenig perfekt ich eigentlich war?

Stephan knurrte wohlig. »Na, kleine Molli-Olli«, sagte

er, während er auf dem Bildschirm ein Briefdokument öffnete und das Adressfeld ausfüllte. An das Beerdigungsinstitut Sägebrecht.

»Sag das doch nicht immer«, murmelte ich. »Ich bin nicht mollig.«

»Aber es reimt sich doch so schön«, sagte Stephan tippend. Er hatte ein faszinierendes 3-Finger-System. »Molli-Wolli-Olli. Gibt's was Neues?«

»Nichts, was du nicht schon wüsstest«, sagte ich und beschloss, gleich mit der Tür ins Haus zu fallen. »Ich für meinen Teil hätte nichts dagegen, für eine Weile in Olivers totschickem Penthouse zu wohnen.«

Stephans Hände sanken auf der Tastatur zusammen. Statt »Sehr geehrter Herr Sägebrecht« stand dort jetzt »Sehr geehrter 857zmb«.

»Ich glaube, die haben dort sogar ein Wasserbett«, setzte ich sanft hinzu, als er sich nicht rührte.

»Du müsstest ja nicht gerade in seinem Bett schlafen«, sagte Stephan mit etwas brüchiger Stimme. »Davon war nie die Rede.«

»Für eine Million Euro könnte ich mich auch dazu durchringen«, sagte ich. »Ich bin sicher, *du* lässt die arme Evelyn auch nicht in unserer Badewanne übernachten, oder?«

Stephan drehte sich endlich zu mir um. »Hat Oliver dich angerufen? Der alte Schweinehund.«

»Aber nein! Evelyn hat's mir erzählt. Oliver findet das Ganze absolut indiskutabel, genau wie du.«

Stephan schwieg ein paar Sekunden. Dann fragte er: »Und Evelyn?«

»Die ist scharf ... auf's Geld.« Hoffte ich jedenfalls. Denn wenn sie möglicherweise auch scharf auf Stephan war, sah ich Probleme auf mich zukommen. Ziemlich große Probleme.

»Hm«, machte Stephan. Dann verschwanden die skeptischen Runzeln auf seiner Stirn plötzlich. Er lachte leise, als er mich auf seinen Schoß zog. »Das ist schon völlig verrückt von dem Alten, oder? Das Verrückteste, das er jemals getan hat.«

»Weißt du denn, warum er auf diese absurde Idee gekommen ist?«

Stephan schüttelte den Kopf. »Er hat gesagt, von allein werden wir unser Leben niemals verändern. Also müsste er es für uns tun.«

»Aber es ist doch gar nicht so schlecht, unser Leben, oder?«, murmelte ich, an seine Brust gekuschelt.

»Das stimmt«, sagte Stephan. »Das Einzige, das fehlt, sind so ungefähr eine Million Euro.«

»Und alles andere bliebe, wie es ist?«, fragte ich.

»Natürlich. Wir wären nur unsere Sorgen los.«

Eigentlich dachte ich ja genauso. »Aber da gibt es doch diese Studien mit Lottogewinnern. Du weißt schon, ob Geld glücklich macht. Und das tut es nicht …«

»In unserem Fall schon«, sagte Stephan.

»Meinst du denn, du könntest es eine Weile mit Evelyn aushalten?«, fragte ich und zerzauste sein Haar. »Eine sechs Monate lange Weile?«

»Wenn du meinen Bruder so lange ertragen kannst …« Stephan kraulte meine Locken. »Man muss eben auch mal Opfer bringen.«

Ich dachte an eine Million Euro und was man damit alles anfangen konnte. Das Opfer, das ich bringen musste, erschien mir eigentlich gar nicht so groß. Mit dem guten alten Blumenkohl würde ich es dafür schon eine Weile aushalten können. Ich kannte ihn nicht anders als ausgeglichen und freundlich. Und er konnte wunderbar kochen. Außerdem war die Wohnung der beiden nigelnagelneu, und aus jeder Ecke sprang einen Evelyns exquisiter Geschmack an. Ein halbes Jahr kein Ruinenstaub und keine Mikrowelle – »Ich denke schon, dass ich es aushalten kann«, sagte ich.

Solange du nichts mit Evelyn anfängst, hätte ich gerne hinzugefügt. Aber natürlich verstand sich das von selbst. Hoffte ich.

Stephan holte tief Luft. »Na dann, würde ich sagen … – schnappen wir uns die Million.«

*

Ich hatte gedacht, dass Fritz aus allen Wolken fallen würde, wenn er hörte, dass wir sein »Angebot« annahmen, ja, dass er dann vielleicht noch einen Rückzieher machen und behaupten würde, es sei alles nur ein Scherz gewesen. Ein winzig kleiner Teil meiner Persönlichkeit, der Teil, dem das viele Geld völlig schnuppe war, *hoffte* sogar, dass Fritz einen Rückzieher machen würde.

Aber Fritz zuckte nicht mal mit der Wimper. »Ich kenn doch meine Pappenheimer«, sagte er.

Es war wieder Sonntag, der Tag vor dem ersten Mai. Regen trommelte in dicken Tropfen auf das Glasdach des Wintergartens und sorgte für ein interessantes Zwielicht. Sonst war es eigentlich genau wie letztes Mal: Vor uns auf dem Tisch stand eine Aufschnittplatte mit Metzger Sendmanns Abfällen, die Kinder aßen Marmeladenbrötchen, und Katinka war wieder in Pastell gekleidet, diesmal in hellblau, passend zur Tischdecke. Eberhard fragte, welches Tier nicht in Afrika vorkäme, A: Tiger, B: Opossum, C: Giraffe oder D: Gürteltier.

Ich wusste es wieder mal nicht.

Ungewöhnlich war nur, dass Oliver, den wir zu unserem Sprecher ernannt hatten, nach der ersten Tasse Kaffee sagte: »Wir haben es uns überlegt, Vati. Wir würden dein Angebot gerne annehmen.«

Während Fritz, wie erwähnt, nur emotionslos »Ich kenne doch meine Pappenheimer« sagte, hob es Eberhard und Katinka beinahe aus ihren Korbstühlen.

»Was denn für ein Angebot?«, fragte Katinka, und Eberhard sagte: »Das würde meiner einer auch gerne mal wissen, wenn's erlaubt ist.«

Wir alle sahen Fritz an, denn nun war es an ihm, die ganze Sache aufzuklären. Immer noch hoffte ich ein winzig kleines bisschen auf ein: »Haha, ich hab euch aber schön an der Nase herumgeführt, was? April, April und versteckte Kamera und verstehen Sie Spaß!!«

Aber Fritz sagte: »Ich habe deinen Brüdern eine beträchtliche Vorauszahlung auf ihr Erbe versprochen. Eine Million Euro für jeden von ihnen, wenn sie ein halbes Jahr lang gewisse Bedingungen erfüllen.«

»Eine Million Euro«, staunte Eberhard. »Da fliegen doch die Löcher aus dem Käse.«

»Boah«, machte Till. Er konnte immerhin schon bis hundert zählen. »Eine Milljohn! So viel hat der Ferrari von Tims Vater gekostet.«

»Nicht ganz«, sagte ich.

»Und was sind das für Bedingungen?«, fragte Katinka ein bisschen schrill. Sie hatte zum ersten Mal, seit ich sie kannte, weder Ohren noch Augen für ihre Kinder.

»Stephan und Oliver müssen für sechs Monate ihre

Frauen tauschen«, sagte Fritz, und obwohl Katinka aussah, als würde sie vor lauter Schreck jeden Augenblick in ihre Tasse beißen und Eberhard einen fürchterlichen »Oha«-Anfall bekam (er sagte es ungefähr vierzigmal hintereinander), sprach Fritz seelenruhig weiter: »Die genauen Details sind im Vertrag festgelegt, der nebenan auf dem Schreibtisch liegt: Dings äh Evelyn zieht zu Stephan in die Ruine, und Dings äh Olivia zu Oliver in die Stadt. Tagsüber können alle wie gewohnt ihrer Arbeit nachgehen, aber ab achtzehn Uhr darf niemand mehr zu seinem richtigen Ehemann Kontakt haben: keine Treffen, auch nicht zu viert, keine Anrufe, nichts. Wir behalten uns vor, jederzeit Einsicht in eure Telefonrechnungen zu nehmen, Festnetz wie Handy. Wenn wir merken sollten, dass ihr versucht, uns auszutricksen, gilt die Wette als verloren, das heißt, ihr könnt der Million auf Nimmerwiedersehen sagen.«

»Wer ist wir?«, fragte Oliver.

»Och, nur ein paar Freunde und ich«, sagte Fritz. »Ihr wisst schon: der verrückte Scherer, der Doktor und der gute alte Hubert Rückert.«

»Ich wusste doch, dass ihr nicht nur Doppelkopf spielt«, sagte Stephan, und Evelyn sagte, wenn auch sehr leise: »Vier verrückte alte Männer mit Zeit und Geld ... – unsere private Lottogesellschaft.«

Eberhard stieß immer noch fassungslose »Ohas« in die Gegend, und Katinka sah aus, als würde sie keine Luft bekommen.

»Also ist es doch eine Wette«, sagte ich. »Wer wettet denn mit wem? Und warum? Hast du verloren, wenn wir nicht mitmachen? Und um wie viel Geld geht es denn? Bist du besser dran, wenn du uns die zwei Millionen zahlen musst, oder freust du dich, wenn du verlierst?«

»Das geht euch nichts an«, sagte Fritz barsch. »Der Vertrag liegt nebenan, ihr solltet ihn euch in aller Ruhe durchlesen und dann sagen, ob ihr zu den Bedingungen immer noch bereit seid, mitzumachen. Ich meine, ihr müsst in jedem Augenblick damit rechnen, dass Scherer seine lange Nase bei euch zur Wohnungstür reinsteckt – hahaha!«

»Aber deine alten Sä ... Herren bekommen doch wohl keine Wohnungsschlüssel, oder?«, fragte Stephan empört.

Fritz schüttelte den Kopf. »Nein, nein, wir klingeln vorher. Aber wir behalten uns vor, einen Privatdetektiv zu engagieren oder andere Methoden der Observation ... – steht alles im Vertrag. Dings, sei ein braver Junge und hol mal schnell die Papiere, die bei Opa auf dem Schreibtisch liegen.«

Till sprang auf und flitzte nach nebenan. Es war eine große Ehre für ihn, denn normalerweise durften die Kinder das Arbeitszimmer nicht betreten.

Seine Eltern nahmen allmählich wieder eine normale Gesichtsfarbe an.

»Oha, oha, oha«, sagte Eberhard, völlig aus der Puste. »Das ist wirklich starker Tobak.«

Katinka schüttelte fassungslos den Kopf. »Das ist ... das ist ...«, stotterte sie. »Das könnt ihr doch nicht machen. Es ist ... unanständig!«

»Unanständig viel Geld«, sagte Evelyn zufrieden.

Till kam mit ein paar Din-A4-Blättern zurück. Oliver griff danach und begann zu lesen. Stephan stellte sich hinter ihn und las über seine Schulter mit. Am liebsten hätte ich ebenfalls mit gelesen, aber Katinka war so neben der Spur, dass sie nicht einmal mitbekam, dass Jan statt seines Marmeladenbrots seine himmelblaue Serviette verspeiste. Ich zog sie ihm unauffällig aus dem Mund.

»Keine Sorge, du kommst nicht zu kurz, Tochter«, sagte Fritz. »Ich habe auch an dich gedacht!«

»Aber ich werde auf keinen Fall bei so etwas mitmachen«, sagte Katinka schrill.

»Da wirst du wohl auch keinen finden«, sagte Evelyn. »Wer will schon mit dir den Mann tauschen? Für sechs Monate!«

»Nicht mal für sechs Sekunden«, ergänzte ich.

Aber Katinka hörte uns nicht. Ich hatte sie noch nie so außer sich erlebt. Als Lea wie jeden Sonntag ihr Milchglas auf die Tischdecke kippte, registrierte Katinka es nicht einmal.

»*Niemals* würde ich meinen Ebi mit jemandem tauschen«, empörte sie sich. »Niemals. Das ist doch krank.«

Ich tupfte stillschweigend die Milch von der Tischdecke und goss Lea frische ein.

»Aber wenn der Berg nicht zum Propheten kommt«, sagte Eberhard und sah Evelyn und mich lüstern an. »Dienst ist Dienst und Schnaps ist Schnaps. Für eine Million beißt die Maus keinen Faden ab …«

»Niemals!«, rief Katinka. »Ich meine, das ist doch wohl ungerecht: Soll ich dafür bestraft werden, dass wir keine Schulden haben und dass mein Mann mit Geld umgehen kann? Sind denn hier alle verrückt geworden? Wie soll ich denn das unseren Bekannten erzählen? Die halten unsere Familie doch für völlig bescheuert, wenn meine Brüder ihre Frauen tauschen!«

Da hatte sie sicher Recht. Aber man musste den Leuten auch was bieten – schließlich waren wir *die Gaertners, eine Familie zum Haareraufen. Sehen Sie heute: Der*

Frauentausch. Werden die Söhne und die Schwiegertöchter des alten Patriarchen Fritz tatsächlich bei diesem hahnebüchenen Plan mitspielen? Und wie wird die kleine, immer schwangere Schwester dafür entschädigt, dass sie ihren Eberhard mit niemandem tauschen darf? Seien Sie gespannt, was für Verrücktheiten diese Familie noch für Sie bereithält, und halten Sie den Atem an, wenn es wieder heißt: Die Gaertners – eine Familie zum Weglaufen.

»Jetzt beruhige dich noch mal, Tochter«, sagte Fritz. »Als ob ich nicht für alle meine Kinder nur das Beste wollte! Ich habe lange darüber nachgedacht, und möchte dir auch einen Tausch vorschlagen.«

»Nein, nein, nein!«, rief Katinka.

Ich an ihrer Stelle hätte erst mal abgewartet, wen Fritz zum Tausch vorschlug, denn es konnte ja eigentlich nur besser werden. Aber Fritz meinte überhaupt keinen Mann. Getauscht werden sollte etwas ganz anderes:

»Dein Reihenhaus gegen meine geschmacklose Marzipanhochzeitstorte«, sagte er.

»Was?«, rief Katinka aus. So durcheinander war sie, dass sie nicht einmal versuchte, Jan daran zu hindern, das Ei samt Schale zu essen. Ich ließ ihn. Eierschale soll ja gar nicht so ungesund sein.

Eberhard stand ein bisschen auf der Leitung und sagte keckernd: »So dämlich wäre meiner einer auch, dass ich einen Kuchen gegen ein Haus tauschen würde!«

»Fritz meint die Villa«, erklärte ich ihm.

»Welche Villa?«, fragte Eberhard begriffsstutzig.

»Diese hier«, sagte ich und machte eine ausladende Geste. Du badest gerade deinen Hintern darin, hätte ich beinahe hinzugefügt.

»Dieses Haus?«, wiederholte Eberhard und sah Fritz überrascht an. »Du willst dieses Haus gegen unseres tauschen?«

Fritz nickte. »Euer Häuschen ist ja jetzt schon zu klein für euch. Die Kinder werden auch immer größer. Hier wäre Platz für alle vier und noch ein paar mehr. Der Gutachter hat das Haus auf eine Million geschätzt, wegen des guten Zustandes und der neuen Gasheizung. Die dicken Mauern und den Wintergarten hat er sehr gelobt, und er meinte, dass der ganze scheußliche Schnickschnack wie Turm und Erker und Engelchen unheimlich gefragt seien. Sauna und Schwimmbad steigern den Wert zudem enorm, und zweitausend Quadratmeter mit altem Baumbestand sind heutzutage ja auch kaum noch zu finden, jedenfalls nicht in dieser exquisiten Lage.«

»Oha«, sagte Eberhard und leckte sich die wulstigen Lippen.

»Du … du … – aber du liebst dieses Haus«, sagte Katinka, den Tränen nahe. »Du und Mutti, ihr habt es damals zusammen gekauft …«

»Ich fand's schon immer grässlich«, sagte Fritz. »Dieser ganze Firlefanz, und dann auch noch rosa! Das ist doch keine Farbe für einen Mann. Außerdem ist es viel zu groß. Was soll ich alter Mann denn mit so vielen Stockwerken und Treppen und Quadratmetern? Ich hab's nur behalten, weil eure Mutter gewollt hätte, dass einer von euch darin lebt. Und ich denke, du bist dafür die Richtige. Hier müssen Kinder wohnen. Das Treppengeländer ist zum Runterrutschen wie geschaffen. Aber, na ja, wenn du's nicht magst …«

Till und Lea sprangen auf und liefen ins Haus, wahrscheinlich um das Treppengeländer herunterzurutschen, vielleicht aber auch, weil ihr Opa um diese Zeit gewöhnlicherweise mit dem Herumpöbeln begann.

Jan zappelte ungeduldig in seinem Kinderstühlchen und plärrte: »Ißß will auch rutßen!«

Weil niemand sonst sich rührte, hob ich ihn aus dem Stuhl. »Aber denk daran«, sagte ich, weil es sonst niemand tat. »Haust du deine Tante, hau ich meine Tante. Oder so ähnlich.«

Jan nickte und rannte den anderen beiden hinterher.

Katinka hatte inzwischen verstanden, was ihr angeboten worden war, und begann vor lauter Freude zu weinen. »*Natürlich* mag ich es. Ich *liebe* dieses Haus. Es ist mein Elternhaus. Und es ist ein *Traum*. Alle meine Freundinnen haben mich darum beneidet ...«

Ich konnte sie verstehen. Ich hatte meine Freundinnen schon um ihre Barbiehäuser beneidet. Wie musste das erst mit einer echten Villa mit Türmchen und Engelchen über dem Portal sein? Alle von Katinkas Freundinnen würden vor Neid erblassen. Ich wurde auch ein bisschen blass. Welch wunderbare Partys man am Pool feiern konnte!

Dann fiel mir ein, dass ich ja bald Millionärin sein würde und aus unserer Ruine ein genauso hübsches Haus machen konnte. Wenn auch nicht unbedingt rosarot. Eher ochsenblutrot oder toskanisch gelb oder weiß. Und statt Pool vielleicht einen Schwimmteich. Ach ja ...

»Wenn wir die Häuser tauschen, müssen wir nicht bauen«, stellte Eberhard sehr weise fest. »Das spart Zeit und Schweiß.«

»Und Geld«, sagte Fritz. »Und ich hätte endlich einen übersichtlicheren Haushalt. Über kurz oder lang hätte ich mir eine Putzfrau nehmen müssen, und die haben heutzutage einen Stundenlohn wie Ärzte. Und deutsch sprechen sie auch nicht. Es geht bergab mit unserer Gesellschaft. Diese kleine Hütte aber kann ich selber sauber halten. Na, Söhne, alle Vertragsparagraphen studiert?«

»Ja«, sagte Oliver und hob die Nase aus den Papieren. »Allerdings bleiben da noch einige Fragen offen.«

»Zum Beispiel?«

»Wie du weißt, wollen Evelyn und ich ein Kind haben. Wenn wir uns nach achtzehn Uhr nicht mehr sehen können, dürfte das etwas schwierig werden.«

»Mein lieber Herr Sohn«, sagte Fritz. »Ich muss dir doch hoffentlich nicht erklären, dass Kinder auch tagsüber gezeugt werden können, oder?«

»Tagsüber arbeite ich«, sagte Oliver.

»Es gibt Mittagspausen«, sagte Fritz. »Und außerdem habt ihr so lange damit gewartet, dass es auf ein halbes Jahr früher oder später jetzt auch nicht mehr ankommt. Sonst noch Fragen?«

Oliver wandte sich erbost um.

»Ihr wollt wirklich unsere Telefonleitungen anzapfen?«, fragte Stephan.

»Wenn's sein muss«, sagte Fritz knapp.

»Wie ist das mit der Erbschaftssteuer?«, fragte Evelyn. »Du kannst uns ja leider nicht mal eben so eine Million auszahlen, ohne dass der Staat mitkassieren will.«

»Was hat der Staat mit meinen Millionen zu schaffen?«, sagte Fritz ärgerlich. »Die habe ich mir mit harter Arbeit verdient, und glaubt mir, der Staat hat schon genug Einkommenssteuern davon bekommen!«

»Ja, aber du wirst ja wohl kaum zwei Millionen Euro

in bar irgendwo herumliegen haben«, sagte Evelyn. »Und dummerweise sind die Banken gezwungen, solch große Transaktionen zu melden. Und dann müssen wir zahlen, und von den Million ist leider nicht mehr viel übrig.«

»Das lass mal meine Sorge sein«, sagte Fritz. »Die Million bekommt ihr jedenfalls *netto*. Sonst noch Fragen?«

»Ja«, sagte Evelyn. Sie war offenbar gut vorbereitet. »Angenommen, Stephan und Olivia oder Oliver und ich würden uns trennen, erstreckt sich dann die Zugewinngemeinschaft auch auf die Million, oder habt ihr hier eine Schwiegertochterfalle eingebaut?«

»Sieht nicht so aus«, sagte Oliver ziemlich kühl und schob Evelyn die Papiere hin. »Aber lies lieber selber noch mal nach, falls du vorhast, dich zu trennen.«

Evelyn vertiefte sich, ohne mit der Wimper zu zucken, in das Vertragswerk.

»Dieser Vertrag verbietet es doch nur, des Nachts mit dem eigenen Ehemann zu verkehren?«, fragte ich und wurde ob dieser Wortwahl ein wenig rot.

Eberhard keckerte auch sofort unanständig.

»Ja, ja«, sagte Fritz. »Des Nachts und sonntags herrscht absolutes Kontaktverbot. Ansonsten kannst du mit deinem Ehemann verkehren, so viel du willst.«

»Dann ist es ja gut«, sagte ich und lächelte Stephan beruhigt zu. Ich wollte ja nicht, dass einer von Fritzens Doppelkopfsäcken aus dem Gebüsch sprang und rief: »Wette verloren«, wenn ich Stephan mal einen Kuss gab.

Stephan lächelte zurück, und zwar auf eine Weise, bei der meine Knie sofort weich wurden. Sein Testosteronspiegel war deutlich gestiegen, seit wir uns mit dem Gedanken an eine Million Euro herumtrugen.

»Weiß du, ich bin einfach nicht dafür geboren, arm zu sein«, hatte er gestern gesagt, als wir im Büro die monatliche Endabrechnung gemacht hatten. »Es ist irgendwie gegen mein Naturell, jeden Cent zweimal umdrehen zu müssen.«

Ja, aber gegen wessen Naturell verstieß das nicht?

»Eine Million – so viel Geld kann man sich kaum vorstellen, oder?«, hatte ich gesagt.

»Ich schon!« Stephan hatte eine Box für kleine Notizzettel vom Schreibtisch genommen und hunderte weiße Blättchen auf den Fußboden rieseln lassen. »Stell dir einfach vor, das wären Fünfhundert-Euro-Scheine.«

Ich hatte mich gebückt, um ein paar davon in die Luft zu schmeißen. Dabei hatte ich an die Szene in »Ein unmoralisches Angebot« denken müssen, in der Demi Moore und der andere Hauptdarsteller, der, der nicht Robert Redford war, einander auf einem Haufen Geldscheine geliebt hatten. Unhygienisch, aber sehr erotisch.

Stephan hatte genau das Gleiche gedacht. Auf den weißen Zettelchen hatte wir den besten Sex unseres Lebens gehabt. Und hygienischer war es sicher auch.

Vielleicht würden wir in diesen sechs Monaten unser Sexualleben vollkommen neu definieren, dachte ich jetzt. Kein Sex nach achtzehn Uhr – da eröffneten sich einem doch ungeahnte Möglichkeiten. Plötzlich sah ich dem Sommer wieder sehr zuversichtlich entgegen.

»Und wann soll's losgehen?«, fragte ich unternehmungslustig.

Evelyn sah auf. »Ich würde sagen, fahr schon mal nach Hause und pack deine Sachen, Olivia. Vom ersten Mai bis zum ersten Oktober gehört meine Wohnung dir.« Und mit einem schweren Seufzer setzte sie hinzu: »Und ich darf mich so lange in eurer Ruine heimisch fühlen. Wenn das mal nicht ungerecht ist!«

Ich bekomme zwar die schönere Wohnung, aber dafür bekommst du den schöneren Mann, dachte ich. Die Frage war doch, was eine größere Wertigkeit hatte.

6. Kapitel

Mein Koffer war schnell gepackt: ein paar Klamotten, die Bücher, die ich gerade las, Zahnbürste, mehr brauchte ich nicht. Schlafanzüge oder Nachthemden besaß ich nicht, aber bei Oliver konnte ich ja wohl schlecht nackt schlafen. Das »Ich bin dreißig – bitte helfen Sie mir über die Straße«-T-Shirt würde zum Schlafen herhalten müssen. Ich konnte ja außerdem jederzeit ins Haus, wenn ich etwas vergessen hatte, solange ich es nicht nach achtzehn Uhr tat.

Stephan saß auf dem Badewannenrand und sah mir zu, wie ich meinen Kulturbeutel einräumte.

»Wo soll Evelyn denn nun schlafen?«, fragte ich. »Wir könnten ja meine Matratze aus dem Ehebett ins Wohnzimmer legen.«

»Die Schlafcouch im Gästezimmer ist doch sehr bequem«, sagte Stephan.

»Ja, aber voller Stockflecken.« Ich schämte mich ein bisschen. »Die arme Evelyn. Sicher hat sie so etwas noch nie gesehen. Sie wird sich vorkommen wie in einem Asylbewerberheim. Vielleicht solltest du ihr ganz ritterlich das Schlafzimmer anbieten.«

»Dann erstickt sie des Nachts noch an herunterrieselnden Putzstückchen«, sagte Stephan. »Aber meinetwegen kann sie mit im Bett schlafen.«

»Ja – ohne dich«, sagte ich scharf. »Du nimmst dann

selbstverständlich die Gästecouch. Außerdem kannst du auf keinen Fall weiterhin nackt schlafen, hörst du? Du ziehst eine Unterhose an und ein T-Shirt, in Ordnung?«

»Hoffentlich denke ich daran«, sagte Stephan und grinste. Meine Eifersucht amüsierte ihn.

»Evelyn sagt, sie hat mir ihre Lignet-Roset-Couch im Arbeitszimmer schon bezogen«, sagte ich und verdrehte die Augen. »Stell dir mal vor: Lignet Roset im Arbeitszimmer! Fritz hat Recht, die beiden schmeißen das Geld wirklich nur für überflüssigen Luxus zum Fenster raus.«

»Ja«, sagte Stephan, und es klang unverhohlen neidisch. »Das können wir bald auch tun. Als Erstes werde ich diese Schrottkarre von Auto gegen ein schnittiges Cabrio eintauschen.«

»Aber wir brauchen mindestens einen Kombi«, sagte ich vorwurfsvoll. »Noch besser einen großen Pickup.«

Stephan lachte. »Wir können uns beides leisten: ein Cabrio *und* einen Pickup.«

Ich lachte. »Die Leute werden denken, wir hätten im Lotto gewonnen. Wie sollen wir das bloß erklären?«

»Darüber habe ich mir auch Gedanken gemacht«, sagte Stephan. »Aber ich werde unseren Freunden einfach die Wahrheit erzählen: dass das Geld von meinem Vater stammt. Wie hart und äh … bizarr wir es uns verdienen mussten, geht niemanden etwas an.«

Wir hatten ohnehin nicht besonders viele Freunde. Es gab ein paar Kontakte zu ehemaligen Kommilitonen aus Stephans Studienzeit und Kollegen aus den Jahren, bevor wir uns selbstständig gemacht hatten. Betriebswirte und ihre Frauen, mit denen wir uns ab und an zum Essen trafen. Mir war es recht, dass diese Essen recht selten stattfanden, denn dort wurde über nichts anderes als über Statussymbole geredet, von denen wir leider keine vorzuweisen hatten. Stephan hatte außerdem einen alten Schulfreund namens Adam, mit dem er früher einmal in der Woche Squash gespielt hatte, aber seit Adam Golf spielte, sahen sie sich nicht mehr so häufig. Weder Adam noch die bornierten Betriebswirte würden also merken, dass Stephan vorübergehend eine andere Frau bei sich wohnen hatte. Bei mir war es sogar noch einfacher: Da ich ein Waisenkind war und in einem anderen Bundesland groß geworden, hatte ich hier weder Familie noch alte Schulfreundinnen, die misstrauisch werden konnten. Auch die ehemaligen Kollegen aus der Gärtnerei, die ich gelegentlich noch traf, würden nichts merken. Sie kannten Stephan nicht einmal.

Nur meine Freundin Elisabeth musste ich einweihen. Vor ihr konnte ich einfach nichts verheimlichen. Wir hatten uns vor einigen Jahren in einem Fitnesstudio kennen gelernt, das kurze Zeit später wegen erheblicher Hygienemängel von den Ämtern geschlossen worden war. Dankbar, dass wir uns keine Legionärskrankheit oder Schlimmeres eingefangen hatten, beschlossen wir, zusammen joggen zu gehen. Das war billiger und ungefährlicher. Außerdem fand es an der frischen Luft statt, was meinem Naturell viel mehr entgegenkam. Dabei stellten wir fest, dass wir stundenlang miteinander reden konnten, ohne dass uns der Gesprächsstoff ausging. Wir gingen auch zusammen ins Kino oder in den Biergarten und telefonierten überdies mehrere Stunden in der Woche miteinander. Ab und an passte ich auch mal auf Elisabeths vierjährigen Sohn Kaspar auf.

Elisabeth würde sofort merken, dass etwas nicht stimmte. Ein halbes Jahr lang konnte ich unmöglich vor ihr verbergen, dass ich nach achtzehn Uhr bei einem anderen Mann wohnte.

Am nächsten Morgen, dem ersten Mai, stattete ich ihr daher schon früh einen Besuch ab. Stephan protestierte nicht, er schlief noch tief und fest, denn die letzte gemeinsame Nacht für die nächsten sechs Monate hatten wir mit einer Flasche Champagner in unserem Bett gefeiert.

Es war eine Menge Putz von der Decke gefallen in dieser Nacht.

Elisabeth wohnte in einem traumhaften Haus, das sie zusammen mit dem Mann gebaut hatte, den sie beinahe geheiratet hätte. Sie wissen schon, der mit dem Frettchen. Er war Architekt gewesen (das heißt, er war vermutlich auch jetzt noch Architekt, denn soviel ich wusste, war er nur für Elisabeth gestorben), und das Haus war fantastisch, eine gelungene Mischung aus effektvollen, modernen Elementen und schlichtem, traditionellem Stil. Da es auf einem Grundstück stand, das Elisabeth geerbt hatte, hatte sie das Haus nach der Frettchengeschichte und der geplatzten Hochzeit zu ihrem alleinigen Eigentum erklärt und den Architekten recht dumm aus der Wäsche gucken lassen. Ihm musste das Herz bluten, wenn er jedes zweite Wochenende kam, um seinen Sohn aus dem Haus zu holen, das ihm hätte gehören können. Ich konnte mir vorstellen, dass er das mit dem Frettchen bitterlich bereute. An seiner Stelle wohnte nun Elisabeths Freundin Hanna im Haus, die eine dreijährige Tochter hatte, die sich mit Elisabeths Sohn Kaspar sehr gut verstand. Die Tochter hörte auf den melodischen Namen Marisibill. (»Versuch das mal auszusprechen, wenn du zu viel getrunken hast«, sagte Elisabeth stets mit leisem Vorwurf in der Stimme.) Welche Umstände dazu geführt hatten, dass auch Hanna allein erziehend war und ob dabei ebenfalls ein Frettchen eine Rolle gespielt hatte, wusste ich nicht. Auf jeden Fall kam mir das Zusammenleben der beiden Frauen mit ihren Kindern immer sehr harmonisch vor, auch wenn Elisabeth sagte, sie litte unter schrecklicher Torschlusspanik und der Angst, dass aus Hanna und ihr übergangslos zwei schrullige alte Damen würden, die sich irgendwann gegenseitig Arsen in den Tee kippten.

Obwohl es noch so früh am Morgen war, rührte Elisabeth uns Marillenlikör in den Kaffee.

»Man muss die Feste feiern, wie sie fallen«, sagte sie fröhlich. Kaspar war mit Hanna und Marisibill über den Feiertag zu ihrer Mutter gefahren war, die gleich neben dem Zoo wohnte. Weil die Sonne wieder schien, saßen wir im Pullover in Elisabeths so genanntem Garten und tranken erst den Kaffee und dann den Marillenlikör pur, das aber erst, nachdem Elisabeth erfahren hatte, warum ich gekommen war. Elisabeths Katze Hummel hatte sich auf meinem Schoß zusammengerollt. Katzen lieben mich, obwohl oder vielleicht auch weil ich eine Allergie gegen Katzenhaare habe. Aber an tränende Augen und Niesen kann man sich gewöhnen. Ich musste dafür nicht mal einen Satz unterbrechen.

Wie jedes Mal, wenn ich zu Besuch war, sah ich mich zunächst seufzend um und sagte: »Es ist eine Schande, wie – hatschi! – wenig du aus diesem Grundstück machst.«

»Ich weiß«, sagte Elisabeth. »Aber wir haben dazu weder Zeit noch Geld, das weißt du doch.«

Womit wir auch schon beim Thema waren.

»Ja, das liebe Geld«, sagte ich, nieste kurz und nahm

einen großen Schluck Kaffee. »Angenommen, jemand würde dir eine Million bieten, was würdest du dafür tun?«

»Unanständig viel«, sagte Elisabeth prompt. »Sogar mit meinem Chef schlafen.«

»Elisabeth, du hast eine Chef*in*«, erinnerte ich sie.

»Ich weiß«, sagte Elisabeth. »Aber für eine Million würde ich darüber hinwegsehen.«

Ich war erleichtert. Eigentlich hatte ich ja befürchtet, Elisabeth könnte den Moralapostel herauskehren und dafür sorgen, dass ich mich ganz mies fühlte.

»Würdest du auch – hatschi – deinen Mann gegen seinen Bruder tauschen?«, fragte ich. »Vorausgesetzt, du hättest einen – diesmal musste ich gleich dreimal niesen – Mann, und der hätte einen Bruder.«

»Sicher«, sagte Elisabeth. »Früher oder später hätte ich *jeden* Mann gegen seinen Bruder getauscht, auch ohne einen Cent dafür zu bekommen.«

»Ja, aber angenommen, du wärst wirklich heftig in deinen Mann verliebt«, sagte ich. »Und angenommen, die Frau des Bruders wäre genau sein Typ. Sieht aus wie Jennifer Aniston. Und ist auch noch diplomierte Betriebswirtin, genau wie er. Hättest du da nicht Bedenken, die – hatschi – beiden allein zu lassen.«

Jetzt kam Elisabeth nicht mehr mit. »Es ist noch sehr früh für derartig, äh, philosophische Überlegungen, meinst du nicht? Warum guckst du so komisch, Olivia? Ist irgendetwas nicht in Ordnung? Du siehst aus, als ob du gleich anfingest zu weinen.«

»Das ist nur die Allergie«, log ich. Ich war wirklich kurz davor, in Tränen auszubrechen.

Elisabeth kannte mich viel zu gut. Sie legte mir die

Hand auf die Schulter. »Jetzt sag schon«, forderte sie mich freundlich auf.

Da erzählte ich ihr alles. Von Fritz und seinen alten Säcken, vom vielen Geld und welche Sorgen man damit los wäre, von Privatdetektiven und angezapften Telefonleitungen. Zuerst glaubte Elisabeth mir nicht, sondern meinte, ich habe den ersten Mai mit dem ersten April verwechselt. Aber allmählich dämmerte ihr, dass ich die Wahrheit sagte. (Ab diesem Zeitpunkt tranken wir dann den Marillenlikör pur.)

»So ein verrückter alter Knacker«, sagte sie, nicht ohne eine gewisse Bewunderung in der Stimme. »Wie reich der Mann sein muss.«

Ich nickte. »Er hat immer gut verdient, selber geerbt und ein Händchen für kluge Investitionen gehabt. Hatschi.«

»Ich finde, es ist eine originelle Art und Weise, sein Erbe zu verteilen«, sagte Elisabeth. »Jetzt schmeiß doch endlich die Katze von deinem Schoß, deine Nieserei ist ja nicht mehr auszuhalten.«

Aber die Katze krallte sich an meinen Hosenbeinen fest. Sie fand es gemütlich bei mir.

»Hatschi«, sagte ich.

»Es hört sich so lustig und spannend an«, sagte Elisabeth. »Und Oliver ist doch der Nette, der im Fernsehen immer die Feuerwehrmänner interviewt, die alle Kowalski heißen?«

»Er interviewt nicht nur Feuerwehrmänner«, verteidigte ich Oliver. »Er berichtet über – hatschi – alles Mögliche. Es ist nur so, dass es hier in der Gegend häufig zu Bränden kommt. Und Kowalski scheint ein weitverbreiteter Name unter Feuerwehrmännern zu sein.«

»Jedenfalls magst du ihn. Wo ist denn dann das Problem?«

»Das Problem ist nicht Oliver, sondern Evelyn«, sagte ich, und kämpfte wieder mit den Tränen. »Sie ist so klug und gewandt und elegant und hübsch …«

»Du bist auch hübsch«, sagte Elisabeth heftig.

Ich schüttelte den Kopf. »Nein. Ich bin wie unsere Couch.« Ich beschrieb ihr akribisch genau unsere stockfleckige Gästecouch und erzählte ihr von dem frisch überzogenen Lignet Roset-Modell, das bereits auf mich wartete.

»Wir sind wie die blöden Sofas«, schniefte ich. »Evelyn ist so ein topchices Designermodell und ich das ausrangierte, unmoderne Teil, auf dem niemand schlafen will. Hatschi! Wieso sollte Stephan so blöd sein und dieses schäbige, alte Ding behalten?«

»Weil er dich liebt«, sagte Elisabeth energisch.

»Meinst du?« Ich war ein bisschen beruhigt. Ja, wahrscheinlich machte ich mich völlig umsonst verrückt. Schließlich waren wir seit fast zehn Jahren verheiratet, das schweißt zusammen. Und der Vergleich mit der Couch hinkte gewaltig. Ich war schließlich weder stockfleckig noch durchgesessen. Hatschi!

Aber dann setzte Elisabeth genauso energisch hinzu: »Und wenn er sich doch für Evelyn entscheiden sollte, bleibt dir doch immer noch das Geld. Und der Bruder! Also, ich würde auf jeden Fall mitmachen.«

Nun, für eine andere Entscheidung war es jetzt ja auch schon zu spät.

»Wer A sagt, muss auch B sagen«, hatte meine Pflegemutter immer gesagt.

*

Obwohl ich mich für den Rest des Tages wie eine kuschelbedürftige Klette an Stephans Seite heftete, kam der Abend erschreckend schnell näher. Um Punkt siebzehn Uhr fuhren Evelyn und Oliver mit zwei Wagen vor: dem Z4 und ihrem Zweitwagen, einem alten, um nicht zu sagen antiken Citroën, der einen Lärm machte wie ein Müllwagen und einen ähnlichen Wendekreis hatte. Als ich Evelyns Gepäck sah, wusste ich, warum der Z4 heute nicht ausgereicht hätte: Sie hatte ein sechsteiliges Hartschalenkofferset von Samsonite dabei, einen dazu passenden Kosmetikkoffer, eine sorgfältig zusammengeschnürte Rolle, in der ich ihr Bettzeug vermutete, und eine Stehlampe. Was zur Hölle wollte sie denn damit? Ich hätte nicht gedacht, dass Evelyn so ein »Nicht-ohne-meine-Stehlampe«-Typ war.

Während Oliver und Stephan ihre Sachen ausluden und ins Haus trugen, blieb Evelyn neben dem Auto stehen und starrte mit düsterer Miene an der Ruine empor.

»Es ist jedes Mal noch hässlicher, als ich es in Erinnerung hatte«, sagte sie.

»Von außen geht's doch«, sagte ich. Das Erste, das ich damals beim Einzug getan hatte, um den plumpen Baukörper zu kaschieren, war, Wilden Wein zu pflanzen, und zwar überall. Das Schöne an dieser Kletterpflanze ist, dass sie in anderthalb Jahren unglaublich viel angegrauten, maroden Putz und gelblichen Klinker bedecken kann, wenn sie will. Das weniger Gute ist, dass sie im Winter kein Laub trägt. Aber jetzt hatten wir Mai, und Evelyn sollte sich gefälligst nicht so anstellen.

»Allein der Anblick der Haustür verursacht Pickel«, sagte sie. Ich sah misstrauisch auf ihre makellose Haut. Das wäre ja mal was ganz Neues. Aber vielleicht bekam ich ja auch immer nur dann einen Pickel im Gesicht, wenn ich zu lange auf die Haustür geschaut hatte. Sie war wirklich scheußlich: so eine Drahtglas-Holzkombination mit dem Flair der Siebzigerjahre, jeder Menge Messing und einem Briefschlitz, durch den, wenn nicht der Briefträger selber, so doch zumindest eine gelenkige Katze einsteigen konnte.

»Und von diesen Glasbausteinen bekomme ich Verdauungsstörungen«, fuhr Evelyn gnadenlos fort. »Ich wusste gar nicht, dass es die auch in *Farbig* gegeben hat.«

Doch, hatte es: grün, braun, rot, gelb und blau – das Treppenhaus hatte dadurch ein bisschen was von einer Kirche. Einer sehr hässlichen Kirche. Dummerweise verschmähte der Wilde Wein aus irgendwelchen Gründen die Glasbausteine und kletterte präzise drum herum.

»Auf der anderen Seite«, sagte Evelyn. »Für eine Million Euro muss man darüber hinwegsehen, nicht wahr?«

»Genau«, sagte ich erleichtert, denn wenn sie jetzt noch das Innenleben der Ruine einer kritischen Betrachtung unterzogen hätte, hätte sie es sich möglicherweise noch anders überlegt. Zum Glück hatte sie ja ihre Stehlampe mitgebracht – wahrscheinlich, um die neue Umgebung in günstigem Licht erscheinen zu lassen.

Als Stephan und Oliver die letzten Gepäckstücke ins Haus getragen hatten, holte Evelyn noch etwas vom Beifahrersitz des Z4, das mir verdächtig nach einem Plüschhasen mit langen Schlenkerbeinen und -ohren aussah. War sie etwa auch einer dieser »Nicht-ohne-mein-Kuscheltier«-Typen? Aber ehe ich sie darauf ansprechen konnte, warum sie das Ding an ihre Brust gedrückt hielt, als wäre sie erst drei Jahre alt, bretterte der schwarze Mercedes meines Schwiegervaters in die Einfahrt, dass der Kies nur so spritzte.

»Die alten Verschwörersäcke«, sagte Oliver leise, als alle vier Türen sich gleichzeitig öffneten. Es war ein bisschen wie in einem Mafiafilm. Vier alte Männer mit schwarzen Anzügen stiegen aus einem Mercedes. Fehlte nur noch, dass sie Sonnenbrillen trugen und Pistolen ihre Brusttaschen ausbeulten.

Wenn es nicht so eine ernste Angelegenheit gewesen wäre, hätte es komisch sein können.

»Wir dachten, wir kommen mal vorbei und schauen nach dem Rechten«, sagte Fritz gut gelaunt. »Meine Freunde kennt ihr bereits ...«

»Bankdirektor a. D. Gernod Scherer«, stellte sich ein braun gebrannter Glatzkopf vor und schüttelte uns allen die Hand. Ich kannte ihn tatsächlich schon – aus der Gärtnerei. Er hatte sich seine Balkonkästen bei mir bepflanzen lassen. Ob es wohl der gleiche Bankdirektor a. D. war, der seinerzeit Fritzens Villa hatte bauen lassen?

»Hubert Rückert, ehemaliger Rektor des Johannes-Gutenberg-Gymnasiums«, sagte ein kleiner, verschrumpelter Mann mit riesengroßen Ohren und einer heiseren, leisen Stimme wie der Pate. Ich hatte mal gelesen, dass die Ohren und die Nase bis zu unserem Tod weiterwachsen, also je älter, desto größer. Wenn das stimmte, musste dieser Mann mindestens hundertfünfzig sein. Unter den buschigen Augenbrauen musterten mich allerdings ausgesprochen scharfe, helle Augen.

Wir fühlten uns alle ein wenig unbehaglich, den Drahtziehern unseres ungewöhnlichen Vorhabens leibhaftig gegenüberzustehen.

Ich kam mir jedenfalls plötzlich ganz schäbig vor. Was zur Hölle taten wir hier eigentlich?

»Und das ist der gute alte Doktor Berner«, sagte Fritz und zeigte auf den athletisch gebauten, schlanken Doktor, der wie Fritz noch alle seine Haare hatte und jedes Jahr womöglich zwei Marathons lief.

Auch Doktor Berner schüttelte uns allen die Hand. »Also, ich hätte nicht gedacht, dass ihr dabei mitmacht«, sagte er. »Ich war fest davon überzeugt, dass ihr Fritz einen Vogel zeigen und ihm sagen würdet, wohin er sich sein Geld stecken könnte …«

»Tja, so kann man sich täuschen«, sagte Stephan mit leicht aggressivem Unterton.

Scherer und Rückert lachten. »Aber so ist es doch viel besser, nicht wahr? So viel Spaß haben wir doch schon lange nicht mehr gehabt. Wir werden uns alle großartig amüsieren.«

»Und wir erst«, murmelte ich. Ich war plötzlich sauer auf Fritz. Warum konnte er nicht wie jeder andere normale Vater sein und seinen Kindern die Millionen einfach schenken?

»Noch ist die Wette nicht gewonnen. Ein halbes Jahr ist manchmal länger, als man denkt«, sagte Doktor Berner.

»Noch länger?«, flüsterte ich vor mich hin.

Fritz sah auf die Uhr. »Schon halb sechs. Es wird allmählich Zeit, meint ihr nicht?«

»Time to say good-bye«, sang Rückert, und es klang richtig unheimlich mit seiner heiseren Stimme.

Alle vier alten Männer schauten neugierig zu, wie wir uns entsprechend steif und verlegen von unseren rechtmäßig angetrauten Ehepartnern verabschiedeten. Beinahe hätte ich angefangen zu weinen.

»Wir sehen uns ja morgen früh schon wieder«, sagte Stephan.

»Jahaaa«, sagte ich.

Evelyn hielt den Plüschhasen an den Ohren fest, als Oliver sie umarmte. Beinahe hätte sie mir Leid getan. Aber dann sagte sie über Olivers Schulter: »Und denk dran, Olivia: Die Marmorfliesen niemals mit Essigreiniger behandeln!«

»Ich werde mich beherrschen«, sagte ich. Nein, der Einzige, der mir hier Leid tun sollte, war ich selber.

»Komm, Blumenköhlchen«, sagte Oliver, der meinen Koffer in den Citroen wuchtete. »Ich habe eine Gemüselasagne im Ofen.«

Meine Miene hellte sich etwas auf.

»Hach, ist das aufregend«, sagte Bankdirektor a. D. Scherer und strahlte über das ganze Gesicht. »So jung müsste man noch einmal sein.«

Oliver ließ den Motor an. Sofort hatte ich das Gefühl, in einem Traktor zu sitzen. Dass das Ding überhaupt noch fahren konnte, war ein Wunder.

Stephan und alle vier alten Männer winkten uns hinterher. Evelyn winkte nicht. Sie hielt den Plüschhasen an sich gedrückt und machte ein Gesicht, als ob sie Zahnschmerzen hätte.

*

Evelyns und Olivers Penthouse war noch großzügiger und luxuriöser, als ich es in Erinnerung hatte. Es gab außer dem Bad nur zwei kleinere Zimmer, nämlich Evelyns und Olivers Schlafzimmer und das Gäste- und Arbeitszimmer, in dem ich wohnen sollte. Der gesamte Rest von knapp hundert Quadratmetern war ein einziger Raum, in dem die moderne, edelstahlblitzende Einbauküche mit einer Theke vom Ess- und Wohnbereich getrennt war. Im dunkelgrauen Granitboden spiegelte sich die Zimmerdecke wie in der Meister-Propper-Werbung. Es gab nur wenige Möbel: zwei cremeweiße Designersofas um einen dezenten Couchtisch, eine Corbusierliege vor dem Fenster, einen antiken Schreibtisch an der Stirnseite des Raumes und einen alter Refektoriumstisch, um den herum sich acht Philippe-Starck-Stühle versammelt hatten. Die Wände waren cremeweiß gestrichen und fielen durch ihre ausgesprochene Nacktheit auf. Nur über dem Schreibtisch hing ein Gemälde, irgendwas hübsch geschwungenes Abstraktes in Granitgrau und Cremeweiß, von breiten, gebürsteten Aluprofilen gerahmt. Von den Sofas aus hatte man einen guten Blick auf den monströsen, silberfarbenen Flachbildschirm, der an der gegenüberliegenden Wand montiert war. Wer so einen Fernseher hatte, musste nicht unbedingt mehr ins Kino gehen. Die Dinger waren, soviel ich wusste, ungeheuer teuer. Oliver und Evelyn hatten offensichtlich wirklich ein Faible für unbezahlbare Dinge. Mit überflüssigen Kinkerlitzchen wie Sofakissen, Zimmerpflanzen, Porzellanfigürchen, Tischdecken, gerahmten Familienfotos oder Vorhängen gaben sie sich dagegen nicht so gerne ab. Trotzdem: Das Ganze war nicht so ungemütlich, wie man denken konnte. Gerade dadurch, dass es so unpersönlich wirkte, fühlte ich mich gleich weniger wie ein Eindringling. Ja, und der Duft der Lasagne aus dem Backofen ließ sogar ein beinahe heimeliges Gefühl in mir aufkommen. Ich packte meinen Koffer aus, wanderte ein bisschen durch die Wohnung und stellte meine wenigen Kosmetika im Badezimmer auf die Ablage. Hier hatte jeder ein Waschbecken. Das von Evelyn war kahl und sauber, über

Olivers standen mindestens fünf verschiedene Eau de Toilettes. Er war entweder ein Parfümjunkie, oder er bekam jedes Jahr zu Weihnachten eins von Evelyn geschenkt, das er dann nicht aufbrauchte. Stephan war da anders: Er badete jeden Morgen in Eau de Toilette.

Ich fuhr mir mit allen zehn Fingern durch die Haare (Man konnte die Biester nur im nassen Zustand kämmen, zu jedem anderen Zeitpunkt war die Wirkung äußerst verhehrend.) und tuschte meine Wimpern erneut. Um auch mal etwas Nettes über mein Aussehen zu sagen: Meine Wimpern waren phänomenal lang und dicht und gebogen. Elisabeth sagte immer, für solche Wimpern würde sie einen Mord begehen. Ich war froh, dass ich wenigstens etwas an mir hatte, das keiner Tagesform unterworfen war.

»Du kannst schon mal den Tisch decken«, sagte Oliver, als ich wieder aus dem Bad kam. »Draußen, wenn's dir nicht zu kalt ist.«

»Nein. Ich liebe diese langen, kühlen Frühlingsabende. Dann hat man immer noch den ganzen Sommer vor sich.« Bodentiefe, breite Fenster mit Schiebtüren führten auf die kahle Dachterrasse hinaus. Dort stand nur einsam die Buchskugel, die ich den beiden zum Einzug geschenkt hatte, und die hatte dringend Dünger nötig. Es dämmerte bereits, aber auch das Zwielicht konnte die ungastliche Kargheit dieser Terrasse nicht verstecken. Ich deckte den Teakholztisch, der lieblos in der Mitte der riesigen Fläche unter einem Sonnenschirm stand. Da ich weder Tischdecken noch Servietten finden konnte, war ich froh, als ich im hintersten Winkel des Geschirrschrankes wenigstens ein Windlicht entdeckte. Es war aus vielen kleinen Glasvierecken in den verschiedensten Pastelltönen zusammengesetzt, und ich erriet sofort, dass es ein Geschenk von Katinka sein musste. Es war klar, dass Evelyn nicht vorhatte, sich davon den Gesamteindruck ihrer Wohnungseinrichtung kaputtmachen zu lassen. Recht hatte sie. Ich ließ Katinkas Geschenke auch immer im Schrank verschwinden. Aber für draußen ging's. Ich fand sogar ein Teelicht.

Der Essplatz war trotz des Kerzenlichtes ungefähr so heimelig wie das Deck eines Parkhauses. Immerhin – es waren nur noch die Sterne über uns zu sehen. Wir waren mit sieben Stockwerken das höchste Haus im Block. Der Fernsehturm und die hell erleuchtete Silhouette der Hochhäuser der Innenstadt schienen aber zum Greifen nahe. Alles in allem ein beeindruckender Ausblick, wenn man es großstädtisch mochte. Mir persönlich gab es zu viel – wenn auch gedämpften – Verkehrslärm und zu wenig Grün. Ich war weit, weit weg von zu Hause.

Das Windlicht schien Oliver zu gefallen.

»Gemütlich«, sagte er, als er mit der Lasagne herauskam. »Hast du das von zu Hause mitgebracht?«

»Nee«, sagte ich. »Das gehört euch.« Und gemütlich war etwas anderes. Die Lasagne aber schmeckte köstlich, ebenso der Wein, den Oliver geöffnet hatte. Ich hatte schon lange nicht mehr etwas so Leckeres gegessen. Diese Mikrowellenfertiggerichte schmecken nach einer gewissen Zeit alle gleich.

»Auf die nächsten sechs Monate«, sagte Oliver und sah mir über das Windlicht hinweg in die Augen.

»Auf eine Million Euro«, sagte ich und klimperte mit den Wimpern. »Was willst du mit deiner machen, wenn es so weit ist?«

»Meine Schulden bezahlen«, seufzte Oliver. »Du kannst

dir nicht vorstellen, wie hoch unsere monatliche Belastung ist.«

»Doch, doch«, sagte ich und dachte an den Z4 und den Monsterfernseher. »Aber es wird doch wohl noch ein *bisschen* übrig sein? Wovon träumst du?«

»Ach«, sagte Oliver wegwerfend. »Nicht unbedingt von Geld, weißt du.«

»Wie bitte?« Ich war ein wenig geschockt.

»Ehrlich gesagt, mache ich nur mit, weil Evelyn sagt, wenn wir es nicht täten, würden wir uns ein Leben lang darüber ärgern. Und die Schulden sind definitiv nicht mehr zu ignorieren. Jetzt wo Evelyn nicht mehr arbeitet, wird es verdammt schwierig werden, diesen Lebensstil aufrechtzuerhalten.«

»Und was machst du nun mit dem Geld, das übrig bleibt?«

Oliver zuckte mit den Achseln. »Ich sag doch, ich bin gar nicht an Geld interessiert. Was ich mir wünsche, sind gesunde Kinder und einen Job, der mir auch noch in zwanzig Jahren Spaß macht. Und das sind nun mal Dinge, die man für Geld nicht kaufen kann.«

»Immerhin hast du schon den Job«, sagte ich und sah auf die Uhr. »Oh, bist du nicht gleich in den Nachrichten zu sehen? Oder hast du heute nicht gearbeitet?«

»Doch«, sagte Oliver. »Wenn es dir nichts ausmacht, können wir den Nachtisch auf dem Sofa essen, ja?«

Nachtisch gab es auch noch! Herrlich.

In den Nachrichten berichtete Oliver zur Abwechslung mal nicht über einen Brand. Er kommentierte den 30-Kilometer-Stau, der auf der A1 nach einem schweren Unfall entstanden war, und interviewte einige Stauinsassen, die seit mehreren Stunden dort festsaßen.

»Die haben mich mit dem Hubschrauber eingeflogen«, erklärte Oliver. »Deshalb sehe ich so grünlich im Gesicht aus.«

»Du siehst prima aus«, widersprach ich. »Vor allem eben, als du so nett gezwinkert hast.«

»Da ist mir irgendwas ins Auge geflogen«, sagte Oliver.

»Egal, es sah nett aus. Ich habe dich noch nie so groß gesehen. Auf diesem Riesenbildschirm ist dein Kopf ja größer als in Wirklichkeit.« Gebannt schaute ich auf den Fernseher. Mit windzerzaustem Haar fragte Oliver schließlich doch noch den Einsatzleiter der örtlichen Feuerwehr, wie lange die Räumungsarbeiten voraussichtlich noch dauern würden.

»Vati hat wohl Recht«, seufzte Oliver. »Ich interviewe wirklich immer nur Feuerwehrmänner.«

Ich kicherte. »Wenigstens heißt der hier mal nicht Kowalski.«

Oliver lachte auf. »Das ist nicht mein Traumberuf«, sagte er dann wieder ernst. »Aber ich habe auch keinerlei Ambitionen, aus irgendwelchen Krisengebieten dieser Welt zu berichten. Und Politik langweilt mich tödlich.«

»Aber du bist ein guter Reporter«, sagte ich. »Nicht so ein aalglattes Ohrfeigengesicht wie die meisten. Es wäre schade, wenn du den Beruf aufgäbest. Und ist es nicht allmählich langweilig mit den ganzen Feuerwehrmännern?«

»Schon«, sagte Oliver. »Aber ich will ja gar nicht unbedingt vor die Kamera. Am liebsten würde ich eine eigene Sendung produzieren, bei der ich kaum noch oder gar nicht mehr selber zu sehen wäre. Ich habe schon seit einiger Zeit eine Idee, von der ich glaube, dass sie funktionieren könnte. Das wird dich vielleicht interessieren, es geht nämlich um Gärten.«

»Eine Gartensendung«, sagte ich. »Ja, da braucht es dringend was Neues, die wenigen, die es gibt, sind sterbenslangweilig.«

»In England gibt es eine Show, die ein richtiger Straßenfeger ist: Die Besitzer eines hässlichen Gartens oder Hinterhofs werden mit einem Vorwand übers Wochenende aus dem Haus gelockt. Dann rücken Gärtner und ein Fernsehteam an und verwandeln den schäbigen Garten in ein kleines Paradies.«

»Eine Vorher-Nachher-Show für Gärten«, sagte ich begeistert. »Wunderbar.«

»Ja«, sagte Oliver. »Tolle Idee, nicht wahr!? Aber unser Programmdirektor meint nicht zu Unrecht, dass die Engländer ein ganz anderes Verhältnis zu ihren Gärten haben als wir Deutschen. Die Deutschen, die als Zielgruppe in Frage kämen, hätten Gartenzwerge unter ihren Blautannen stehen und fänden wahrscheinlich die Vorher-Gärten schöner als die Nachher-Gärten. Der Programmdirektor meint außerdem, wir müssten jüngere Zielgruppen ansprechen, und die hätten wohl andere Hobbies als gärtnern. Erst seit die ganzen Privatsender mit diesen Selberbauer- und Die-Handwerker-kommen-Sendungen Marktanteile erzielen, hat er wieder ein offenes Ohr für meine Idee. Aber er will ein junges und ansprechendes Konzept. Und daran arbeite ich noch.«

»So eine Sendung kann man doch ganz wunderbar gestalten«, sagte ich. »Ich wüsste auch schon ein Dutzend Gärten, die eine Verschönerung nötig hätten. Du solltest das Ganze schnell in die Tat umsetzen, sonst kommt dir am Ende noch jemand zuvor und schnappt dir deine Idee vor der Nase weg.«

Oliver lächelte mich an. »Ehrlich gesagt, hatte ich

vor, dich ein bisschen einzuspannen, Blumenköhlchen. Schließlich bist du der Gartenexperte von uns beiden.«

»Ich helfe dir gerne«, sagte ich geschmeichelt. »Und wenn die Sendung tatsächlich gemacht wird, dann könnt ihr die Pflanzen und den ganzen Kram bei uns kaufen – das würde unseren Umsatz enorm steigern.«

Oliver holte den Nachtisch aus dem Kühlschrank – selbst gemachte Rote Grütze mit selbst gemachter Vanillesoße – und goss uns noch etwas Wein nach. Dabei fachsimpelten und sponnen wir über Olivers Gartensendung. Es war ausgesprochen gemütlich. Nach dem zweiten Glas wagte ich es sogar, meine Füße auf das weiße Sofa zu legen. Schließlich musste ich mich hier doch noch eine lange Zeit wie zu Hause fühlen.

Oliver grinste. »Das ist schon okay«, sagte er. »Evelyn macht das auch immer. Wenn du willst, massiere ich dir auch die Füße.«

»Nein danke«, sagte ich, weniger weil ich keine Fußmassagen mochte, sondern mehr, weil ich Angst hatte, meine Socken könnten irgendwie müffeln. »Es ist auch so schon sehr schön bei dir, Blumenkohl. Ich hatte schon lange kein so wohliges Gefühl mehr im Magen.«

»Ich auch nicht«, sagte Oliver. »Vielleicht wird das ja noch ganz nett mit uns beiden, was meinst du?«

»Hm, ja«, sagte ich behaglich.

Nur die Vorstellung, dass es zu Hause in der Ruine gerade ähnlich gemütlich zuging, gefiel mir ganz und gar nicht. Ob Stephan auch daran dachte, sich zum Schlafen ein T-Shirt überzuziehen? Ich hoffte es sehr.

Und Evelyn? Sie würde mir wohl kaum den Gefallen tun und einen ausgeleierten Frotteeanzug mit einer albernen Katzenapplikation tragen. Oder gar Lockenwickler im Haar und eine glitschige Schicht Nachtcreme im Gesicht.

Ich seufzte.

»Was ist los, Blumenköhlchen?«, fragte Oliver. »Heimweh?«

»Nein«, sagte ich und verkniff mir die Frage nach Evelyns Nachtwäsche. Warum sollte ich ihm auch noch den Abend verderben?

7. Kapitel

Ich schlief überraschend gut in dieser ersten Nacht in der fremden Wohnung. Die Schlafcouch war sehr bequem, und an den Lärm, den man durchs offene Fenster hörte, konnte man sich gewöhnen. Vermutlich hatte überdies der Rotwein eine gewisse einschläfernde Wirkung gehabt. Vor dem Einschlafen hatte ich nur ganz kurz Zeit gehabt, mir Stephans und Evelyns ersten gemeinsamen Abend auszumalen. Wahrscheinlich hatte Stephan ebenfalls eine Flasche Wein aufgemacht. Ich konnte ihn förmlich vor mir sehen, die Flasche in der einen, den Korkenzieher in der anderen Hand, ein breites Brad-Pitt-Lächeln auf den Lippen. Wahrscheinlich hatte Evelyn Knie wie Wackelpudding bekommen bei diesem Anblick. Alle Frauen bekamen Wackelpuddingknie bei diesem Lächeln. Ich wusste nicht, ob ich sie bedauern oder beneiden sollte. Und dann, bevor ich mir Gedanken darüber machen konnte, was Stephan bei Evelyns Anblick empfunden hatte, schlief ich ein. Manchmal ist das das Beste, das man tun kann.

*Ver*schlafen allerdings ist dagegen nicht empfehlenswert. Mitten in einem angenehmen Traum, in dem sprechende Buchsbäume vorkamen, wusste ich plötzlich, dass ich verschlafen hatte. Und ohne den Buchsbäumen auf Wiedersehen zu sagen, riss ich die Augen auf und griff nach der Armbanduhr, die auf dem Boden neben der Couch lag.

»Mist, Mist, Mist!«, rief ich. Ich hatte mich zu sehr auf

meinen inneren Wecker verlassen, der mich noch jedes Mal bei Tagesanbruch geweckt hatte. Im Winter spät, im Sommer früh – wie ein Hahn, sagte Stephan immer. Ich war eben ein Naturkind, nur hier in der Stadt funktionierte es offenbar nicht. Es war acht Uhr durch, und von der Straße unten war der Lärm des Berufsverkehr zu hören. Dabei wollte ich heute das erste Mal die Busverbindung zur Gärtnerei ausprobieren, einmal umsteigen und zehn Minuten stramm marschieren – ich würde heillos zu spät kommen. Die Abfahrtszeiten, die ich mir mühsam aus dem Fahrplan zusammengesucht hatte, hatte ich bereits verpasst.

Auf der Suche nach kaltem Wasser, das mir den Kopf klar machen würde, wankte ich mit meinem viel zu engen »Ich bin dreißig – bitte helfen Sie mir über die Straße«-T-Shirt ins Bad. Dort ließ ich mich als Erstes auf dem Toilettensitz nieder.

»Du dumme Pute hättest doch einen Wecker stellen können«, sagte ich zu mir selber.

Genau in diesem Augenblick öffneten sich die Türen der Duschkabine, und ein nackter Mann kam heraus.

»Aaaaaaaargh!« Ich schrie vor Schreck wie am Spieß. Nicht nur, dass ich mich allein in der Wohnung gewähnt hatte, nein, ich saß auch noch auf dem Klo, die Unterhose um meine Fußgelenke schlabbernd! In solchen Momenten begegnet man ungern nackten Männern, nicht mal so gut gebauten wie diesem Exemplar. Immer noch schreiend wie in »Psycho« schaute ich an langen, muskulösen Beinen hinauf bis zu einer ziemlich behaarten, breiten Brust. Du liebe Güte …

»Hmpf«, machte ich, weil mir endlich die Luft ausgegangen war.

»Ich bin's doch nur«, sagte der nackte Mann, der nur halb so erschrocken aussah wie ich. Es war natürlich Oliver, wer sonst.

Ich beeilte mich, von der Kloschüssel aufzuspringen und die Unterhose wieder anzuziehen. Es war ausgerechnet so ein unmögliches Exemplar mit Blümchen.

»Du ... du ...«, stotterte ich. »Ich ... ich ...« Ich benahm mich wie eine Klosterschülerin, die das erste Mal einen nackten Mann gesehen hatte. Am liebsten hätte ich mich selbst geohrfeigt. »Ich wusste nicht, dass du hier drin bist.«

»Tut mir Leid, ich hätte abschließen sollen«, sagte Oliver. Er hatte sich ein Handtuch gegriffen und frottierte sich damit in aller Seelenruhe ab. Der Mann hatte vielleicht Nerven.

Ich guckte angelegentlich auf die Marmorfliesen. »Ich habe verschlafen, du auch?«

»Nein«, sagte Oliver. »Ich muss erst um zehn im Sender sein.« Er war jetzt trocken. Aber anstatt sich das Handtuch züchtig um die Hüften zu binden, warf er es über den Badewannenrand und begann, sich Rasierschaum ins Gesicht zu schmieren. Ja, gab es das denn heute noch? Ein Mann unter siebzig, der sich nass rasierte? Nass und nackt.

Ich starrte wieder auf den Boden, während ich an das freie Waschbecken trat und mit dem Zähneputzen begann. Am liebsten hätte ich natürlich schamvoll den Raum verlassen, aber das wäre dann der Gipfel der Uncoolness gewesen.

»Der erste Bus ist schon weg«, sagte ich. Warum nur klang meine Stimme so zittrig? »Ich werde heillos zu spät kommen.«

»Glücklicherweise bist du ja selber die Chefin«, sagte Oliver. »Aber du kannst den Citroen haben, wenn du willst. Ich fahr dann mit der U-Bahn.«

»Das wäre vielleicht keine schlechte Idee.« Vor lauter Anstrengung, meine Stimme normal klingen zu lassen, entglitt die Zahnpastatube meinen Händen und fiel ins Waschbecken. Allmählich wurde ich wütend auf mich. Herrje, jetzt reiß dich aber mal zusammen! Es ist schließlich nur ein nackter Mann, verdammt noch mal. Nur *Oliver*. Der gute alte Blumenkohl. Es ist *nicht* schlimm, dass er dich beim Pipimachen überrascht hat. Das ist schließlich die normalste Sache der Welt.

Aber es war doch schlimm.

Nicht mal Stephan hatte mich jemals auf dem Klo sitzen sehen. Sich von jemandem dabei erwischen zu lassen gehörte zu den zehn Todsünden meiner Erziehung. Meine Pflegemutter glaubte, dass es für Menschen, die ungeniert in aller Öffentlichkeit Pipi machten, eine ganz besondere Hölle gab. Und bei meiner Heirat hatte sie mir noch einmal dringend an Herz gelegt, dass meine Ehe nur funktionieren könne, wenn ich folgende drei Ratschläge beherzigte: Erstens: Lasse deinen Mann niemals bei der Geburt eurer Kinder zuschauen. (Hatte ich bis jetzt erfolgreich vermieden, indem ich gar nicht erst welche bekommen hatte.) Zweitens: Gehe nie mit Lockenwicklern in Bett. (Haha – ich und auch noch Lockenwickler – das wäre so, als wenn Naomi Campbell Selbstbräuner benutzte!) Und drittens: Lasse dich niemals beim Verrichten der Notdurft beobachten.

Man konnte von mir sagen, was man wollte, aber an diese Regeln hatte ich mich immer gehalten.

Bis heute.

Ich spürte, wie ich nachträglich noch einmal rot anlief. Und dabei war Oliver ja noch nicht mal mein Ehemann, sondern nur dessen Bruder. Hölle!

Oliver bemerkte meine Konfusion glücklicherweise nicht, jedenfalls ließ er es sich nicht anmerken. Er rasierte sich in aller Ruhe, plauderte dabei ganz entspannt mit mir (keine Ahnung, worüber, ehrlich!) und schlenderte dann ohne Eile aus dem Badezimmer. Immer noch splitterfasernackt. Ja, hatte dem Mann denn niemand Manieren beigebracht?

Als ich ihn zehn Minuten später in der Küche traf, sah er aus wie immer, eben angezogen.

Sein Gesicht war allerdings hinter der Zeitung versteckt. Das war gut so, denn ich sah mich heute Morgen außer Stande, ihm noch einmal in die Augen zu sehen. Schließlich hatte er mich beim Pipimachen erwischt – schrecklich!

Die Zeitung schob mir wortlos eine Tasse Kaffee hin – und ein Croissant.

»Wo hast du denn das so plötzlich her?«

»Der Bäcker gegenüber hat leckere«, sagte die Zeitung. »Aber ich habe auch immer welche in der Tiefkühltruhe. Möchtest du noch etwas anderes?«

»Nein danke. Ich bin wirklich spät dran. Meinst du, ich kann das Croissant unterwegs essen?«

»Sicher«, sagte die Zeitung und warf mir einen Schlüsselbund zu. »Der grüne ist für den Aufzug, der große für die untere Haustür, der kleine für die Wohnungstür. Und der komische gezackte ist für die Tiefgarage. Du musst ihn beim Herausfahren in das Schlüsselloch an der Schranke stecken, dann öffnet sich das Rolltor.«

»Na dann«, sagte ich zu der Zeitung. »Bis heute Abend.«

»War übrigens eine nette Unterhose, die du da heute Morgen anhattest«, sagte die Zeitung.

Aaaaaargh! Ich flüchtete blindlings aus der Wohnung, verwechselte sämtliche Schlüssel, Aufzug, Haustür, Tiefgarage, und als ich endlich im Citroën saß, wollte er nicht anspringen. Er machte keinen Mucks.

»Bitte, bitte, nicht noch eine Katastrophe«, sagte ich. Es reichte, dass ich verschlafen hatte und dass mein Schwager mich auf dem Klo gesehen hatte. In einer Unterhose mit gelben und blauen Blümchen. Es war klar, dass ich nun in die Hölle kommen würde.

Mit viel Gefühl versuchte ich es noch einmal. Diesmal orgelte das Auto asthmatisch.

»Schon besser«, lobte ich ihn. »Bitte, bitte spring doch an. Ich hatte bis jetzt schon Ärger genug. Ich will auf keinen Fall noch einmal hoch in die Wohnung und Oliver um Hilfe bitten. Ich muss erst mal verdauen, was ich da heute Morgen gesehen habe. Ehrlich, ich habe gar nicht gewusst, dass er gewisse Körperteile überhaupt *besitzt.*«

Der Citroen orgelte ungläubig.

»Ja, ich weiß, das klingt komisch. Aber ich war total überrascht. Geschockt, kann man sagen. Ich habe mich auch total dämlich benommen. Hoffentlich hat er's nicht gemerkt. Er muss mich für völlig verklemmt halten.«

Diesmal ging das asthmatische Orgeln in ein lungenkrankes Tuckern über – der Wagen hatte offenbar Mitleid mit mir bekommen und war angesprungen.

*

»Gott, du siehst scheiße aus«, sagte Petra, als ich eine halbe Stunde später zur Ladentür hineinkam. Ach, wie ich das liebte, zur Arbeit zu kommen und direkt in Petras kartoffelnasiges Gesicht schauen zu dürfen. Heute hatte sie ihre blonde Mähne auf ganz niedliche Weise mit vielen, vielen winzigen, rosafarbenen Haarklämmerchen hochgesteckt und trug ein farblich dazu passendes bauchfreies Spaghettiträgertop und eine hautenge, pinkfarbene Hose. Wären wir eine Hafenbar, wäre ich mit ihrem Aussehen höchst zufrieden gewesen.

»Und viel zu spät biste du auch«, sagte sie mit einem strengen Blick auf die Uhr. »Also echt!«

»Ja, ich weiß«, sagte ich beschämt. »Entschuldigung.« Dann aber erinnerte ich mich an Olivers Worte heute Morgen im Badezimmer und fügte etwas selbstbewusster hinzu: »Aber glücklicherweise bin ich ja hier die Chefin.«

»Ist schon gut«, sagte Petra. Den Teil mit der Chefin hatte sie offenbar nicht gehört. »Eben war wieder diese eingebildete Ziege da. Wollte wissen, wo du warst. Ich habe ihr gesagt, dass ich kein verdammtes Auskunftsbüro bin.«

»Welche Ziege?«, fragte ich voller Ärger über mich selber. Ich musste endlich lernen, dieser Person Paroli zu bieten, sonst vergraulte sie uns noch alle Kunden. Jedenfalls die weiblichen.

»Was weiß ich denn, wie die heißt!«, sagte sie pampig.

Ich nahm all meinen Mut zusammen. »Hör mal, Petra, du musst dir angewöhnen, ein bisschen höflicher zu den Kundinnen zu sein.« Und zu mir auch, hätte ich gerne hinzugefügt, aber mein Herz klopfte jetzt schon viel zu schnell. Ich war einfach nicht zum Vorgesetzten geboren. Situationen wie diese ließen meine Handflächen unangenehm feucht werden.

»Wie man in den Wald hineinruft, so schallt es auch

wieder hinaus«, sagte Petra kein bisschen beeindruckt. »Ach, da kommt sie ja schon wieder.«

Die Ziege war Evelyn, die es schaffte, in Jeans, T-Shirt und Pferdeschwanz unübertreffbare Noblesse zu verbreiten. Ich war fast ein bisschen froh, sie zu sehen.

»Guten Morgen«, sagte ich.

»Na endlich«, erwiderte Evelyn. »Ist das Auto nicht angesprungen?«

»Woher weißt du das?«

Evelyn winkte ab. »Weil es das jeden Morgen tut. Beziehungsweise nicht tut. Was meinst du, warum ich den Z4 so liebe?«

»Häm, häm.« Petra räusperte sich auf eine besonders unverschämte Art und Weise.

»Ach ja«, sagte ich. »Ich habe euch ja noch nicht miteinander bekannt gemacht. Evelyn, das ist Petra Schmidtke, unsere Verkäuferin. Evelyn Gaertner ist meine Schwägerin, Petra.«

»Und was macht die hier?«, fragte Petra ungalant.

»Sie, äh …« Ich stockte. Ja, was machte die hier eigentlich? Wollte sie jetzt den ganzen Tag in der Gärtnerei herumlungern?

»Ich arbeite von jetzt an ebenfalls hier«, sagte Evelyn. »Allerdings nicht im Verkauf, das ist mir zu anspruchslos.«

»Nicht?«, fragte ich schwach.

»Nein«, sagte Evelyn bestimmt. »Stephan und ich sind uns einig, dass ich mir mein Betätigungsfeld selber suche. Wir haben gestern bei einem Glas Wein ausgiebig darüber geplaudert.«

Aha, genau wie ich gedacht hatte. Ich musterte Evelyn scharf. Aber sie zeigte nicht den leisesten Anflug von Verlegenheit.

»Schließlich muss ich mich ja irgendwie nützlich machen, oder?«, sagte sie. »Ich habe da schon einiges im Sinn.«

»Tatsächlich?«, fragte ich alarmiert. Ich meine, Evelyn war sicher eine wunderbare Einkaufsleiterin für Damenoberbekleidung, aber von Pflanzen hatte sie ungefähr so viel Ahnung wie Petra. Möglicherweise sogar noch weniger.

»Hast du denn keine richtige Arbeit?«, erkundigte sich Petra.

»Ich kann mich nicht daran erinnern, Ihnen das Du angeboten zu haben«, sagte Evelyn kalt. Sie hatte definitiv kein Problem damit, die Chefin heraushängen zu lassen. Dabei war sie es in Petras Fall nicht einmal. »Und, nein, ich habe zurzeit keine richtige Arbeit. Ich nehme gerade ein Sabbatical.«

Petra verdrehte die Augen. Ich wette, sie wusste nicht, was ein Sabbatical war und wollte irgendwas Gemeines sagen. Glücklicherweise kam gerade jetzt ein Kunde herein, und glücklicherweise war es ein Mann, so dass Petra mit lieblichem Lächeln und wippendem Hinterteil auf ihn zu scharwenzelte.

»Ich habe mich schon mal auf eigene Faust umgeschaut«, sagte Evelyn zu mir. »Aber es wäre schön, wenn du mich einmal herumführen und mir alles erklären könntest. Stephan meinte, er kennt sich da nicht so gut aus.«

Das stimmte allerdings. Der gute Mann hatte rein gar nichts von seiner halben Gärtnerlehre behalten. Er war ausschließlich für die betriebswirtschaftliche Seite unseres Unternehmens zuständig.

»Wir sind mal nebenan. Arbeiten«, sagte ich zu Petra.

»Ja, ja«, sagte Petra.

Eifrig nahm ich Evelyn am Arm und zog sie aus dem Laden. Es war nett, dass sie sich für meine Pflanzen interessierte. Allerdings durfte ich alles andere darüber nicht vergessen.

»Und, wie war deine erste Nacht?«, fragte ich, viel freundlicher, als ich es eigentlich meinte.

»Frag nicht«, sagte Evelyn ziemlich unfreundlich. »Sonst frage ich dich, wo der muffige Geruch in eurem Gästezimmer herrührt.«

»Also, *eure* Gästecouch ist wirklich bequem«, sagte ich, fast ein bisschen verlegen, weil man das von unserer anscheinend nicht behaupten konnte.

»Das weiß ich wohl«, sagte Evelyn schroff.

Ich beschloss, das Thema fallen zu lassen und mich auf die Führung zu konzentrieren. Ich liebte es, jemanden in der Gärtnerei herumzuführen. Noch war ja nichts so, wie es einmal werden sollte, aber ich war auch jetzt schon überaus stolz auf meine Pflanzen.

Der Vollständigkeit halber zeigte ich aber zunächst auf das Meer der in schrillen Farben leuchtenden Begonien, fleißigen Lieschen und großblumigen Petunien in Gewächshaus eins. »Diesen Teilen verdanken wir es, dass wir auch im April wieder schwarze Zahlen geschrieben haben. Vier Euro und siebzig Cent in der Gewinnzone.«

»Pro Blume?«, fragte Evelyn respektvoll.

»Pro Monat«, sagte ich. »Wenn es nach Stephan ging, würden wir alle Gewächshäuser damit voll stopfen. Er hat da irgendwas ausgerechnet, bei vierzehn Cent Gewinn pro Pflanze … – frag ihn, wenn es dich interessiert.«

»Vier Euro siebzig. Was für ein hartes Brot«, murmelte Evelyn und warf einen langen, verächtlichen Blick auf die Begonien.

Im nächsten Gewächshaus hielten wir uns deutlich länger auf. Hier waren meine Buchsstecklinge und diverse größere Exemplare, die ich zu Kugeln, Kegeln und Spiralen zog. Manche davon besaß ich schon seit mehr als zehn Jahren.

»Neun verschiedene Sorten«, sagte ich stolz. »Es gibt noch mehr, aber das hier sind die besten. Buchs ist mein absoluter Favorit. Ich habe auch Liguster und Kirschlorbeer zu Kugeln gezogen, aber nichts reicht an Buchs heran. Allein sein Duft ...« Ich verstummte, ehe ich zu sehr ins Schwärmen geriet. Elisabeth sagte immer, dass meine Buchsbäume wahrscheinlich zu den zehn Dingen gehören würden, die ich mit auf eine einsame Insel nehmen würde. Oder in die geschlossene Psychiatrie.

Evelyn sah sich um. »Da sind ja ganz schöne Biester dabei. Die sind sicher ein Vermögen wert.«

»Ja«, seufzte ich. »Ein paar davon sind viele hundert Euro wert ... Aber weißt du, wie viele Jahre es gedauert hat, sie so groß zu bekommen? Ich könnte mich einfach nicht von ihnen trennen.«

»Verrückt«, sagte Evelyn. »Du bist ja noch schlimmer als dieser Maler, der lieber Hunger litt, als eines seiner Werke zu verkaufen. Das einzig Gute daran ist wohl, dass die Biester hier mit jedem Blättchen an Wert zulegen, was?«

Ich hatte das Gefühl, Evelyn war wider Willen beeindruckt. Das erfüllte mich mit einer gewissen Genugtuung. Ja, sicher, ich sah aus wie ein Blumenkohl, und meine Fingernägel waren notorisch mit Erde verschmutzt, aber von Pflanzen verstand ich etwas. Auf diesem Gebiet konnte Evelyn mir nicht das Wasser reichen. »Willst du meine Stauden sehen?«

»Na klar«, sagte Evelyn, und obwohl ich mir nicht sicher war, ob ihr Interesse echt war, gewann sie damit einige Sympathiepunkte bei mir. Denn nichts erfreut mich mehr, als über meine Pflanzen reden zu können. Wie gesagt, diesbezüglich wies ich eine missionarische Ader auf: Je mehr Menschen die Freude des Gärtnerns entdeckten, desto besser. Geduldig wanderte Evelyn mit mir durch Gewächshaus drei und ließ sich jede Pflanze zeigen, an der mein Herz hing. Und das waren nicht wenige. »Die Stauden, die ich im letzten Jahr gezogen habe, haben im Freiland überwintert. Erst dann sind sie fit für den Verkauf«, erklärte ich. »Ich halte nichts davon, den Kunden verwöhnte Gewächshauspflänzchen anzudrehen.«

»Ich verstehe nicht, warum das Geschäft nicht brummt«, sagte Evelyn vor einer Gruppe blauen Scheinmohns. »Hier gibt es doch weit und breit keine Konkurrenz.«

»Bis auf Blumen Müller«, stimmte ich ihr zu. »Aber der hat überwiegend Schnittblumen, Zimmerpflanzen und einjährige Sommerblumen.« Unser Standort war eigentlich ideal. Die nächste richtige Gärtnerei (die, in der ich gelernt hatte) lag vierzig Kilometer weg, und Baumschulen gab es auch keine. Natürlich hatten viele Baumärkte in der Stadt eine Gartenabteilung, aber wer wollte schon jedes Mal bis in die Stadt fahren wegen ein paar Pflänzchen. »Nein, ich glaube, die größte Konkurrenz sind die Versandgärtnereien. Die Leute hier sind es mangels Alternativen gewohnt, ihre Pflanzen aus dem Katalog zu bestellen.«

»Das geht?«, fragte Evelyn, als hielte sie das für eine ausgesprochen vernünftige Idee. »Bekommst du da auch deine Pflanzen her? Zum Einkaufspreis?«

»Nein, natürlich nicht. Stephans ganzen Mist« – ich

deutete hinüber zu Gewächshaus eins – »bekommen wir aus einer Großgärtnerei in Holland geliefert. Sie ist sehr preiswert, aber ich möchte nicht wissen, wie viel Chemie da versprüht wird.«

»Und *deine* Pflanzen?«

»Oh, ich bestelle Samen vom Züchter, viele direkt aus England. Und Rosen, Buchs und Clematis ziehe ich aus Stecklingen, die ich mir in anderer Leute Gärten besorge. Und verbotenerweise aus öffentlichen Parks, Landesgartenschauen und so weiter. Wenn ich irgendwo etwas Interessantes sehe, möchte ich es sofort nachzüchten. Früher bin ich dafür über jede Mauer geklettert. Glücklicherweise gibt es jetzt das Internet. Dort findet man einfach alles an Pflanzen und Samen, was man sich nur vorstellen kann. Auch verbotene Sachen wie Schlafmohn. Der ist wunderhübsch, aber leider darf man ihn nicht anpflanzen, weil man damit gegen das Betäubungsmittelgesetz verstößt.«

»Tatsächlich?«, fragte Evelyn gedehnt.

»Ja, stell dir vor. Dabei weiß doch kein Schwein, wie man aus dem Zeug Opium macht, oder?«

Evelyn sah hellwach aus. »Das ist ja alles *viel* interessanter, als ich gedacht hätte.«

»Wirklich?«, fragte ich misstrauisch.

»Ja, doch. Ich habe richtige Lust auf ein eigenes Beet bekommen. Meinst du, ich kann eins haben?«

Sie sah aus wie ein Kind, das an Weihnachten seinen ersten eigenen Chemiekasten auspackt und sofort mit dem Bunsenbrenner arbeiten will. Ich freute mich. Gärtnern ist ein wunderschönes Hobby, ich konnte es jedem nur empfehlen. Irgendwo hatte ich mal ein chinesisches Sprichwort gelesen, nach dem der Mensch nur drei Dinge braucht, um glücklich alt zu werden. Die ersten beiden Dinge habe ich vergessen, aber das dritte war ein Garten.

»Sicher kannst du ein Beet haben«, sagte ich herzlich. »Hinten in Gewächshaus fünf ist noch jede Menge Platz. Und wenn du Samen brauchst, wende dich nur an mich. Ringelblumen, Cosmeen und Wicken sind einfach zu ziehen, und man sieht schnell den Erfolg. Oder Bohnen, wenn du auch etwas ernten willst.«

»Äh, nein danke«, sagte Evelyn. »Ich werde mir meine Wunschpflanzen selber aus dem Internet zusammensuchen. Das ist spannender.«

Ich lächelte sie an. »Ich bin froh, dass du eine Beschäftigung gefunden hast.« Ich war wirklich froh. Ich hatte nämlich Angst, dass sie sonst vor lauter Langeweile damit beginnen würde, Stephan zu verführen. Wenn sie es nicht schon getan hatte. »Sicher ist es ungewohnt für dich – so ganz ohne Arbeit.«

»Ja«, sagte Evelyn. »Ich habe aber nicht vor, meine Hände in den Schoß zu legen. Ich habe bis jetzt noch aus jeder Situation das Beste gemacht. Und hier tun sich ungeahnte Möglichkeiten für mich auf.«

Ich hoffte immer noch, dass sie vom Gärtnern sprach und nicht von Stephan. Als wir zum nächsten Gewächshaus liefen – Evelyn wollte freundlicherweise auch noch meine Rosen und die Kräuter sehen –, sahen wir Herrn Kabulke mit Schaufel und Schubkarre vor dem riesigen Komposthaufen. Herr Kabulke arbeitete offiziell als 350-Euro-Aushilfskraft bei uns, den »Rest« bekam er inoffiziell zugesteckt. Der Mann war jeden Cent wert, den er verdiente, ich hätte nicht gewusst, was wir ohne ihn anfangen sollten. Auch Stephan musste zugeben, dass Kabulke ein absoluter Glücksfall für uns war.

»Jedenfalls für die groben Arbeiten«, sagte er. »Im Verkauf wäre er eine Katastrophe. Allein wie der aussieht, mit seinem Schlapphütchen und dem komischen Gebiss! Und bis er das Wort Be-be-be-begonie ausgesprochen hätte, wäre schon wieder Mi-mi-mi-mittagspause.«

Ja, Herr Kabulke stotterte leider ein wenig und hatte ausgesprochen große, gelbe und falsche Zähne. Aber das störte doch nun wirklich keinen großen Geist. Auch sein Schlapphütchen fand ich irgendwie niedlich. Er trug es sommers wie winters, und ich vermutete, dass nur seine Frau wusste, wie es darunter aussah. Er war sechsundsechzig Jahre alt und in hervorragender körperlicher Verfassung. Zeit seines Lebens hatte er als Bu-bu-buchhalter gearbeitet, aber er verstand eine Menge von der Gartenarbeit. Nicht umsonst war er Besitzer einer Kleingartenparzelle und jahrelanger Kassenwart im Kleingärtnerverein.

Jetzt war er damit beschäftigt, den Kompost umzusetzen, durchzusieben und auf den Beeten in den Gewächshäusern zu verteilen. Nur meine Kräuterbeete bekamen keine Komposterde, die mochten es lieber mager, und das wusste Herr Kabulke auch.

»Klappt es, Herr Kabulke?«, rief ich im Vorbeigehen. Herr Kabulke war ein kleines bisschen schwerhörig.

»Ist nicht von Pa-pa-pappe, so eine Schubkarre«, rief er zurück. »Aber das kr-kr-kriegen wir schon hin.«

»Da bin ich mir bei Ihnen ganz sicher«, antwortete ich laut. »Das sagt er immer«, sagte ich dann zu Evelyn gewandt. »Süß, oder? Oh, das ist übrigens Herr Kabulke. Komm, du musst ihn unbedingt ...«

»Wir haben einander schon vorgestellt«, unterbach mich Evelyn gelassen. »Netter kleiner Mann.«

»Ja, ich mag ihn auch! Wenn man nicht aufpasst, arbeitet er allerdings viel zu viel. Und dann schimpft seine Frau mit uns, weil er abends keine Lust hat, mit ihr in den Tangokurs zu gehen.«

Evelyn schien sich nicht für Herr Kabulkes Freizeitbeschäftigungen zu interessieren. »Weißt du, deine Gewächshäuser gefallen mir. Sehen aus wie in alten englischen Spielfilmen. Und für Pflanzen scheinst du wirklich ein Händchen zu haben. Drinnen im Haus hingegen – da hältst du dich wohl nicht besonders häufig auf, oder?«

»Am liebsten nur zum Schlafen«, sagte ich ehrlich und öffnete die Tür zu Gewächshaus Nummer vier.

»Ja, das verstehe ich«, gab Evelyn zurück. »Es ist wirklich das grauenhafteste Haus, das ich jemals gesehen habe. Eigentlich ist es sogar zum Schlafen zu scheußlich, ganz zu schweigen von anderen Dingen.«

»Welche anderen Dinge?«

»Sex zum Beispiel«, sagte Evelyn bestimmt. »In diesem Ambiente kann doch beim besten Willen keine Stimmung aufkommen.«

Nicht? Das freute mich aber zu hören.

»Also, *wir* hatten da bisher keine Probleme mit«, sagte ich.

Evelyn schnaubte verächtlich. »Das glaube ich euch nicht. Die Tapetenmuster müssen einfach impotent machen. Dieses Gästezimmer, in dem ich schlafe, ist mit klodeckelgroßen Orchideen tapeziert.«

»Stiefmütterchen«, verbesserte ich.

»Mütter*chen*, dass ich nicht lache! Ich verstehe nicht, wie ihr so lange in diesem Haus leben konntet, ohne plemplem zu werden. Ich habe mich heute Nacht so nach meinem Schlafzimmer gesehnt wie noch nie zuvor in meinem Leben.«

Ich sagte nichts dazu. Sie hatte ja Recht. Verglichen mit ihrer luxuriösen, eleganten Wohnung war unser Haus so stilvoll wie ein Frauengefängnis in Nowosibirsk.

»Wie, zur Hölle, konntet ihr es darin so lange aushalten, ohne etwas zu ändern?«, wollte Evelyn wissen.

Ich zuckte mit den Schultern. »Wir haben ja einiges geändert. Das Dach musste neu gedeckt werden, und die Heizung war fällig. Und Klempnerarbeiten, damit etwas anderes als braunes Wasser aus den Hähnen kam. Tja, aber damit war das Geld auch schon wieder alle, und die kosmetischen Operationen müssen eben warten. Die Gärtnerei ist jetzt erst mal wichtiger.«

Evelyn ließ das nicht gelten. »Wenigstens diese abartigen Tapeten könntet ihr doch mal entfernen«, sagte sie. »Das kostet nicht mal was, aber ihr könntet wesentlich ruhiger schlafen.«

»Im Dunkeln sieht man die Tapeten doch gar nicht«, sagte ich.

»Oh doch«, behauptete Evelyn. »Selbst im Dunkeln wird man von diesen Blumen erschlagen. Man bekommt Albträume davon. Ich halte das nicht noch eine Nacht aus, geschweige denn geschlagene sechs Monate.«

»Dann schlaf doch auf der Couch im Wohnzimmer«, schlug ich vor. »Dort ist fast keine Tapete an der Wand.«

»Ja, aber dafür dunkelgrüne Kacheln.« Evelyn schüttelte sich. »Erklär mir doch mal, warum jemand *Kacheln* in seinem Wohnzimmer anbringen lässt!«

»Da musst du die Vorbesitzer fragen«, sagte ich. Diese Frage hatte ich mir zugegebenermaßen auch schon gestellt. Ich konnte mir nicht vorstellen, dass Kacheln an den Wohnzimmerwänden jemals in Mode gewesen waren. Stephan glaubte, das Wohnzimmer sei zu irgendeinem anrüchigen Zeitpunkt eine riesige Sauna gewesen. Das würde jedenfalls auch die dunkel gebeizte Fichtenholzdecke erklären.

»Man könnte das mit Holz verkleiden«, sagte Evelyn träumerisch. »Halbhoch, weiß gewischt, mit einem kleinen Sims, so im Landhausstil, weißt du. Würde gut zu dir passen, der Landhausstil. Wär auch nicht teuer. Und ein bisschen weiße Farbe für die dunkle Decke kostet doch nichts.«

»*Alles* kostet Geld«, widersprach ich. Evelyn fand also, dass der Landhausstil zu mir passte. Ihr eigener Stil war das definitiv nicht. Nun, ich war ja schon seit langem auf der Suche nach einem eigenen Stil. Elisabeth sagte immer, es sei eben mein Stil, keinen Stil zu haben, und irgendwie gefiel mir das nicht. Ich wollte Evelyn fragen, ob meine Jeanslatzhosen auch dem Landhausstil zuzuordnen seien, und wenn ja, ob ich dazu weiterhin alte Turnschuhe tragen durfte.

Herr Kabulke kam mit einer Schubkarre voll duftender Komposterde ins Gewächshaus gefahren und summte dabei einen alten Gassenhauer. Ich lächelte ihm zu. Er liebte seine Arbeit, genau wie ich. Und welchem Stil sein Kapotthütchen zuzuordnen war, wusste wahrscheinlich auch niemand.

»Dann spucken wir mal in die Hände«, sagte Herr Kabulke.

»Genau«, sagte Evelyn. »Ich könnte sofort in den Baumarkt fahren.«

»Aber hier hat niemand Zeit für so was«, sagte ich.

»Ich schon«, sagte Evelyn. »Und zu zweit hat man schnell was geschafft.«

»Aber ich muss jetzt Cosmeen pikieren. In Gewächshaus fünf«, sagte ich. »Wenn du willst, kannst du *mir* helfen.«

»Hm«, machte Evelyn. Dann drehte sie sich abrupt zu Herr Kabulke um. »Sagen Sie mal, Herr Kakabulke …«

»*Ka*bulke!«, zischte ich ihr irritiert zu.

»… können Sie eigentlich Tapeten von den Wänden reißen?«

Herr Kabulke sah beleidigt aus. »Das kann ja wohl jedes Ki-ki-kind«, sagte er.

»Und mit Pinsel und Farbe umgehen?«

Herr Kabulke ließ die Schaufel sinken. »Selbstverständlich! Ich habe mein Leben lang ka-ka-keinen Maler und Anstreicher gebraucht.«

Evelyn lächelte mich zufrieden an. »Da hörst du es.«

Ich schüttelte den Kopf. »Herr *Kabulke* wird hier gebraucht!«

»Aber Herr Kakabulke hätte vielleicht mal gerne etwas Abwechlung vom Kompostschaufeln, oder, Herr Kakabulke?«

»Er heißt *Kabulke*«, zischte ich wieder, in der Hoffnung, dass Herr Kabulke es nicht hörte. »Nur ein Ka!«

»Tatsächlich? Mir hat er sich aber als Kakabulke vorgestellt«, zischte Evelyn zurück.

»Er *stottert* doch«, flüsterte ich empört.

Herr Kabulke hob das Schlapphütchen etwas an und kratzte sich am Kopf. »Hätt ich nichts dagegen. Ka-kakann auch gut mit Hammer und Meißel umgehen. Und mit Säge und Bohrmaschine.«

»Na, siehst du«, sagte Evelyn zu mir. »Herr Kakabulke ist ein Universaltalent! Wäre doch zu schade, seine vielen Talente brachliegen zu lassen. Wenn er sich hier ein bisschen beeilt, dann kann er heute noch in meinem Zimmer mit dem Runterreißen der Tapete beginnen.«

Ich blieb unschlüssig stehen. Eigentlich sprach nichts dagegen. Nur dass Frau Kabulke sich hinterher wieder bei uns beschweren würde, weil ihr armer Mann nicht mehr in der Lage war, das Tanzbein zu schwingen.

»Geh schon, deine Pygmäen warten«, sagte Evelyn. »Herr Kakabulke und ich, wir werden uns schon einigen.«

»Es heißt Cosmeen und Kabulke«, sagte ich mit einem Anflug von Verzweiflung, aber Evelyn hatte sich schon von mir abgewandt.

Pikieren ist eine wunderbar meditative Arbeit. Man macht hundertmal das Gleiche, Pflänzchen büschelweise anheben, vorsichtig teilen und in vorbereitete Töpfe setzen, anheben, teilen, setzen, anheben, teilen setzen – einen ganzen Vormittag lang. Stephan verstand nicht, dass ich dabei nicht wenigstens Radio hören wollte, aber ich mochte keine plärrende Musik, das hätte den intimen Charakter der Arbeit gestört. Außerdem konnte man sich bei Musik nicht so gut mit den Pflanzen unterhalten. Jeder fertig bepflanzte Blumentopf erfüllte mich mit Triumph: Es waren die Pflanzen aus Samen von Cosmeen vom Vorjahr, die Töpfe hatte ich über Monate gesammelt, und sogar die Erde stammte überwiegend aus eigener Produktion. Billiger konnte man wohl kaum produzieren, das musste doch selbst Stephan zugeben. Sicher, er würde mir wieder was vorrechnen, von wegen Stundenlohn und Wasser- und Heizkosten und blablabla, aber ich war sicher, dass die Cosmeen meine Kunden am Ende glücklicher machen würden, als es Begonien jemals vermochten.

Als ich fast fertig war, kam Stephan zur Tür herein. Ich ließ alles stehen und liegen und flog ihm in die Arme.

»Vorsicht, meine Klamotten!«, lachte er. »Oh, da hat mich aber einer vermisst.«

»Das kann man wohl sagen«, murmelte ich, das Gesicht an sein Polohemd gedrückt. »Du mich auch?«

»War es denn so furchtbar?«

Nein, es war natürlich nicht furchtbar gewesen. Im Grunde war es sogar ziemlich nett gewesen, um ehrlich zu sein. Es war nur furchtbar, dass ich nicht bei Stephan sein konnte. Und dass Oliver mich heute Morgen auf dem Klo gesehen hatte, natürlich. Das war auch furchtbar. Da durfte ich gar nicht dran denken, so furchtbar war das.

»Und bei dir?«, fragte ich ablenkend. »Hast du daran gedacht, dir zum Schlafen was drüber zu ziehen? Was hatte Evelyn an? War es etwas Fließendes aus Seide, mit Spaghettiträgern?« In etwas anderem konnte ich mir Evelyn beim besten Willen nicht vorstellen.

»Ach, Molli-Olli«, sagte Stephan, ohne eine meiner Fragen zu beantworten. »Du bist süß, wenn du eifersüchtig bist. Aber ich habe wirklich andere Sorgen.«

»Was denn?«, fragte ich. Falls er sich wegen Oliver Sorgen machte – was der zum Schlafen anzog, wusste ich nicht. Nur dass er unter der Dusche nackt war. Und beim Rasieren.

Aber Stephan dachte gar nicht an Oliver. »Sägebrecht hat unser Angebot abgelehnt«, sagte er.

»Was, so schnell? Du hast es ihnen doch erst letzte Woche zugeschickt.«

»Ja, aber sie sind nicht an einer Zusammenarbeit interessiert.« Stephan seufzte. »Ich habe jetzt erst herausgefunden, dass Sägebrechts Tochter mit Blumen Müller verheiratet ist. Da kann man nichts machen, diese Geschäftsleute klüngeln alle untereinander.«

»Aber Grabbepflanzung war doch ohnehin nicht gerade das, was wir wollten, oder?«, versuchte ich ihn zu trösten.

Stephan schob mich von sich. »Olli, du willst es einfach nicht verstehen, oder? Hier geht es ums blanke Überleben. Wenn wir nicht schnellstens unseren Umsatz erhöhen, können wir den Laden hier schließen!«

Ich musste lachen. »Haha, du hast wohl vergessen, dass wir bald eine Million haben werden!«

Stephan seufzte. »Olli, manchmal bist du wirklich blauäugig. Wenn wir diesen Laden nicht ans Laufen kriegen, dann nutzt es auch nichts, wenn wir die Million hier reinstecken. Davon läuft das Geschäft ja auch nicht besser – wir würden den Bankrott nur nach hinten verschieben.«

Ich war verwirrt. »Ja, aber«, begann ich, als Petra ihre Kindergartenfrisur ins Gewächshaus steckte und mich unfreundlich anglotzte.

»Hätte ich mir ja denken können, dass du wieder mit beiden Armen in Erde steckst«, sagte sie. »Da ist 'ne Frau, die will Buxen oder so was kaufen. Oh« – hier wurde ihr Tonfall lieblich wie der Klang einer Flö-höte »hallo-ho, Herr Gaertner, wusste gar nicht, dass Sie auch hier sind.« Der pinkfarbene Lipgloss teilte sich zu einem strahlenden Lächeln.

Stephan lächelte ebenfalls. Petra wackelte eigenartig mit ihrem Kopf, als sie ins Gewächshaus getänzelt kam und sich so vor Stephan aufbaute, dass er durch den Ausschnitt ihres Tops bis auf den gepiercten Bauchnabel gucken konnte.

»Was war jetzt mit der Kundin?«, fragte ich gereizt. Ausgerechnet jetzt musste sie stören, mitten in diesem wichtigen Gespräch.

»Ich habe gesagt, Buxen haben wir nicht, und jetzt will sie unbedingt die Chefin sprechen«, sagte Petra unwillig.

Die Frau wollte sich vermutlich über die unmögliche Verkäuferin beschweren. Zu Recht. »Ich komme«, sagte ich seufzend. »Wir reden später weiter, Stephan, ja?«

»Unbedingt«, sagte Stephan. Ich hätte ihm gerne einen Kuss gegeben, aber dazu hätte ich Petra zur Seite schubsen müssen.

»Wissen Sie eigentlich, dass Sie ganz genau so aussehen wie Kevin Kostner?«, hörte ich sie sagen, als ich noch nicht ganz an der Tür war.

Stephan lachte selbstsicher. »Wie Brad Pitt, meinen Sie wohl.«

»Ja, genau, oder wie der«, sagte Petra.

Ich verdrehte die Augen. Wusste sie eigentlich, dass sie ganz genau so dumm war wie ein Stück Knäckebrot?

8. Kapitel

In der Mittagspause traf ich mich mit Elisabeth zum Joggen. Natürlich wollte sie wissen, wie meine erste Nacht in der neuen Umgebung gewesen war.

»Die Nacht war okay«, sagte ich, den Blick auf meine Pulsuhr gerichtet. Nach der ersten Steigung schlug mein Herz gefährlich schnell. Möglicherweise war es aber auch die Erinnerung an heute Morgen. Ich musste mit jemandem darüber reden, so peinlich es auch war.

»Aber dann ist etwas Schreckliches passiert«, sagte ich mit dramatischem Unterton.

»Was denn?« Elisabeth blieb vor lauter Neugierde wie angewurzelt stehen.

»Also, ich bin ins Bad getaumelt und habe mich aufs Klo gesetzt.« Ich wurde feuerrot. Über so etwas sprach man nicht, das hatte meine Pflegemutter mir immer und immer wieder eingebleut. Schon das Wort »Klo« kam nur schwer über meine Lippen. »Ich weiß gar nicht, wie ich's sagen soll. Als ich da so saß, da ...«

Elisabeth umklammerte mein Handgelenk. »Oh nein! Ich habe schon von so etwas gehört, aber ich dachte immer, das wären Zeitungsenten. Was war es? Eine Ratte? Ein Kaiman? Eine Riesenschlange?« Mit jedem Tier wurde ihre Stimme schriller.

Ich schaute sie verwirrt an.

»Oh Gott, ich wäre gestorben!«, kreischte Elisabeth.

Ihre Arme waren mit Gänsehaut überzogen. »Du Ärmste!«

»Da war kein Tier, Elisabeth!« Ich war immer noch verwirrt.

Elisabeth runzelte die Stirn. »Kein Tier in der Kloschüssel? Aber was war es denn dann?«

»Ich habe dort ... Ling-Ling gemacht«, sagte ich sehr leise.

»Wie bitte?«, fragte Elisabeth. »Was ist das denn? Eine chinesische Beckenbodengymnastik, die man nur auf dem Klo machen kann?«

»Pipi«, flüsterte ich.

»*Pipi*«, wiederholte Elisabeth. Mit einem Schnauben setzte sie sich wieder in Bewegung.

Ich trabte neben ihr her.

»Also, dann lass mich deine schreckliche Geschichte doch mal zusammenfassen«, schnaubte sie. »Du bist heute Morgen aufs Klo gegangen und hast Pipi gemacht. Super spannende Sache. Wirklich. Ich bin wirklich sehr beeindruckt. Aber irgendwie vermisse ich die Pointe.«

»Das war doch noch nicht alles«, sagte ich. »Als ich also so dasaß, da kam Oliver aus der Dusche.«

»Und?« Elisabeth blieb wieder stehen. »Ah, ich verstehe! Das Tier saß in der Dusche. Oder ein Axtmörder. Auch gut.«

»Kein verdammtes Tier«, sagte ich, allmählich wurde ich wütend. »Auch kein Axtmörder. Oliver hat mich *gesehen*.«

»Wie du Ping-Pong gemacht hast?«

»Ling-Ling«, flüsterte ich.

Elisabeth schüttelte den Kopf. »Jetzt kenne ich dich doch schon so lange, aber dass du ein Problem mit deinen Körperausscheidungen hast, wusste ich nicht.«

»Man spricht nicht darüber«, sagte ich schwach. »Und man lässt sich nicht dabei erwischen.«

»*Erwischen*«, wiederholte Elisabeth spöttisch. »Also echt, Olli, in manchen Dingen bist du ganz schön eigenartig. Verklemmt bis unter die Schuhsohlen. Man kann sich ja darüber streiten, ob es romantisch ist, dem Partner beim Hinternabputzen zuzusehen, aber …«

»Psssst«, machte ich angewidert. »Sei doch still!«

»Olli!«, rief Elisabeth. »Du brauchst ja eine Therapie!«

»Weil ich noch anständig erzogen worden bin?«

»Weil du ein riesengroßes anales Problem hast«, sagte Elisabeth. »Eine langweiligere Geschichte ist mir noch nie erzählt worden: *Es war schrecklich. Ich saß auf dem Klo, und da kam mein Mitbewohner aus der Dusche.*«

»Er war nackt«, sagte ich.

»Nicht die Möglichkeit«, sagte Elisabeth sarkastisch. »Muss man bei euch in der Familie nicht mit Badehose duschen?«

»Elisabeth«, sagte ich. »Ich dachte, du hättest vielleicht eine Spur Verständnis für mich. Ein bisschen Mitleid wegen dieser furchtbar peinlichen Situtation, in der ich gesteckt habe.«

»Nein«, sagte Elisabeth und kicherte. »Wirklich nicht. Weißt du, wie lange es her ist, dass *ich* das letzte Mal einen nackten Mann gesehen habe? Sah er denn gut aus?«

»Ziemlich«, sagte ich. »Aber was muss er jetzt von mir denken?«

»Du meinst, weil du Ying-Yang gemacht hast?«, fragte Elisabeth, mittlerweile äußerst erheitert.

»Ling-Ling«, sagte ich.

»Tja«, gackerte Elisabeth. »Wahrscheinlich sitzt der Ärmste gerade bei seinem Therapeuten, um dieses

Trauma aufzuarbeiten. Die Frau meines Bruders hat offenbar *Nieren* und eine *Blase*! Sie hat *Urin* in unsere Toilette gelassen. Mensch, Olli, das ist doch das Natürlichste der Welt. Was machst du, wenn du mal pupsen musst? Gehst du dafür in den Keller?«

»Ach, sei still, Elisabeth«, schimpfte ich. »Du nimmst mich nicht ernst. Ich bin nun mal so erzogen. Meiner Pflegemutter verdanke ich außerdem eine ganze Menge.«

»Ich bin froh, dass die gute Frau so weit weg wohnt«, sagte Elisabeth. »Übrigens, ich muss mal. Ich werde jetzt da vorne hinter einen Busch gehen und Feng-Shui machen, wenn du nichts dagegen hast.«

*

Stephan hatte nichts dagegen, dass Evelyn Geld für Farbe ausgab und den armen Herr Kabulke zum Streichen abkommandierte.

»Irgendetwas muss das arme Mädchen doch tun«, sagte er. »Früher hat sie zwölf Stunden täglich gearbeitet wie eine Löwin. Sie muss wirklich gut in ihrem Job gewesen sein, denn sie hat mir gestern Abend gesagt, wie viel sie verdient hat. Ich muss schon sagen, für eine Frau war das allerhand.«

»Kann ja sein«, sagte ich mürrisch. Meiner Meinung nach sprach er viel zu nett von ihr. Armes Mädchen, gearbeitet wie eine Löwin, allerhand! »Aber könnte sie sich denn nicht ein anderes Hobby suchen, als ausgerechnet *unser* Haus zu renovieren? Außerdem kostet es *unser* Geld.«

»Die Ärmste muss ja schließlich darin wohnen«, sagte Stephan. »Und sie ist so eine sensible Ästhetin, dass sie am Ende noch krank wird, wenn sie nichts ändern kann. Die Tapete im Gästezimmer ist doch wirklich zum Weglaufen.«

Aaaaargh. Sensible Ästhetin! Das war ja zum Weglaufen, dieses verliebte Geplapper!

»Evelyn sagt, sie meint, unsere Tapetenmuster würden impotent machen«, platzte ich heraus, in dem dringenden Bedürfnis, sie in einem schlechten Licht dastehen zu lassen.

Stephan kniff die Augen zusammen. »So, *das* hat sie gesagt?«

Ich nickte schadenfroh. Dann aber kam mir der Gedanke, dass meine Bemerkung möglicherweise bewirkte, dass Stephan Evelyn nun um jeden Preis beweisen wollte, dass die Tapetenmuster keinesfalls seine Potenz beeinträchtigten. Ich warf mich schnell in seine Arme und murmelte: »So was Dummes, oder? Ich habe ihr gesagt, dass *unser* Liebesleben keinesfalls vom Aussehen des Hauses beeinflusst wird. Das stimmt doch, oder?«

»Natürlich«, sagte Stephan.

»Dann küss mich, bitte! Ich muss doch gleich schon wieder fahren.« Als ich das sagte, kamen mir die Tränen. Wie gerne wollte ich heute nichts anderes mehr tun, als in Stephans Armen zu liegen. Wenn ich darin lag, konnte es niemand anders tun.

»Du musst schon ein bisschen tapfer sein, Ollilein.« Stephan drückte mir einen Kuss auf die Stirn. »Denk immer daran, wie reich wir bald sein werden.« Mit einem Lachen setzte er hinzu: »Und was für ein hübsches Gästezimmer wir haben werden, wenn Evelyn damit fertig ist.«

»Sei dir da nicht so sicher«, sagte ich finster.

Am Abend lud ich den Citroën randvoll mit Pflanzen,

Kübeln und Erde. Wenn Evelyn sich an unserem Gästezimmer vergreifen durfte, dann durfte ich ja wohl ihre Dachterrasse ein wenig verschönern. Als ich den letzten Buchsbaum vorsichtig auf den Beifahrersitz gehieft hatte, sagte eine heisere Stimme direkt hinter mir: »Es ist drei Minuten vor achtzehn Uhr.«

Zu Tode erschrocken fuhr ich herum und sah direkt in das Gesicht des großohrigen und großnasigen ehemaligen Schulrektors aus Fritzens Doppelkopfrunde.

»Herr Rückert!«, rief ich aus.

»Herbert«, sagte die heisere Stimme. »Du kannst mich ruhig Herbert nennen, Mädchen.«

Ich traute mich nicht, dieses Angebot abzulehnen. »Wollten Sie etwas Bestimmtes ... Herbert?«

»Nur, dass du rechtzeitig losfährst«, sagte der Alte. »Sonst ist die Wette schneller verloren, als uns lieb ist.«

»Oh«, machte ich. Eigentlich hatte ich mich noch von Stephan verabschieden wollen. Auf eine Minute mehr oder weniger kam es doch wohl nicht an, oder? »Sagen Sie mal, haben Sie eigentlich gewettet, dass wir das schaffen? Oder glauben Sie, wir halten das halbe Jahr nicht durch?«

Herbert lächelte ein geheimnisvolles Lächeln. Hinter seinen Ohren sah ich Evelyn auftauchen.

»Gut, dass ich dich noch erwische«, sagte sie. »Oh, guten Tag, Herr Rückert.«

»Herbert«, sagte Rückert heiser. »Es ist gleich achtzehn Uhr. Höchste Zeit für die junge Dame, das Gelände zu verlassen. Sonst ...«

»Herbert, Herbert«, sagte Evelyn und schaute auf ihre Armbanduhr. »Für eine kurze Botschaft ist noch Zeit: Olivia, bitte sag Oliver, dass er sich den Donnerstagmittag freihalten soll. Meinem Empfängniscomputerprogramm zufolge ist der Zeitpunkt optimal, um ein Baby zu machen.«

Aber sicher doch. Bei Oliver und mir ging es ja so locker und unverkrampft zu, da konnte ich ihm auch gleich noch sagen, wann er ein Baby zu machen hatte.

Ich stieg ins Auto. »Donnerstagmittag. Ich sag's ihm.«

»Noch eine Minute«, sagte Rückert. »Geben Sie Gas.« In meinen Ohren klang es ziemlich hämisch.

»Wiedersehen«, sagte ich.

»Bis morgen«, sagte Evelyn.

Rückert und sie winkten mir nach. Um Punkt achtzehn Uhr hatte ich das Gelände der Gärtnerei verlassen. Möglicherweise täuschte ich mich ja, aber der Jogger, der genau in diesem Augenblick die Einfahrt passierte, sah genau so aus wie Doktor Berner. Es schien so, als ob die alten Säcke uns rund um die Uhr bewachten.

*

Nun durfte ich Oliver also nicht nur als die schamlose Pinklerin von heute Morgen unter die Augen treten, sondern auch noch als diejenige, die ihm sagte, wann er ein Kind zu zeugen hatte. Ich wurde schon beim bloßen Gedanken daran feuerrot. Am besten, ich würde es auf einen Zettel schreiben »Donnerstagmittag freihalten zwecks Kinderzeugung« könnte ich darauf schreiben, und Oliver würde es lesen und dezent in seiner Hosentasche verschwinden lassen. Thema erledigt.

Aber als ich das Penthouse betrat, war Oliver leider schon zu Hause.

»Ihr scheint aber sehr liberale Arbeitszeiten bei eurem Sender zu haben«, sagte ich etwas missgestimmt.

»Nichts los in Deutschland«, sagte Oliver fröhlich. Auf dem Herd köchelte irgendetwas vor sich hin und roch wunderbar. »Nur ein Brand in einer Lagerhalle mit Feuerwerkskörpern. Keine Toten, keine Verletzten.«

»Wie schön für dich«, sagte ich und schnupperte. Knoblauch, Olivenöl, Tomaten, Auberginen, Zucchini, Hackfleisch – es roch zum Hineinsetzen gut.

»Und wie war dein Tag, Blumenköhlchen?«

»Gar nicht so übel.« Wenn man vom Morgen mal absah. Am besten, ich brachte den unangenehmen Teil gleich hinter mich. »Ich soll dir von Evelyn ausrichten, dass du dir Donnerstagmittag freihalten sollst.«

»Weswegen?«, fragte Oliver.

»Wegen – wegen – du weißt schon, weswegen«, sagte ich gereizt.

»Oh, ein fruchtbarer Tag«, sagte Oliver. »Ich weiß nicht, ich weiß nicht, aber dieser Computer spuckt ziemlich oft fruchtbare Tage aus. Ich glaube, das ist ein Programmierungsfehler. Na ja, mir soll's recht sein.«

»Typisch Mann«, sagte ich und wurde leider wieder rot.

Oliver sah mich mit einer hochgezogenen Augenbraue an. »Blumenköhlchen, du wirst heute so häufig rot. Was ist denn nur los? Heute Morgen im Bad warst du ja ganz verstört. War es, weil ich nackt war? Oder weil ich deine Blümchenunterhose gesehen habe?«

»Weder noch«, sagte ich heftig. »Das ist etwas ganz Natürliches, sagt meine Freundin Elisabeth. Alle Menschen tun es.«

Oliver sah eher amüsiert als verwirrt aus. Trotzdem fragte er: »Alle Menschen tun was?«

»Ling-Ling«, sagte ich, so aggressiv ich konnte. Jetzt liefen auch meine Ohren rot an.

Olivers andere Augenbraue schob sich ebenfalls in die Höhe. »Und das ist ein Synonym für …?«

Meine Aggression war verpufft. »Notdurft verrichten«, sagte ich, am Boden zerstört. »Tut mir Leid, aber ich bin nun mal etwas prüder erzogen worden. Bei uns zu Hause gab es zwar Toiletten, aber man schlich sich hinein und wieder hinaus, ohne dass man gesehen wurde. So etwas kann man nicht einfach abschütteln, nur weil man ein paar Jahre älter geworden ist.«

Oliver lachte. »Hör mal, Blumenköhlchen, wenn zwei Menschen in einer Wohnung wohnen, dann ist es zwangsläufig nicht zu vermeiden, dass man das eine oder andere mitbekommt. Aber wenn du so darunter leidest, werden wir die Regel einführen, dass jeder, der das Badezimmer benutzt, die Tür abschließt. Und jetzt denk nicht mehr an Ling-Ling« – hier kicherte er – »sondern setz dich hin. Es gibt gefüllte Auberginen mit Hackfleisch an Tomatensoße.«

*

Während Evelyn sich mit Feuereifer daranmachte, das Gästezimmer einer Verwandlung zu unterziehen, machte ich dasselbe mit ihrer Dachterrasse. Und zwar, ohne sie zu fragen. Es steckt unglaublich viel Potential in der Zeit zwischen achtzehn Uhr und dem Zubettgehen, das kann ich Ihnen verraten. Man bewegt Welten in dieser Zeitspanne, wenn man will. Oliver half mir dabei. Wir besorgten Pfosten, Bretter und Latten aus Kiefernholz im Baumarkt, die ich in einem schönen, warmen Honigton strich. Oliver war gar nicht so ungeschickt im Umgang mit Säge und Bohrmaschine, wenn auch nicht so geschickt wie ich.

Innerhalb weniger Abende hatten wir auf der Nordseite der Terrasse eine Pergola samt diagonal verstrebten Rankgittern als Wand- und Deckenelemente gebaut, und davor extra tiefe Pflanzkästen aus Holz, die ich mit Teichfolie ausgeschlagen und mit Erde befüllt hatte. Zwischen den Pflanzkästen war ein zwei Meter langes Brett in Sitzhöhe montiert, das als Bank oder Liege fungieren sollte, sobald ich die passenden Kissen gefunden hatte. Die Pergola samt Rankgitter hielt den Wind ab, zauberte eine schattige Ecke für warme Tage und sorgte insgesamt für eine heimeligere Atmosphäre. Bald erinnerte hier oben nichts mehr an ein Parkdeck. Ich suchte nur groß gewachsene Pflanzen aus, die in der Lage waren, sofort eine Art Dschungelatmosphäre zu vermitteln. Die meisten Leute wollen »was Blühendes« für ihren Balkon oder ihre Terrasse, aber wenn ich mich auf wenige Quadratmeter beschränken müsste, würde ich mich ausschließlich für Blattpflanzen entscheiden. Grün ist im Grunde eine sehr »bunte« Farbe, was jedermann bei der Auswahl von Möbeln, Kleidern oder Haartönungen durchaus berücksichtigt. Nur bei Pflanzen wird die Farbe Grün extrem unterschätzt.

Der Dschungel auf Olivers und Evelyns Terrasse wies ungefähr siebzehn verschiedene Grüntöne auf, die Feinnuancen nicht mit eingerechnet.

Oliver war begeistert. »Es ist ein Wunder«, meinte er. »Jetzt wirkt das Ganze noch größer als vorher.«

Ich platzte natürlich beinahe vor Stolz. Ja, das war mir wirklich gut gelungen. Jetzt fehlten nur noch diverse Lichter, die das Ganze auch nach Einbruch der Dunkelheit würdig in Szene setzen konnten. In einem der Zubehörkataloge, die wir in der Gärtnerei bekamen, hatte ich Laternen zum In-die-Bäume-Hängen entdeckt, die zum Einkaufspreis einigermaßen erschwinglich waren. Man musste nur dreißig Stück davon abnehmen. Aber das machte nichts, den Rest würde ich im Laden verkaufen. Im selben Katalog gab es auch hübsche, gestreifte Sitzpolster im Matratzenstil, die genau die richtige Größe für die neu gebaute Bank hatten. Dummerweise musste ich auch hier zehn Stück abnehmen, und das waren sieben Stück zu viel. Auf der anderen Seite: Sitzpolster konnte man immer gebrauchen, und dieses Muster war irgendwie zeitlos. Vielleicht konnte ich auch einige als Weihnachtsgeschenke zurückbehalten oder so. Jedenfalls bestellte ich alles, und als es ein paar Tage später geliefert wurde, war die Terrasse perfekt.

»Von der Pergola und dem Rankgitter wird man bald nichts mehr sehen«, versicherte ich Oliver. »Der Efeu und der Hopfen werden das Holz schnell überwuchert haben. So dicht, dass es bis zu einem gewissen Grad sogar Regen abhält.«

»Es ist fantastisch«, sagte Oliver, ließ sich auf die neuen Sitzpolster fallen und legte die Beine hoch. »Jetzt kann man hier tief Luft holen und tatsächlich etwas anderes als Abgase einatmen.«

»Das wäre was für deine Gartenshow gewesen«, sagte ich unbescheiden. »Die Dachterrasse vorher – und nachher!«

»Ich habe ja Fotos gemacht«, sagte Oliver. »Die kann ich dann meinem Programmdirektor zeigen. Das Konzept ist übrigens fast fertig. Du wirst die Erste sein, die es lesen darf.«

Ich sah auf die Uhr und sprang auf. »Nachrichtenzeit«, sagte ich. »Ich bin gespannt, welche Feuerwehrmänner du heute interviewt hast.«

Jetzt, in der dritten Maiwoche, hatte ich mich allmählich daran gewöhnt, nicht mehr zu Hause zu wohnen und meinen Ehemann nur noch im Hellen zu sehen. Ich weinte nicht mehr jeden Tag, wenn ich die Gärtnerei verließ, und ich malte mir auch nicht mehr aus, wie Evelyn wohl im Negligé aussah.

Es half ja auch nichts.

Stephan hatte sich verändert, das hätte sogar ein Blinder gesehen. Man lebte wohl nicht einfach mit einer Person wie Evelyn zusammen, ohne sich zu verändern. Stephan legte nun noch mehr Wert auf sein Äußeres. Die Haare waren gestylter als sonst (er war bei einem anderen Friseur gewesen), er roch nach einem neuen Eau de Toilette, und die Bräune seiner Haut sah mir verdächtig nach Sonnenbank aus.

»Ja, und wenn schon«, sagte er in dem gereizten Ton, den er mir gegenüber nun meistens anschlug. »Ich habe keine Zeit, den ganzen Tag in der Sonne herumzulungern, da ist die Sonnenbank eine gute und gesunde Alternative.«

»Gesund?«, wiederholte ich spöttisch.

»Jawohl«, sagte Stephan. »Würde dir übrigens auch gut stehen, Molli-Olli.«

Natürlich! Evelyn war von Kopf bis Fuß mit dieser feinporigen, superweichen, goldbraunen Haut überzogen. Bis jetzt hatte ich gedacht, es sei eine Art genetisch bedingte Naturbräune. Aber nichts war offenbar so echt, wie es aussah.

Ich bezweifelte aber, dass die Sonnenbank bei mir eine ähnlich beeindruckende Bräune zaubern würde. Ich war nun einmal mehr der hellhäutige, rosige und rotbackige Typus. Entweder man mochte das, oder man mochte es nicht. Es war nicht fair, dass Stephan es nun nicht mehr zu mögen schien.

Das Verrückte und irgendwie Kränkende war, dass auch Evelyn sich veränderte. Ich hatte sie noch noch nie so häufig lächeln sehen, sie wirkte glücklich und gelöst. Das war ganz klar dieses Hormon, das ausgeschüttet wird, wenn man verliebt ist. Und wenn man häufig Sex hat.

Ich platzte beinahe vor Eifersucht.

Elisabeth, die ich täglich mit dem Thema »Stephan und Evelyn« nervte, fragte mich eines Tages während des Joggens ziemlich schroff: »Was würdest du denn tun, wenn Stephan nun tatsächlich etwas mit Evelyn anfinge?«

Wenn er nicht schon etwas mit ihr angefangen hatte.

»Ich wäre furchtbar traurig«, sagte ich. »Ich *bin* furchtbar traurig.«

»Ja, ja«, sagte Elisabeth. »Aber was genau würdest du mit ihm tun?«

»Wie – tun?«, fragte ich.

»Nun ja, zum Beispiel: verhauen, kastrieren, anderweitig verstümmeln, in der Wüste aussetzen ... oder einfach nur rausschmeißen?«

»Ich würde nichts dergleichen tun«, sagte ich ein bisschen empört. Höchstens mit Evelyn.

»Du würdest dich also ganz still und höflich von Stephan trennen?«, fragte Elisabeth.

»Nein!«, rief ich aus. »Ich würde mich überhaupt nicht trennen. Es sei denn, er würde sich von mir trennen wollen. Aber weißt du, das glaube ich nicht. Weil Evelyn und Oliver doch gerade ein Kind haben wollen, und überhaupt ... Ich denke, diese Affäre, wenn sie denn überhaupt eine haben, also diese Affäre, die geht schon irgendwann vorbei.«

»Siehst du, das dachte ich mir«, sagte Elisabeth. »Der Kerl kann machen, was er will, und du wirst ihm verzeihen.«

»Hm, ja«, gab ich zu. »Ich würde ihm verzeihen. Sieh mal, zehn Jahre Ehe sind eine lange Zeit, und dann läuft ihm so ein prächtiges Exemplar wie Evelyn vor die Füße, ja, wird ihm geradezu ins Bett gelegt. Also, da müsste er doch schon ein Heiliger sein, wenn er da widerstehen könnte.«

»Ja, klar, ein Heiliger«, sagte Elisabeth. »Wenn ich so ticken würde wie du, wäre ich jetzt mit Alex verheiratet und würde ihm wahrscheinlich schon die siebte Praktikantin in Folge verzeihen. Weil ja nur ein Heiliger Praktikantinnen widerstehen kann.«

»Das ist etwas anderes«, sagte ich.

»Bei anderen ist es immer etwas anderes«, sagte Elisabeth ungeduldig.

»Außerdem ist es ja gar nicht erwiesen, dass sie wirklich was miteinander haben«, sagte ich vorwurfsvoll, so, als wäre es Elisabeth, die die ganze Zeit darüber geredet hätte.

»Eben«, sagte Elisabeth. »Sicher bildest du dir das alles nur ein und machst dir völlig umsonst Gedanken.«

Ich schüttelte den Kopf. »Nein, nein. Du musst dir die beiden nur ansehen: Evelyn mit ihrem Lächeln und diesem Samtglanz auf der Haut, und Stephan mit seinem neuen Eau de Toilette und dem vielen Gel in den Haaren ...«

Elisabeth stöhnte. »Nicht schon wieder, Olivia, bitte! Ich habe deine Jammerei über Evelyn und den heiligen Stephan allmählich satt. Wenn du ja doch vorhast, ihm zu verzeihen, dann tu das doch einfach jetzt schon. Damit sparst du dir und mir und überhaupt allen Beteiligten eine Menge Ärger.«

Ich starrte sie verwundert an. Ja, das war überhaupt die Lösung! Wieso sollte ich mich weiterhin mit der Vorstellung quälen, wie Stephan und Evelyn sich miteinander vergnügten? Ich konnte doch auch genauso gut gleich dazu übergehen, diese Tatsache als gegeben zu akzeptieren und Stephan bereits im Vorfeld zu verzeihen. Das würde von wahrer menschlicher Größe zeugen. Und weise war es obendrein.

Dummerweise wusste Stephan meine menschliche Größe und Weisheit nicht wirklich zu schätzen. Er war weiterhin schlecht gelaunt und distanziert. Und was Evelyn anging – sie war zwar deutlich netter zu mir als Stephan, aber ihr gegenüber konnte ich mich nicht so großzügig und weise zeigen. Sie spannte mir schließlich (vermutlich) nicht nur meinen geliebten Ehemann aus, sondern sie betrog (vermutlich) auch noch meinen besten Freund, den lieben, alten Blumenkohl! Das konnte ich ihr nicht so schnell verzeihen.

Evelyn hatte ihre Idee mit dem eigenen Beet nicht wieder aufgegeben. Ich hatte ihr großzügig ein geräumiges Hochbeet in Gewächshaus Nummer fünf zugewiesen, und schon am nächsten Tag war das Beet mit bester Komposterde gefüllt und sauber glatt geharkelt. Evelyns Hände sahen aber so gut manikürt aus wie eh und je, weshalb in mir der Verdacht aufkam, dass Herr Kabulke diese Arbeit für sie erledigt hatte.

»Jetzt warte ich nur noch auf die Pflanzen«, sagte sie zufrieden. Offenbar war sie im Internet fündig geworden. Hoffentlich hatte sie nichts allzu Exotisches bestellt, sonst war sie am Ende enttäuscht, wenn es nicht so anging, wie sie es sich vorstellte. Typischer Anfängerfehler.

Der Mai verging, und wir entwickelten allmählich eine gewisse Routine in unserem merkwürdigen Zusammenleben. Wir gewöhnten uns sogar an den ständigen Anblick von Doktor Berner, Bankdirektor a. D. Scherer und Großohr Hubert, die immer dann auftauchten, wenn es auf achtzehn Uhr zuging. Ich war mir nicht sicher, ob sie uns dabei ertappen wollten, wie wir gegen die Regeln verstießen, oder ob sie es verhindern wollten. Ich nahm an, es kam darauf an, was sie nun gewettet hatten: ob wir durchhalten würden oder nicht. Stephan schwor, dass er einmal sogar einen von ihnen zu nachtschlafender Zeit auf dem Hof hatte stehen und Pfeife rauchen sehen, als er aus dem Badezimmerfenster schaute.

»Ein Gutes hat das ja«, sagte er. »Solange die alten Säcke Wache halten, brauchen wir uns nicht vor Einbrechern zu fürchten.«

Die sonntäglichen Frühstücke fanden weiterhin in Fritzens Wintergarten statt, nur dass nun Stephan mit Evelyn angefahren kam und ich mit Oliver. Stephan und Evelyn saßen meistens im Z4, während Oliver und ich mit dem Citroën angeknattert kamen. Evelyn hatte sich den Z4 wieder gänzlich unter den Nagel gerissen, obwohl es zur Hälfte auch Olivers Auto war. Sie meinte, dass man ohne Auto in der Einöde, in der unsere Gärtnerei ihrer Ansicht nach stand, verraten und verkauft sei. Auch Stephan fuhr nun öfter mit dem schnittigen Cabrio durch die Gegend. Ich musste zugeben, dass es ihm gut stand. Sonst war eigentlich alles wie immer.

Die Gaertners – eine Familie zum Abgewöhnen. Schal-

ten Sie ein und wundern Sie sich, warum es immer noch keine Toten gegeben hat.

Das allerdings schien nur noch eine Frage der Zeit zu sein: Eberhard löcherte uns nämlich nach wie vor mit »Wer wird Millionär«-Fragen und seinen besserwisserischen Bemerkungen, und zumindest mein Aggressionspegel stieg von Woche zu Woche. Ich träumte davon, einmal nur so feste ich konnte in Eberhard weichen Bauch boxen …

Katinka merkte nicht, wie kurz sie davor stand, Witwe zu werden. Sie trug jeden Sonntag eine andere Pastellfarbe, und sie und Fritz überlegten, welche Möbel Fritz ins Reihenhäuschen mitnehmen konnte und welche er aus Platzmangel in der Marzipanhochzeitstorte lassen musste. Fritz ging das Ganze äußerst unsentimental an, aber Katinka badete jeden Sonntag in Tränen. Das mussten die Schwangerschaftshormone sein. Schrecklich, so etwas. Ich wusste schon, warum ich keine Kinder bekommen wollte.

»Bei der Gelegenheit müsste man auch mal den Keller entrümpeln«, sagte Fritz, und wir alle mussten mit hinunter, um die so genannten Schätze anzuschauen, die dort lagerten.

Es war ein großer Keller, und er war randvoll gestopft mit Dingen, von denen jeder verstand, warum man sie aussortiert hatte.

»Ihr könnt euch nehmen, was ihr wollt«, sagte Fritz. Das war eine ungewöhnlich großzügige Geste von ihm (von der Sache mit den Millionen mal abgesehen), das Problem war nur, wir wollten nichts. Keine von den geflochtenen Korblampen aus den Siebzigerjahren, keine alte Couchgarnitur in Beigebraun kariert, keine Schalenstühle aus weißem Kunstleder mit roten Blumen und schon gar nicht die mitwachsende Jugendzimmerkollektion aus furniertem Pressspanholz von 1976.

»Undankbares Volk«, sagte Fritz. »Tja, dann veranstalten wir eben einen Garagenflohmarkt. Die Sachen sind zu schade für den Sperrmüll. Sie haben seinerzeit gutes Geld gekostet. Von den meisten habe ich noch die Quittungen.«

Wir alle stöhnten.

»Das Zeug will doch keiner mehr«, sagte Oliver.

»Nicht mal die hartgesottensten Siebzigerjahrefans«, ergänzte Stephan.

»Meiner einer hätte schon Interesse an diesem Sessel«, sagte Eberhard und ließ sich in einen abscheulich gemusterten Sessel in XXL plumpsen.

»Dann hätte vielleicht deiner einer auch Interesse daran, diesen Flohmarkt zu veranstalten?«, fragte Evelyn schlau, und Eberhard sagte ebenso schlau: »Wenn meiner einer den Gewinn einbehalten darf!«

Das fanden wir nur gerecht. Es war ziemlich ausgeschlossen, dass der Gewinn besonders hoch sein würde. Außerdem waren wir in weniger als einem halben Jahr Millionäre, da konnte man sich ruhig mal ein bisschen großzügig zeigen.

»Wer den Pfennig nicht ehrt, ist den Taler nicht wert«, sagte Eberhard.

»Recht hast du, lieber Junge«, sagte Fritz. »Das ist die Einstellung, mit der man es im Leben zu etwas bringt!«

»Wunderbar«, sagte Evelyn. »Bei der Gelegenheit können wir Olivias und Stephans Ruine auch gleich mal ausmisten. Dort herrscht ein ausgesprochen schlechtes Feng Shui wegen zu viel Krempel. Für die Gästecouch beispielsweise haben wir definitiv keine Verwendung mehr.«

Ach nein?

»Wo schläfst du denn dann?«, fragte ich schneidend. In der Badewanne würde es ja wohl kaum sein.

»In dem alten Eisenbett, das bei euch unter der Treppe stand«, sagte Evelyn.

Das alte Eisenbett hatte ich vor vielen Jahren mal auf dem Sperrmüll gefunden. Es hatte ein wunderbares, verschnörkeltes Kopfteil, ideal für Fesselspiele aller Arten. Dummerweise fehlte das Fußteil, und so hatte ich bisher davon Abstand genommen, es aufzubauen. Außerdem war es in einem beklagenswert verrosteten Zustand, und ich war, ehrlich gesagt, nur in meinen allerkühnsten Träumen ein Fan von Fesselspielen, nicht aber im wirklichen Leben. Ich hatte das Bett nur behalten, weil mir der Gedanke gekommen war, daraus ein Gartentörchen zu bauen. Schmiedeeiserne Gartenelemente waren der letzte Schrei.

Aber jetzt hatte Evelyn sich das Gartentörchen ja auch noch unter den Nagel gerissen.

»Es hat kein Fußteil«, sagte ich.

»Braucht es ja auch nicht«, sagte Evelyn. »Herr Kabulke hat einen Rahmen für die Matratze geschreinert und das Kopfteil einfach hinten angeschraubt. Ein Bettüberwurf versteckt die etwas unelegante Konstruktion.«

»Matratze?«, fragte ich gedehnt. »Bettüberwurf?«

»Die Matratze gab es im Angebot für 79 Euro. Und den Bettüberwurf habe ich im Internet entdeckt. Wunderschön, strapazierfähig und preiswert. Natürlich zeitlos in Weiß. Stephan sagte, das könne ich ruhig investieren.«

»Ach, sagte er das?«, knurrte ich und sah Stephan böse an. Wenn er Evelyn so weitermachen ließ, war unsere Million am Ende schon verbraucht, bevor wir sie überhaupt in den Fingern gehabt hatten. Was war das überhaupt für ein Sakko, das er da anhatte? Sah niegelnagelneu aus. Und teuer. Wahrscheinlich hatte Evelyn es zusammen mit ihm eingekauft, weil ihr seine anderen Sachen zu schäbig waren. Ich fing vor Eifersucht an, mit den Zähnen zu knirschen.

Stephan bemerkte meinen Blick aber gar nicht. Er schien mit seinen Gedanken ganz woanders zu sein.

»Jedenfalls ist es nach den Regeln des Feng-Shui wichtig, das Haus regelmäßig zu entrümpeln. Jedes Gerümpel verursacht schlechte Energien«, sagte Evelyn.

»Glaubst du an Feng-Shui?«, fragte Katinka ein wenig verächtlich.

Evelyn strich sich das goldbraune Haar aus dem Gesicht. »Natürlich nicht«, sagte sie. »Aber das Gerümpel muss weg.«

»Vielleicht ist noch etwas dabei, was man gebrauchen kann«, sagte ich und sah Stephan dabei an. Es war schließlich immer noch *unser* Gerümpel.

»Nein«, sagte Evelyn bestimmt. »Ich habe alles durchgesehen und beiseite gepackt, was man noch verwenden kann.«

Ich sah immer noch Stephan an und wartete, dass er sich endlich einmischte. Aber er sah nur auf seine Uhr und fragte: »Dann sind wir ja wohl hier für heute fertig, oder? Komm, äh, Evelyn, wir fahren nach Hause.«

Es gab mir einen Stich. Das war immer noch unser Zuhause.

Evelyn zuckte mit den Schultern. »Von mir aus.«

»Da hat es aber einer eilig, hehehehe«, keckerte Eberhard.

Das fand ich leider auch. Ich bekam Kopfschmerzen vor lauter Bemühungen, Stephan die Affäre mit Evelyn schon im Vorhinein zu verzeihen. Vielleicht war das doch nicht so eine gute Idee, wie Elisabeth meinte. Es war sicher nicht gut für mein persönliches Feng-Shui.

*

Ein paar Tage später fand ich Evelyn im Staudengewächshaus vor ihrem Beet kniend. Neben ihr lagen mehrere, längliche Kartons, einige davon schon aufgerissen.

Ich erkannte ein paar Pflanzenleuchten zwischen Bergen von Zeitungspapier.

»Was zum Teufel …?«, fragte ich.

»Keine Sorge, die habe ich selber bezahlt«, sagte Evelyn. »Und du hast gesagt, dass ich so viel Platz haben kann wie ich will für mein Versuchsbeet.«

»Ja, aber, Evelyn.« Ich sprach zu ihr wie zu einem dummen, bockigen Kind. »Pflanzenleuchten brauchst du *hier* doch nicht. Das ist rausgeschmissenes Geld. Die Pflanzen haben im Gewächshaus perfekte Bedingungen.«

»Für meine Pflanzen braucht man aber mehr Licht«, sagte Evelyn.

Ich lächelte nachsichtig. »Und was sind das für Pflanzen?«

»Cannabis«, sagte Evelyn und hielt mir eine Samentüte hin.

»*Cannabis*«, wiederholte ich entgeistert. »Du meinst, *Hanf*?«

»Genau«, sagte Evelyn. »Ich habe mir Samen und

Jungpflanzen schicken lassen. Niedlich, oder?« In einem Karton befanden sich winzige Pflänzchen zwischen Zeitungspapier.

Ich schüttelte den Kopf. »Also, dein Ehrgeiz in allen Ehren, aber warum fängst du ausgerechnet mit so etwas Kompliziertem an? Willst du Pullover daraus fertigen? Genau so gut hättest du dir Seidenspinnerraupen aus China liefern lassen können samt dazugehöriger Maulbeerbäume!«

»Olivia! Das ist Cannabis! Ich will keine Pullover damit stricken – ich will Pfeifchen rauchen!«

»Evelyn! Du kannst hier doch kein Rauschgift anbauen. Das ist illegal! Wo hast du das Zeug überhaupt her?«

»Aus dem Internet«, sagte Evelyn mit einer wegwerfenden Handbewegung. »Du hast mir gesagt, dass man dort einfach alles finden kann, und du hattest Recht. Also klapp den Mund zu. Der Handel mit Samen ist übrigens nicht strafbar.«

»Aber«, begann ich. Ich wusste gar nicht so recht, was ich eigentlich sagen sollte, aber es begann auf jeden Fall mit dem Wörtchen »aber«.

»Mit Jungpflanzen handeln ist schon kriminell«, sagte Evelyn. »Aber richtig kriminell ist man erst, wenn man das Zeug auch unter die Leute bringt. Kiloweise.«

»Hör mal, Evelyn, jetzt spinnst du wohl total!«, rief ich aus.

Evelyn seufzte. »Ich spinne doch nicht, ich suche nur nach einer neuen Herausforderung. Und nach einer Möglichkeit, Geld zu verdienen.«

»Du bekommst bald *eine Million*!«, rief ich aus.

»Eine Million, von der wir erst einmal unsere Schulden bezahlen«, sagte Evelyn. »Danach bleibt nicht mehr viel übrig, und wenn ich tatsächlich schwanger werden sollte, dann brauche ich einen Haufen Geld. Weißt du, wie teuer allein eine gute Kinderfrau sein wird? Ich muss Geld verdienen, so oder so!«

»Mit dem Anbau und dem Genuss illegaler Drogen?«, rief ich empört.

»Gott bewahre«, sagte Evelyn. »Ich will es doch nicht selber rauchen! Höchstens mal, um den THC-Gehalt zu testen. Oder war es HCG? Ich verwechsle das immer. Aber man bekommt alles, was man braucht, im Internet. Da kann man sich ein ganzes Labor bestellen, perfekt.«

»Evelyn! Dafür kannst du im Knast landen. Und ich gleich mit dir!«

Evelyn nickte gelassen. »Sag es also keinem weiter. Warst du schon im Haus? Herr Kakabulke war wirklich fleißig. Das Gästezimmer ist fertig. Sieht toll aus. Komm, ich zeig's dir.«

Es war ganz klar ein Ablenkungsmanöver, aber ich stiefelte bereitwillig hinter ihr her. Mir war nämlich soeben ein tröstlicher Gedanke gekommen: Evelyn war ein blutiger Laie und hasste Pflanzen. Nach eigenen Angaben war es ihr stets in Rekordzeit gelungen, Zimmerpflanzen eingehen zu lassen. Es war unwahrscheinlich, dass sie die armen sensiblen Cannabis-Dinger großziehen würde. Und damit hatte sich dann die ganze Sache von selbst erledigt.

Im Haus schlug mir ein nicht unangenehmer Geruch nach frischer Farbe entgegen.

»Hier entlang.« Evelyn lotste mich zum Gästezimmer, als ob ich das erste Mal in diesem Haus wäre. Als sie die Tür öffnete, dachte ich zuerst tatsächlich, ich wäre woanders gelandet. Vom alten, düsteren Gästezimmer, dominiert von Stiefmütterchenmonstern an der Wand und einem hässlichen Heizkörper vor dem einzigen Fenster, war nichts mehr übrig geblieben. Ich schnappte überrascht nach Luft. Sogar das alte Eisenbett war nicht mehr zu erkennen. Jemand musste in unendlicher Sklavenarbeit die einzelnen Schnörkel vom Rost befreit und dann alles cremeweiß gestrichen haben. Selbst der Plüschhase mit den Schlenkerbeinen sah aus wie ein eigens für dieses Zimmer gekauftes Accessoire.

»Hat er doch prima gemacht, der gute Kakabulke«, sagte Evelyn.

»Ja, allerdings!« Ich staunte immer noch. »Was man aus zwölf Quadratmetern alles machen kann! Wohin ist denn die Heizung verschwunden?«

»Hinter der Verkleidung«, sagte Evelyn, und jetzt sah ich, dass die ganze Stirnseite des Raumes unterhalb des Fensters mit weißem Holz verkleidet war, aus dem jemand – Herr Kabulke? – äußerst formschöne Bourbonenlilien ausgesägt hatte. Von dem schäbigen, wuchtigen Rippenheizkörper war nichts mehr zu sehen, dafür war ein wunderschöner und praktischer Fenstersims entstanden, auf dem Evelyn eine schlanke Vase mit einer einzelnen, weißen Phalaeopsis gestellt hatte. Und einen silbernen Kerzenhalter, in dem eine weiße Kerze steckte, die schon zur Hälfte heruntergebrannt war. Ehe ich mich dagegen wehren konnte, stellte ich mir Evelyn und Stephan vor, wie sie bei Kerzenlicht auf dem weißen Bett lagen und sich küssten. Brad Pitt und Jennifer Aniston, Bettszene.

Sofort hatte ich wieder Kopfschmerzen.

»Sehr schön«, murmelte ich.

»Was sagst du zu dem Spiegel?«, fragte Evelyn.

Der Spiegel hing quer über dem Kopfteil des Bettes, ein riesiges, nobles Teil mit einem breiten, weißpatinierten Rahmen.

»Wie viel?«, fragte ich nur.

»Null Cent!« Evelyn lachte. »Du erkennst ihn wohl nicht wieder, was? Es ist das braune, scheußliche Ding, das am Kellerabgang hing. Eigentlich hätte ich es zu Eberhards Garagenflohmarkt gegeben, aber es ist nun mal echter Facettschliff, und deshalb kam ich auf die Idee, einen neuen Rahmen dafür zu schreinern. Herr Kabulke hatte die Idee mit den breiten Brettern, auf die man verschiedene, auf Gehrung geschnittene Leisten aufsetzt. Hat er mal in einer Zeitschrift gesehen. Er ist ein Fan von Selbermacher-Zeitschriften. Er hat alle Jahrgänge seit 1970 archiviert. Sieht doch toll aus, oder?«

»Kann man wohl sagen.« Im Spiegel sah ich Evelyn und Stephan, wie sie auf dem Bett lagen, sonnen(bank)-gebräunte Haut auf weißem Laken ...

Ich zog die Tür hinter mir zu. Im hässlichen, düsteren Flur fühlte ich mich gleich besser.

»Du siehst also, renovieren funktioniert auch ohne Geld«, sagte Evelyn. »Und Spaß macht es auch.«

»Ja, das stimmt wohl«, sagte ich. Es war so ärgerlich, dass Evelyn in so kurzer Zeit lauter Dinge auf die Beine gestellt hatte, die eigentlich in mein Ressort fielen. *Ich* war die Kreative, die zupacken konnte! Die mit Schaufel, Schere, Säge und Bohrmaschine umgehen konnte wie keine zweite. Ich und nicht Evelyn. Evelyn war meinetwegen die, die viel besser aussah und viel mehr Geld verdiente – geschenkt! Aber dass sie jetzt auch noch diejenige war, die mein Eisenbett und den fiesen, alten Spiegel hergerichtet hatte, war einfach ungerecht. Es musste doch irgendetwas auf dieser Welt geben, das ich besser konnte als sie.

»Ja, aber komm jetzt bloß nicht auf die Idee, in *meiner* Wohnung zum Pinsel zu greifen, hörst du!« Evelyn sah mich streng an. »In *meinem* Penthouse wirst du nichts verändern, nicht mal ein Kissen an eine andere Stelle rücken. Ich hoffe, da haben wir uns verstanden!«

»Sooo perfekt ist deine Wohnung nun auch wieder nicht«, sagte ich immer noch mürrisch. »Und von welchen Kissen redest du überhaupt? Ich finde, es könnte dort ruhig ein bisschen gemütlicher sein ...«

»Dass es nicht dein Stil ist, heißt nicht, dass es nicht perfekt ist«, sagte Evelyn. »Es ist im minimalischen Stil eingerichtet, etwas fernöstlich angehaucht. Keine Gemütlichkeit im klassischen Sinne, aber man kann Ruhe und Kraft dort schöpfen. Es ist bis ins Detail ausgeklügelt. Also Finger weg von meinem Wohnkonzept!«

»Schon gut«, sagte ich. Dann fiel mir ein, dass ich mich ja bereits an ihrer Wohnung vergriffen hatte, und meine Miene hellte sich sichtbar auf. Auf der Dachterrasse war von Evelyns minimalistischem Wohnstil nichts mehr übrig geblieben, hahaha. Hatte Oliver es ihr noch nicht erzählt? Offenbar nicht. Aber dort war *ich* kreativ gewesen.

Beinahe hätte ich hämisch gelacht.

»Meinetwegen kannst du dir aber die Dachterrasse vorknöpfen«, sagte Evelyn da. »So eine Zen-Bepflanzung fänd ich cool – das würde auch super zum Interieur passen.«

»Du meinst Bonsai und geharkte Kiesfelder?« Ich musste kichern.

»Ich sagte nur, nimm Rücksicht auf meinen Geschmack.«

»Und was ist mit Olivers Geschmack?«

Evelyn lächelte überlegen. »Schätzchen, der hat überhaupt keinen, glaube mir.«

»Hat er wohl«, brauste ich auf. »Nur weil jemand vielleicht nicht deinen Geschmack teilt, heißt das noch lange nicht, dass er keinen Geschmack hat.«

»Sage ich ja gar nicht«, sagte Evelyn. »Für dich zum Beispiel erscheint mir der schwedische Landhausstil angebracht, *obwohl* es nicht mein Stil ist. In der Küche allerdings denke ich an einen Hauch England. Landhausstil ja, Schweden nein.«

»Die Küche?«, unterbrach ich sie alarmiert.

»... ist eine Katastrophe«, sagte Evelyn ungerührt. »Dieses scheußliche dunkle Eichenholz und diese grausliche grüne Kunststoffarbeitsplatte – da bekommt man ja Pickel, wenn man nur die Mikrowelle bedient.«

»Das sagst du immer, aber ich kann keinen einzigen Pickel bei dir entdecken«, sagte ich. »Ja, die Küche ist wirklich grauenvoll.« Statt »Küche« konnte man auch jedes beliebige andere Zimmer einsetzen, der Satz traf immer zu. Außer auf das Gästezimmer, natürlich. Das war jetzt sehr schwedisch.

»Diese Eiche rustikal stammt noch vom Vorbesitzer – nur den Herd haben wir neu eingebaut. Na ja, neu war der auch nicht. Wir haben ihn günstig bei eBay ersteigert. Aber ...«

»Ja, ja, ich weiß«, fiel Evelyn mir ins Wort. »Eine neue Küche würde zu viel kosten. Deshalb hab ich mir das Ding mal ganz genau angeschaut: Das Innenleben ist noch erstaunlich in Ordnung, die Schubladen laufen immer noch wie geschmiert, nichts klemmt oder ruckelt. Wenn man alles weiß streichen und eine andere Arbeitsplatte montieren würde, sähe es gleich viel besser aus. Dann noch ein paar Leisten aufgesetzt, die fiesen, alten Griffe weg und durch hübsche andere ersetzt – die Küche wäre wie neu.«

»Hm«, machte ich. Verdammt noch mal, diese Frau machte mich fertig. Erst vergriff sie sich an meinem Mann, dann an meiner Küche! Und illegale Drogen baute sie auch noch an.

»Natürlich müsste man den grauenhaften grüngelb gemusterten Fliesenspiegel irgendwie verdecken«, fuhr Evelyn fort. »Kann man mit weißem Keramiklack machen, aber noch schöner fänd ich persönlich ja sägeraues, weiß lasiertes Holz.«

»Hm«, machte ich wieder, was Evelyn als Zustimmung wertete. »Mit Weiß kann man wohl nichts falsch machen.«

»Ich sehe, da sind wir einer Meinung!« Sie lächelte so enthusiastisch, wie ich es noch nie an ihr gesehen hatte. »Im Baumarkt gibt es ganz passable, massive Buchenholzplatten für einen Spottpreis«, fuhr sie fort. »Ich hab schon mit Stephan darüber gesprochen, und er meinte, das bisschen Farbe und die paar Cent für Griffe und Platte könne er durchaus verkraften.«

»Paar Cent«, schnaufte ich. »Wohl eher ein paar hundert Euro!«

»Sagen wir mal dreihundert, alles in allem«, sagte Evelyn. »Ist aber doch ein Superpreis für eine niegelnagelneue Landhausküche! Stephans neues Sakko hat fast das Doppelte gekostet.«

»Was?«, rief ich aus.

»Armani«, sagte Evelyn. »Steht ihm aber hervorragend.«

»Hast du es ihm ausgesucht?«, fragte ich eifersüchtig.

»Nein«, sagte Evelyn. »Ich interessiere mich nicht für Herrenmode. Was ist jetzt mit der Küche? Der Kakabulke brennt schon richtig drauf, damit anzufangen.«

»Er heißt *Ka*-bulke, wie oft soll ich dir das denn noch sagen!«

Evelyn sah nicht überzeugt aus. »Hör mal, ich hab ihn doch noch mal gefragt, und er hat ganz deutlich gesagt, dass er Kakabulke heißt. Ehrlich!«

Ich verdrehte die Augen. »Der arme Mann *stottert*, warum geht das denn nicht in deinen Kopf?«

9. Kapitel

Zu meinem großen Erstaunen gediehen Evelyns Cannabis-Pflanzen prächtig. Nach zwei Wochen erschienen bereits die Keimblättchen der Samen, und die gekauften Jungpflanzchen bekamen jede Menge anrüchig aussehende Blätter.

Wider Erwarten berührte mich der Lebenswille der Pflanzen. Es würde mir schwer fallen, sie so einfach auf den Komposthaufen zu werfen.

»Hier darf niemals eine Menschenseele hineingehen«, sagte ich zu Evelyn. »Sonst sitzen wir schneller im Knast, als uns lieb ist. Wenn Herr Kabulke die Pflanzen sieht …«

»Du kannst ja sagen, dass es Tomaten sind«, schlug Evelyn vor.

»Tomaten!«, rief ich aus. »Herr Kabulke mag ja etwas schlicht sein, aber mit Tomaten kennt er sich aus. Außerdem riechen diese Dinger hier schon so streng, dass man ganz berauscht ist!«

»Herr Kakabulke wird schon nichts verraten«, sagte Evelyn. »Da mache ich mir schon eher Gedanken um Stephan.«

»Stephan? Ja, weiß er denn nicht, was du hier treibst?«

»Bist du blöd?«, fragte Evelyn. »Diese Gaertners sind doch im Grunde stockkonservativ. Und katholisch. Die würden ausflippen, wenn sie das hier sehen würden.«

»Oh«, sagte ich. Na ja, vielleicht hatte sie Recht. Die meisten Leute würden es nicht billigen, was Evelyn hier tat. Ich sollte es auch nicht tun. Es war illegal. Und unmoralisch.

»Um Stephan musst du dir keine Sorgen machen«, sagte ich. »*Dem* können wir getrost sagen, dass es sich um Tomaten handelt – er merkt den Unterschied in hundert Jahren nicht. Wie geht es denn nun weiter? Rollt man sich den Joint aus den Blättern?«

»Nein, nein, nein«, sagte Evelyn. »Man verwendet die Blüte. Und erst mal muss ich hier eine richtig prächtige Mutterpflanze ziehen. Die männlichen Pflanzen werden nämlich gnadenlos aussortiert. Siehst du? Das hier ist so ein Männchen. Du kannst es daran erkennen, dass es keine Blütenstände ausbildet. Hier, keine feinen Samenfädchen. Es blüht zwar irgendwann, aber völlig unnütz.« Evelyn rupfte das Männchen aus dem Beet. Sein Nachbar musste ebenfalls dran glauben.

»Die Armen«, sagte ich.

»Unnütze Faulpelze sind das«, sagte Evelyn. »Aber ich erkenne sie, wo ich sie sehe. Und dann – rupf!« Sie streichelte über ein Pflänzchen. »Du hier bist ein Mädchen, nicht wahr? Wirst bald schön blühen und Mama die ganze Mühe zurückzahlen. Sieh doch, die hat schon Blütenstände angesetzt. Wie schnell das geht!«

»Muss man nicht die Seitentriebe ausgeizen, wie bei der Tomate?«

»Ausgeizen? Was soll das sein?«

»Also«, sagte ich und fasste eine der Pflänzchen an. »Man nimmt hier …«

Evelyn schlug mir auf die Finger. »Hände weg«, rief sie. »Das hier ist *mein* Beet. Um die Blümchen kümmere ich mich! Ich weiß nicht, was herumgeizen ist, aber ich werde sofort im Internet nachschauen, ob man das mit meinen Blümchen hier machen darf!«

»Ich glaube nicht, dass man Blümchen dazu sagen kann«, sagte ich.

»Nenn sie, wie du willst, aber lass sie in Ruhe«, sagte Evelyn. »Ich muss jetzt weg, ich treffe mich mit Oliver. Morgen ist mein Eisprung.«

»Schon wieder?«, fragte ich etwas maulig. Oliver hatte Recht, das Empfängnisprogramm von Evelyns Computer musste irgendwie kaputt sein.

Ich sah Evelyn frustriert nach, wie sie in ihren Z4 stieg und davonfuhr, schön wie ein Junimorgen. Es war so ungerecht. Diese Frau hatte einfach alles: jede Woche einen Eisprung und Sex mit ihrem *und* meinem Ehemann!

»Das kannst du doch gar nicht wissen«, sagte Elisabeth immer, wenn ich darüber sprach (was immer noch so gut wie jedes Mal war, wenn wir uns sahen).

Aber ich war mir da ziemlich sicher.

»Angenommen, du würdest Kaspar für eine Stunde mit einem Haufen Gummibärchen einsperren, meinst du nicht, er würde sie essen?«, fragte ich sie.

»Natürlich würde er«, sagte Elisabeth.

»Siehst du«, sagte ich. »Genauso ist das mit Stephan und Evelyn.«

»Aber Kaspar ist erst vier Jahre alt«, gab Elisabeth zu bedenken. »Stephan ist siebenunddreißig. Meinst du nicht, er hat sich besser im Griff als ein Vierjähriger?«

»Bei Gummibärchen vielleicht«, sagte ich. »Aber du solltest nicht vergessen, dass Evelyn kein Gummibärchen ist.«

»Trotzdem hast du keine Beweise«, sagte Elisabeth. »Außerdem wolltest du ihm doch sowieso verzeihen.«

»Aber ja, ich habe ihm ja längst verziehen«, sagte ich und knirschte dabei mit den Zähnen. »Ich bin nur keine von diesen Frauen, die erst merken, dass sie betrogen werden, wenn sie mit der Nase darauf gestoßen werden.«

»Nein«, sagte Elisabeth trocken. »Du merkst es schon vorher.«

Ich schaffte es einfach nicht, meine Eifersucht abzustellen, egal, wie sehr ich mich darum bemühte. Stephan war nicht gerade besonders nett zu mir, er legte diese Mischung aus Gleichgültigkeit, Ungeduld und schlechtem Gewissen an den Tag, die typisch ist für Männer, die fremdgehen. Die Vorstellung, dass er Evelyn alle seine Aufmerksamkeit und seinen Charme zukommen ließ, machte mich rasend. Warum nur ging es auf dieser Welt so ungerecht zu? Evelyn hatte doch schon alles: einen reizenden Mann und das Aussehen einer Hollywoodschauspielerin. Außerdem hatte sie noch äußerst befriedigende Nebenbeschäftigungen gefunden: den Anbau von Drogen und das Renovieren unseres Hauses. (Nicht, dass sie wirklich viel davon selber machte: Herr Kabulke war zu so etwas wie Evelyns persönlichem Sklaven mutiert. Jede Wette, dass Frau Kabulke zu Hause ebenfalls vor Eifersucht schäumte.)

Warum brauchte Evelyn denn zu allem Überfluss auch noch meinen Mann?

Ich seufzte tief. Das Einzige, das mir blieb, war meine Arbeit.

»Du siehst scheiße aus«, sagte Petra, als ich mit ein paar frisch eingetopften Sonnenblumen in den Laden kam.

»Ja, du mich auch«, sagte ich gedankenverloren und spießte zu jeder Sonnenblume einen orangenfarbenen

Holzschmetterling in den Tontopf. Die hatte es ausgesprochen günstig im Versandhandel gegeben, allerdings hatte ich einhundert Stück abnehmen müssen. Ich umwickelte das Ganze mit dekorativem Bast und sagte Petra, dass sie das Stück für 3,50 Euro verkaufen solle.

»Ist mal 'ne Abwechlung von den Begonien«, sagte Petra. »Irgendwie kommen jetzt immer mehr Leute wegen der anderen Sachen. Deine Buxen sind schon alle weg.«

»Was?« Ich sah mich erschrocken um. Vor ein paar Tagen hatte ich wegen der vermehrten Anfrage einige meiner Buchsbäume aus Gewächshaus zwei in den Laden gekarrt und einige besonders große Exemplare als Blickfang vor der Tür deponiert. Zur Abschreckung hatte ich besonders hohe Preise daran geklebt, aber offensichtlich hatte das nichts geholfen: Kein einziger war mehr übrig geblieben. Meine Lieblinge! Alle weg! Ich wäre beinahe in Tränen ausgebrochen.

»Ich verstehe die Leute nicht«, sagte Petra. »So viel Geld auszugeben. Die sind doch stinklangweilig, diese Buxen. Herr Gaertner findet das auch.«

»Na ja«, sagte ich finster. »Dafür sind wir in diesem Monat sicher mit ein paar hundert Euro mehr in den schwarzen Zahlen.« Und meine Buchsbäume sah ich nie wieder.

Petra schulterte ihre Handtasche und warf ihren Oberkörper in Stephans Büro hinein. »Herr Gä-haertner, tschüssie-küssie!«

»Tschüssie-küssie«, hörte ich Stephan brummen. Er saß in letzter Zeit unglaublich viel vor dem Computer, so viel, dass er nicht mal mehr wusste, was er sagte. *Tschüssie-küssie*!

»Kalkulationen sind nun mal wichtig«, sagte er, wenn ich fragte, warum er nicht mehr Zeit mit praktischen

Dingen verbrachte. Uns wuchs in dieser Jahreszeit in der Gärtnerei die Arbeit über den Kopf, und mehr Spaß machte das doch auch. Aber er war hier der Betriebswirt, nicht ich, und wenn Kalkulationen nun einmal wichtiger waren als alles andere, dann musste es wohl stimmen.

Petra zog die Bürotür wieder zu. »Ich muss die Kleinen abholen«, sagte sie und streckte mir die Zunge heraus. Es galt aber nicht mir, sondern ihrem Nachmittagsprogramm. »Heute ist Schultütenbasteln angesagt, und Timo hat sich ausgerechnet so eine superaufwändige Mondrakete ausgesucht. Ich werde mehr Klebstoff an den Händen haben als du Erde unter den Fingernägeln. Echt widerlich!«

»Was tut man nicht alles für seine Kinder«, sagte ich desinteressiert.

»Tu ich ja nicht freiwillig«, ereiferte sich Petra. »Ich hätte dem einfach so eine Bob-der-Baumeister-Tüte gekauft. Aber wenn man im Kindergarten bei so etwas nicht mitmacht, dann wird man total doof angemacht. Diese Weiber sind echte Hyänen.«

Ja, das glaubte ich ihr unbesehen.

»In deinen Augen sind alle Weiber Hyänen«, sagte ich. »Oder doofe Ziegen oder dumme Kühe.«

»Ja, außer dir«, sagte Petra, schon fast an der Tür. »Dich nenne ich nur das Erdferkel. Hahaha.«

»Hahaha«, machte ich. Irgendwann würde ich dieser Person wohl einmal einen Blumentopf über den Kopf stülpen. Und zwar mit viel Schwung.

Ich schloss die Ladentür ab und ging zu Stephan ins Büro. Nicht mal in der Mittagszeit wollte er seinen Computer verlassen.

Liebevoll begann ich, seine Haare zu kraulen.

»Nicht«, sagte er. »Du ruinierst meine Frisur.«

»Und wenn schon«, sagte ich. »Das ist gut gegen Kopfschmerzen und Verspannungen.«

»Ich hab weder Kopfschmerzen noch Verspannungen«, sagte Stephan. »Ich arbeite hier, falls du das nicht sehen kannst.«

»Immer nur Zahlen und Fakten«, sagte ich. »Das kann doch keinen Spaß machen. Willst du mal was Gutes hören? Ich habe in dieser Woche weit über tausend Euro Umsatz gemacht mit meinen Buchsbäumen.«

»Ja«, sagte Stephan. »Aber du hast seit zig Jahren Geld und Arbeitszeit in diese Dinger gesteckt, und zwar mehr, als du dafür bekommen hast.«

»Aber es hat Spaß gemacht.«

»Es will wohl einfach nicht in deinen Kopf hinein, nicht wahr, Olli? Dieses Geschäft bekommen wir nur ans Laufen, wenn das, was wir herausbekommen, größer ist als das, was wir hineinstecken. Das ist eine simple Rechnung, die müsstest doch auch du verstehen.«

Ich hörte auf, seine Haare zu kraulen. Die fühlten sich sowieso bretthart an vor lauter Haarspray und Gel. »Tu nicht immer so, als wäre ich stockdämlich«, sagte ich. »Ich habe durchaus gemerkt, dass wir in letzter Zeit mit meinen Pflanzen mehr Umsatz machen als mit deinen Begonien, und das verhagelt dir die Laune.«

»Mir verhagelt nur der mickrige Gewinn die Laune«, sagte Stephan.

»Der ist aber größer als mit den Begonien«, sagte ich beharrlich.

»Aber immer noch mickrig«, sagte Stephan. »In diesem Geschäft liegt einfach keine Zukunft.«

»Welches Geschäft meinst du?«

»Dieses Grünzeug-Geschäft«, sagte Stephan verächtlich.

»Alles nur Peanuts. Mein Vater hat Recht, das ist kein Job für mich. Ich bin Diplombetriebswirt. Ein Marketingexperte! Ich war *gut*. Ich war einer der besten meines Jahrgangs. Und jetzt sieh mich an: Ich hänge in einer heruntergekommenen Gärtnerei herum und verkaufe Blumen mit einer Gewinnspanne von vierzehneinhalb Cent.«

»Die Gärtnerei ist nicht heruntergekommen«, sagte ich heftig. »Sie ist im Aufbau begriffen. Sie wird wunderschön, wenn wir so weitermachen. Und das Geschäft ist ebenfalls im Aufbau begriffen.«

»Es ist ein armseliges Geschäft«, sagte Stephan. »Alle meine Freunde, auch die allerdämlichsten, die, die ich mit durchs Studium gezogen habe, haben einen anspruchsvolleren Job als ich.«

Herrje, was waren denn das für neue Töne? Ich fürchtete, der arme Mann war in die Midlifecrisis gerutscht. Ein bisschen früh vielleicht, aber es passte alles zusammen. Auch die neue Frisur und die Affäre mit Evelyn.

Ich wurde von einer Welle des Mitleids erfasst.

»Du bist überarbeitet«, sagte ich zärtlich. »Was du brauchst ist – Ablenkung.«

Mein Blick schweifte hinüber zum Fenster. Dort stand seit neuestem unsere alte Gästecouch. Stephan hatte sie doch nicht Eberhard und seinem Garagenflohmarkt überlassen wollen. Er fand, im Büro konnte sie noch gute Dienste tun.

Das fand ich auch.

Verführerisch ließ ich mich auf das Sofa gleiten. »Kommst du ein bisschen zu mir, Stephan? Nur ein halbes Stündchen.«

Stephan sah unentschlossen zu mir hinüber.

Ich lächelte ihn an.

Schließlich lächelte er zurück und streckte sich neben mir auf dem Sofa aus. »Na gut, kleine Olli-Molli. Ein halbes Stündchen.«

Wohlig seufzend knöpfte ich sein Hemd auf und fuhr mit der Hand seine warme, glatte Brustmuskulatur entlang.

Stephan zuckte zusammen. »Sei doch vorsichtig«, rief er.

Ich setzte mich auf. »Ich habe doch gar nichts gemacht.«

»Es tut sauweh!«

»Entschuldigung«, sagte ich kleinlaut. Möglicherweise hatte ich vor lauter Eifer zu fest gestreichelt. Schließlich hatte ich ihn schon so lange nicht mehr im Arm halten dürfen.

Vorsichtig, als wäre er ein rohes Ei, schmiegte ich mich zurück an seinen Körper. Aber Stephan schob mich weg.

»Ich habe da so einen blauen Fleck«, sagte er. »Ein riesiges Ding. Bitte schau ihn dir doch mal an.« Er zog sein Hemd auseinander und zeigte auf einen stecknadelkopfgroßen, lilablauen Fleck neben dem Brustbein. Ich fand, dass er nicht weiter gefährlich aussah.

»So riesig ist der doch nicht«, sagte ich. »Wahrscheinlich bist du irgendwo gegen gelaufen.«

Stephan seufzte. »Bin ich nicht.«

»Vielleicht hast du's nur vergessen«, sagte ich und streichelte weiter.

Aber Stephan starrte nur seufzend auf den Fleck und ließ einfach keine romantische Stimmung zwischen uns aufkommen. »Ich werde heute Nachmittag mal zum Arzt gehen. Ist doch komisch, dass ich so etwas immer bekomme. Am besten, ich rufe gleich mal an und frage, ob er mich dazwischen schieben kann. Es ist ja sozusagen ein Notfall.«

»Na klar«, sagte ich spöttisch und erhob mich. »Ich bin sowieso zum Joggen verabredet.« Das war sogar die Wahrheit. Nur dass ich Elisabeth, ohne mit der Wimper zu zucken, versetzt hätte. Sex war schließlich mindestens ebenso wichtig für die Gesundheit wie Jogging. Und Jogging konnte man auch alleine machen.

»Da bist du ja endlich«, sagte Elisabeth, als ich auf die Lichtung trabte, auf der wir uns zu treffen pflegten.

»Bin aufgehalten worden«, sagte ich und schlug ein extra scharfes Tempo an, um mir die Wut und die Demütigung aus den Beinen zu laufen. Stephan war sein blauer Fleck wichtiger als ich. »Mal ehrlich, Elisabeth. Findest du, dass ich irgendwie dicker aussehe als sonst?«

»Nein«, sagte Elisabeth. »Du siehst so dick aus wie immer.«

»Das ist nicht komisch!«, schnaufte ich.

»Ach, komm schon, Olivia, das war nur ein Witz. Du bist überhaupt nicht dick. Nur dein Busen ist dick, aber Männer mögen das.«

»Meiner nicht«, sagte ich. Nicht mehr. »Ich werde noch wahnsinnig, Elisabeth. Jetzt hatte ich schon über einen Monat kein Du-weißt-schon-was mehr.«

»Ja, ja«, sagte Elisabeth lapidar. »Du meinst doch dieses gewisse Du-weißt-schon-was, das ich schon knapp drei Jahre nicht mehr hatte, oder?«

»Was? So lange?« Ich schaute sie konsterniert an. »Aber wie hältst du das nur aus?«

»Ich jogge«, sagte Elisabeth und lachte. »Komm schon, Olivia, so schrecklich ist es nun auch wieder nicht. Oder ist Stephan so wahnsinnig gut im Bett?«

»Ja«, sagte ich im Brustton der Überzeugung.

»Besser als alle, die du vor ihm hattest?«

»Ich hatte vor ihm niemanden«, sagte ich.

Jetzt war es an Elisabeth, konsterniert zu gucken. »Stephan war dein erster?«

»Und mein letzter«, sagte ich stolz. »Ich bin keine von diesen polyglotten Frauen.«

»Polygam, meinst du wohl. Polyglott war das mit den Fremdsprachen.«

»Genau«, sagte ich. »Lieber polyglott als polygam, das ist mein Wahlspruch.«

»Oje«, sagte Elisabeth. »Wahrscheinlich ist das auch so ein Erziehungsproblem bei dir. Wie das mit dem Kling-Klang.«

»Es ist kein Problem«, sagte ich mit Nachdruck. »Und es heißt Ling-Ling. Das ist ein durchaus gängiger Ausdruck.«

Elisabeth sah mich für den Rest unserer Laufstrecke immer mal wieder besorgt von der Seite an. Aber sie schwieg, und das war mir auch recht so. Ich dachte über Stephan und seine Midlifecrisis nach. Was konnte ich dagegen tun? Ich musste ihn davon überzeugen, dass unsere Arbeit in der Gärtnerei keineswegs zu verachten war. Ich merkte es an den Kunden, die immer wieder kamen und immer mehr kauften. Wir waren auf dem besten Weg, uns zu etablieren. Die Leute würden von weit her kommen, um bei uns Qualität und Raritäten einzukaufen. Und wenn erst Oliver seine Gartenshow hatte und wir das Fernsehen belieferten, dann waren wir am Ende noch populärer, als uns lieb war. Stephan musste begreifen, dass sein Job mindestens so anerkennenswert war wie die seiner eingebildeten Kommilitonen.

Aber als ich zurück in die Gärtnerei kam, war Stephan schon beim Arzt. Ich stürzte mich in die Arbeit. Ich topfte um und pikierte und sortierte und verkaufte nebenbei fast alle Sonnenblumen, sowie die vorgezogenen Balkontomaten und Zierkürbisse, die ich genauso dekorativ eingetopft und verziert hatte. (Die Schmetterlinge mussten schließlich an den Mann beziehungsweise an die Frau gebracht werden.) Wenn man es den Leuten nur appetitlich genug anbot, dann kauften sie es auch.

»Na, was sagt der Arzt?«, fragte ich, als Stephan zurückkam.

»Ach der.« Stephan machte eine wegwerfende Handbewegung. Das bedeutete, der Arzt hatte ihn wieder einen Hypochonder genannt und gesagt, der blaue Fleck habe nichts zu bedeuten. »Ich muss wohl einen Internisten aufsuchen, wenn ich es genau wissen will. Brauchst du Begoniennachschub?«

»Nein«, sagte ich. »Die Palette ist noch fast voll.«

»Zu heiß zum Blumenkaufen«, sagte Stephan.

Von wegen. Die Leute hatten die Begonien nur allmählich über. »Ja«, sagte ich trotzdem scharf. »Heute ist es wohl für vieles zu heiß.«

Stephan sah mich stirnrunzelnd an. »Was ist dir denn für eine Laus über die Leber gelaufen?«

»Das weißt du ganz genau«, sagte ich. »Nie hast du Zeit für mich. Weißt du eigentlich, wann wir das letzte Mal miteinander geschlafen haben?«

»Olli, du bist wirklich unvernünftig«, sagte Stephan. »Wir machen eben im Augenblick eine schwere Zeit durch. Wir wussten doch vorher, worauf wir uns da einlassen.«

»Ich nicht«, sagte ich. »Ich dachte, dass wir tagsüber immer mal Zeit füreinander finden würden.« Ich schniefte. »Ich vermisse dich, weißt du!«

Stephans Gesichtsausdruck wurde weicher. »Ich vermisse dich doch auch, Olli-Molli«, sagte er. »Wo ist eigentlich Evelyn?«

»Weg«, sagte ich. Ich wollte jetzt nicht über Evelyn reden.

»Wohin denn?«

»Trifft sich mit Oliver wegen Eisprung.« Ich legte meinen Kopf an Stephans Brust. »Vermisst du mich ehrlich?«

»Ehrlich«, sagte er. »Und wenn du willst, dann nehmen wir uns morgen Mittag mal ganz viel Zeit füreinander, ja?«

»Ja-haa«, sagte ich.

Die Ladenglocke läutete mitten in unsere Umarmung hinein. Stephan schubste mich ein wenig zu heftig von sich. In der Tür stand aber nur Doktor Berner.

»Meine Tochter sagt, ihr verkauft so tolle Buchsbäume«, sagte er. »Sie wünscht sich zwei Hochstämmchen zum Geburtstag. Sie sollen vor der Metzgerei aufgestellt werden. Als ob der Laden eine verfluchte Boutique oder so etwas wäre.«

»Ich habe noch zwei Hochstämmchen«, sagte ich. »Aber die sind nicht billig, Herr Doktor.«

»Ach!« Doktor Berner zwinkerte uns zu. »Für seine Kinder ist einem doch nichts zu teuer, oder?«

*

Bevor ich an diesem Tag nach Hause fuhr, pflückte ich noch mehrere Kilo rote Johannisbeeren im Ruinengarten. Sie waren überreif, und ich wollte nicht alle den Vögeln überlassen. Aus dem Keller der Ruine nahm ich einen Karton leerer Schraubdeckelgläser mit, die ich das ganze letzte Jahr über für genau diesen Zweck gesammelt hatte. Nichts ging über selbst gemachtes Johannisbeergelee, außer vielleicht selbst gemachtes Himbeergelee.

Mit dem Karton unterm Arm schlich ich mich durchs Haus. Stephan saß noch im Büro, also konnte ich ein wenig spionieren. In meinem eigenen Haus. In der Küche herrschte ziemliches Chaos, die Hälfte der Schranktüren waren abmontiert, Boden und Wände abgeklebt, und überall standen Eimer und Dosen mit weißer Farbe herum. Nach englischer Landhausküche sah das noch nicht aus.

Neugierig schlich ich mich auch zum Gästezimmer, auf der Suche nach Spuren, einer von Stephans Unterhosen zum Beispiel, oder seine Kontaktlinsenflüssigkeit auf dem Nachttisch, oder auch nur einen Hauch von seinem neuen Eau de Toilette in der Luft. Aber das Gästezimmer machte einen makellosen, gut gelüfteten Eindruck. Der Bettüberwurf war faltenfrei über die Lotterwiese gespannt, in der Vase schaukelte ein frischer Phalaenopsis-Zweig, und der Wind bauschte einen Vorhang aus leichtem, schneeweißem Musselin. Der Vorhang war beim letzten Mal noch nicht da gewesen. Hatte man ihn montiert, damit von außen niemand auf das Bett gucken konnte? Ich vermutete es stark. Wer wollte sich schon beim Sex von Hubert und Co. beobachten lassen? Falls sie welchen hatten, natürlich. Ich war mir da nur zu neunundneunzig Prozent sicher. Ein kleines Prozent Hoffnung hatte ich ja noch, dass Stephan auch mit Evelyn nur über seine blauen Flecken redete.

Oliver hatte wohl Spätdienst. Er war noch nicht zu

Hause, als ich im Penthouse ankam. Oder er musste länger arbeiten, weil er seine Mittagspause mit Evelyn und dem Eisprung überzogen hatte.

Schlecht gelaunt machte ich mich daran, die Johannisbeeren zu entstielen. Danach entweihte ich Olivers Spaghettitopf, indem ich kiloweise Beeren mit Fruchtzucker, dem Inhalt einer Vanilleschote und jeder Menge von Olivers Calvados darin aufkochte. Gut, dass Oliver einen dieser modernen Gasherde hatte, denn es kochte eine Menge über, und für ein Cerankochfeld bedeutet das in der Regel das Ende eines blitzblanken, gepflegten Aussehens. Da konnte man schaben und sprühen, wie man wollte, man sah dem Herd ein Leben lang an, dass man einmal Marmelade auf ihm gekocht hatte.

Als ich schließlich alles in Gläser gefüllt hatte, sah die Küche aus, als ob ich jemanden geschlachtet hätte, was ich, ehrlich gesagt, auch lieber getan hätte. Es sah fürchterlich aus. Aber wo gehobelt wird, fallen eben nun mal auch Späne.

Ich stellte die Gläser zum Auskühlen auf den Kopf und machte mich daran, die Etiketten zu beschriften. Das war eine schöne Arbeit, denn schließlich isst das Auge ja mit. Auf die ersten Etiketten schrieb ich mit schnörkeligen Buchstaben: »*Olivias unübertroffenes, allerfeinstes Johannisbeergelee mit echter Vanille und einem Hauch Calvados*«, und darunter die Jahreszahl. Entzückend. Aber es waren wirklich eine Menge Gläser, und nach zehn beschrifteten Etiketten bekam ich allmählich eine lahme Hand vom Schreiben. »*Johannisbeergelee mit Vanille und Calvados*«, darunter die Jahreszahl, das reichte, da wusste doch jeder, was er vor sich hatte. Zwei Etiketten später beschloss ich, dass es im Grunde schon reichte, wenn man wusste, dass es sich um »*Johannisbeergelee*« handelte.

Als Oliver nach Hause kam, hatte ich das letzte Glas beschriftet und rieb ermattet meine Hand.

»Da war aber einer fleißig«, sagte Oliver und zeigte auf die rot verkrustete Arbeitsplatte.

»Jawohl«, sagte ich angriffslustig und wies mit der Hand auf die Geleegläser. Falls er jetzt auf die Idee kam, herumzumeckern, hatte er sich aber geschnitten. »Vierundzwanzig Stück. Eigene Ernte.«

»J.B.G«, las Oliver von einem der letzten Gläser ab. »Was soll das heißen?«

»Es ist eine Abkürzung«, sagte ich mürrisch. »Für Olivias unübertroffenes, allerfeinstes Johannisbeergeleee mit echter Vanille und einem Hauch Calvados. Schreib das mal zehnmal, dann weißt du, was du getan hast.«

Oliver kratzte ein bisschen Gelee von der Arbeitsplatte und leckte es von seinem Finger ab. »Lecker«, sagte er. »Ich wusste gar nicht, dass du auch hausfrauliche Qualitäten besitzt, Blumenköhlchen.«

»Ich besitze viel mehr Qualitäten, als du ahnst«, sagte ich. Ich besaß viel mehr Qualitäten, als überhaupt *alle* ahnten. Das war ja mein Problem.

Oliver ließ sich in einen der Philippe-Starck-Stühle fallen. »Was für ein Tag«, seufzte er.

»Beschwer dich nicht«, sagte ich. Er hatte schließlich Sex gehabt, ich nicht.

»Du bist heute aber wirklich schlecht gelaunt«, sagte Oliver.

»Ja, tut mir Leid. Aber irgendwie fühle ich mich so … – überflüssig. Sag mal, findest du, dass ich dicker geworden bin?«

»Nein«, sagte Oliver. »Bist du's denn?«

»Nein«, sagte ich. »Aber ab dreißig verteilt sich das Gewicht anders, sagt Stephan.«

»Aha«, sagte Oliver. »Also, ich finde, bei dir ist es ganz nett verteilt.«

»Hm«, sagte ich, ein wenig getröstet. »War's schön mit Evelyn?«

Oliver zog eine Augenbraue hoch. »Sehr schön«, sagte er.

»Wo trefft ihr euch eigentlich immer?«, fragte ich.

»In einem Hotel.«

»Geht das denn? Nur über Mittag, meine ich?«

»In diesen Hotels nicht, man muss es schon für die ganze Nacht mieten«, sagte Oliver.

»Warum trefft ihr euch denn nicht hier?«

Oliver zuckte mit den Schultern. »Im Hotel ist es romantischer.«

»Ja, klar«, sagte ich neidisch.

»Evelyn hatte so ein komisches Buch aus den Fünfzigerjahren dabei, Ratschläge für eine gute Ehefrau und wie sie ihren Mann glücklich machen kann. Daraus hat sie mir vorgelesen, und wir versuchten es dann genau so zu machen. Es ist zum Brüllen komisch.«

»So genau wollte ich es eigentlich gar nicht wissen.« Ich rieb mir über die Augen, um die Vorstellung wegzuwischen, wie Oliver und Evelyn auf dem Hotelbett miteinander lachten und Fünfzigerjahrestellungen ausprobierten. »Warum wollt ihr denn eigentlich unbedingt Kinder?«

»Warum wollt ihr keine?«, fragte Oliver zurück.

Ich zuckte mit den Schultern. »Es ist eine so große Verantwortung. Selbst wenn man sich richtig Mühe gibt, macht man immer noch alles falsch.«

»Ja, aber so ist das Leben«, sagte Oliver.

»Ich möchte aber nicht für ein weiteres verkorkstes Leben verantwortlich sein«, sagte ich heftig. In Wirklichkeit hatte ich einfach Angst vor dem Kinderkriegen. Nicht vor den Wehen und Pressen und so weiter (obwohl Elisabeth und Hanna mir die fürchterlichsten Geschichten über die Geburt von Kaspar und Marisibill erzählt hatten), sondern vor dem, was danach kam. Genauer gesagt, vor den Gefühlen, die man als Mutter für so ein kleines, hilfloses Baby entwickelt. Wenn man ein Kind hatte, dann litt man nicht nur seinen eigenen Kummer, sondern den des Kindes gleich mit. Wenn es ein Schäufelchen über den Kopf bekam, wenn ein anderes Kind es wegen seiner komischen Haare aufzog, wenn sein bester Freund lieber mit einem anderen spielte, wenn die Kindergärtnerin es nicht leiden konnte – alles das musste man als Mutter mitfühlen und -leiden. Und das war eine geradezu unmenschliche Vorstellung. Ich meine, das eigene Leben war doch schon schwierig genug. »Da zahle ich doch lieber meine Rente selber und bringe mich eigenhändig in einem Altenheim unter, wenn es mal so weit ist.«

»Aber es ist so wichtig, eine Familie zu haben«, sagte Oliver. »Weißt du, seit ich denken kann, habe ich diese Bilder im Kopf: Kinder, die einem an der Tür entgegenlaufen, wenn man von der Arbeit kommt. Die einem selbst gebastelte Serviettenhalter zum Vatertag schenken. Die auf meinen Schultern sitzen, wenn wir spazieren gehen. Die mit mir Drachen steigen lassen. Und eine Frau, die Marmelade einkocht und einen anlacht, wenn man nach Hause kommt.«

»Das ist aus der Werbung«, sagte ich trocken. »Auf diese

Steine können Sie bauen. Kaum zu glauben, dass Evelyn auch derartig kitschige Bilder in ihrem Kopf hat.«

»Hat sie ja nicht«, sagte Oliver. »Sie will ein Kind, weil ihre biologische Uhr tickt.«

»Haha«, sagte ich. »Die tickt aber nur bei Menschen, die solche Bilder in sich tragen. Bei mir tickt nämlich gar nichts. Und wenn ich Bilder in meinem Kopf sehe, dann die vielen vollen Windeln und die Kinderkrankheiten und die Nächte, die man sich um die Ohren schlägt, und den Ärger, den man hat, wenn das Kind schlechte Zensuren nach Hause bringt oder den Nachbarshund mit Steinen bewirft.«

Oliver schüttelte den Kopf. »Möglicherweise ist das mit der glücklichen Familie ja ein Klischee, aber ich glaube, was das angeht, hat mein Vater ausnahmsweise Recht. Wir alle brauchen Menschen, die zu uns gehören. An die wir weitergeben, was wir gelernt haben. Zu denen wir stehen und die zu uns stehen, in guten wie in schlechten Zeiten, so kitschig das auch klingen mag.«

Wieder zuckte ich mit den Schultern. »Das kannst du doch gar nicht wissen. Es gibt keine Garantie dafür, dass du für deine Kinder da sein kannst. Meine Eltern, zum Beispiel, sind gestorben, als ich sieben war, und ich bin bei fremden Leuten groß geworden, mit einem ganzen Haufen ständig wechselnder Pflegegeschwister.«

»Das wusste ich ja gar nicht«, sagte Oliver. »Ich dachte, das wären deine richtigen Eltern gewesen, damals auf eurer Hochzeit.«

»Meine Pflegeeltern«, sagte ich. »Sie sind in Ordnung, aber es sind eben nicht meine richtigen Eltern. Ich seh sie nicht oft. Sie wohnen immerhin vierhundert Kilometer weit weg. Wir schreiben uns an Weihnachten und zum Geburtstag, das ist alles. Ich bin ja auch nur eins von vielen Pflegekindern.«

»Du Arme.« Oliver machte eine Bewegung, als wolle er mich streicheln.

»Ach, jetzt erzähl mir aber nicht, dass du ohne die sonntäglichen Frühstücke bei deinem Vater nicht leben könntest«, sagte ich ärgerlich.

»Doch«, sagte Oliver und grinste. »Vielleicht würde mir jeder zweite Sonntag reichen, aber ich würde sie alle vermissen, ehrlich.« Nach einer kleinen Pause setzte er hinzu: »Von Eberhard vielleicht mal abgesehen.«

»Bei mir hat sich dieses Familien-Gen wohl nicht gebildet«, sagte ich. »Obwohl meine Pflegefamilie wirklich okay war. Keine Spur von *Les Miserables* oder *David Copperfield*.«

»Copperfield – der ist auch ein Waisenkind?«

»Nicht der Zauberer, die Romangestalt von Dickens«, sagte ich.

»Wir waren – und sind – vielleicht nicht gerade eine Bilderbuchfamilie«, sagte Oliver. »Aber trotzdem möchte ich Kinder. Auch, weil ich es besser machen will als mein Vater.«

»Das dürfte nicht allzu schwierig werden.«

»Meinst du?« Oliver sah mich zweifelnd an. »Ich weiß nicht – so übel war er gar nicht. Er hat getan, was er für das Beste hielt.«

»Ja, das machen alle Eltern«, sagte ich verächtlich. »Ich bin froh, dass Stephan genau so zu Kindern steht wie ich.« Und Stephan war froh, dass ich in diesem Fall genauso dachte wie er. Er wollte keine Kinder, weil sie einen »die besten Jahre kosteten«, wie er sagte. Man investierte einen Haufen Geld und Zeit in sie, nur um zwanzig Jahre später da weiterzumachen, wo man aufgehört hatte. Aber dann, sagte Stephan, war man eben zwanzig Jahre älter, und die Dinge waren nicht mehr dieselben wie vorher. Und man selber auch nicht. Das heißt, eigentlich dachten wir also nicht genauso, wir kamen nur zu dem gleichen Ergebnis. Auch ohne Kinder kann man ein erfülltes, glückliches Leben führen.

Oder zumindest ein Leben.

Meins war im Moment ziemlich lausig. Ich guckte auf die Uhr. Gleich zehn Uhr. Was Evelyn und Stephan wohl gerade taten? Lagen sie bereits in ihrem weißen Eisenbett und praktizierten Fesselspiele?

Wenn ich doch wenigstens kurz anrufen und ihnen die Stimmung verderben könnte, dachte ich. Aber nicht mal das war mir erlaubt. Fritz würde die Telefonrechnung durchsehen, und ich könnte den Millionen nur noch traurig nachwinken.

Außer, ich würde von einer öffentlichen Telefonzelle anrufen.

Ich erhob mich abrupt. Oliver sah auf.

»Ich geh noch mal eine Runde um den Block«, sagte ich, schon auf halbem Weg in den Flur. »Frische Luft schnappen.«

Oliver nickte. »Hast du eine Telefonkarte?«

Ich blieb stehen. »Woher weißt du …?«

Oliver lächelte etwas schief und pulte seine Brieftasche aus der Hose. »Muss schön sein, von jemanden so sehr vermisst zu werden. Hier: Da sind noch mindestens zehn Euro drauf.«

»Danke«, sagte ich. Ich wollte ihm gern erklären, dass Stephan mich nicht vermisste, sondern vermutlich gerade bei seiner Frau im Bett lag, aber wozu sollte ich ihm auch noch die Laune verderben?

An der Tür blieb ich noch mal stehen und drehte mich zu Oliver um. Er las schon wieder.

»Vor dem kleinen Buchladen, neben dem irischen Pub«, sagte er, ohne aus seinem Buch aufzuschauen. »Kannst du nicht verfehlen.«

»Danke«, sagte ich noch einmal. Der Mann wurde mir allmählich etwas unheimlich.

Während ich die Treppe hinablief, überlegte ich, was ich denn sagen würde, für den Fall, dass jemand ans Telefon ging. Vielleicht sollte ich irgendwas Geschäftliches vorschieben, einen Anruf vom Steuerberater, den auszurichten ich vergessen hätte oder so etwas in der Art.

Unten vor der Haustür stieß ich beinahe mit jemandem zusammen. Es war mein Schwiegervater.

»Wohin denn so eilig?«, fragte er und hielt mich an beiden Schultern gepackt. Ich fühlte mich wie verhaftet. Der Schreck fuhr mir zuerst in die Knie, dann spürte ich, wie alles Blut in mein Gesicht schoss. Ich war sehr dankbar für das dämmrige Zwielicht, das hier unten herrschte, denn sonst hätte Fritz sofort gewusst, dass ich ein schlechtes Gewissen hatte. So aber konnte er es nur vermuten.

»Hallo, Fritz«, krächzte ich.

»Draußen wird es schon dunkel«, sagte Fritz. »Und ich sehe keinen Hund, mit dem du Gassi gehen müsstest.«

»Haha«, sagte ich und klimperte mit etwas Kleingeld in meiner Jackentasche. »Ich wollte noch ein Eis essen, der Italiener gegenüber hat göttliches After-Eight-Eis. Das ist einer der Vorteile, wenn man in der Stadt wohnt, man kann seine Gelüste immer sofort befriedigen.«

»So, so«, sagte Fritz und sah mich im Dämmerlicht durchbohrend an.

Ich wurde, wenn möglich, noch röter. »Ist ja so heiß heute«, setzte ich hinzu.

»Haben die dort auch stinknormales Schokoladeneis?«, fragte Fritz.

Ich nickte.

»Dann komm ich mit dir«, sagte Fritz. »Ich habe schon Ewigkeiten kein Eis mehr gegessen.«

Glücklicherweise hatte der Italiener nicht schon geschlossen, und glücklicherweise gab es dort sowohl After-Eight-Sorbet als auch Schokoladeneis. Mit dicken Kugeln in knuspriger Waffel wanderten wir wieder nach Hause. Für Oliver hatte Fritz eine Kugel Himbeereis gekauft.

»Das mochte er als Kind immer am liebsten«, sagte er.

»So was weißt du noch?«, fragte ich, wider Willen beeindruckt.

»Aber ja«, sagte Fritz. »Ein Vater vergisst so etwas nicht.«

»Ich bin wieder da-ha«, rief ich, kaum dass ich die Tür aufgeschlossen hatte. »Und ich habe Fritz mitgebracht.«

Oliver legte erstaunt das Buch zur Seite. »Ist es nicht ein bisschen spät für einen Kontrollbesuch, Vati?«

Fritz reichte Oliver das Eis. »Eigentlich wollte ich nur einen kleinen Cognac mit euch trinken«, sagte er.

Oliver starrte auf die Eiswaffel in seiner Hand.

»Himbeer«, sagte ich. »Das mochtest du als Kind immer am liebsten.«

»Nein«, sagte Oliver. »Als Kind mochte ich ausschließlich Zitrone. Alles andere hätte ich dir in hohem Bogen vor die Füße gespuckt.«

Ich sah Fritz vorwurfsvoll an. Von wegen, so etwas vergisst ein Vater nicht!

»Na ja«, sagte er. »Möglicherweise habe ich das falsch in Erinnerung. Könnte auch mein Lieblingseis gewesen sein, als ich klein war. Wenn du willst, können wir tauschen, Sohn. Ich habe Schokolade.«

»Gib schon her«, sagte Oliver.

Ich sah auf das schmelzende Eis und fürchtete um Evelyns weiße Sofas. Sie würde mir die Schuld geben, wenn die Dinger ruiniert waren.

»Am besten gehen wir auf die Terrasse«, sagte ich. »Dort können wir dann auch einen Cognac trinken.«

»Haben wir nicht im Haus«, sagte Oliver. »Aber ich könnte einen Wein aufmachen. Einen sehr leckeren Cabernet dorsa.«

Fritz staunte, als er die Dachterrasse sah. »Das ist ja allerhand«, sagte er. »Ein Stück Toskana auf dem Dach – beeindruckend, Schwiegertochter.«

»Vielen Dank«, sagte ich und beeilte mich, die vielen Windlichter anzuzünden, die ich überall aufgestellt und aufgehängt hatte.

»Nicht übel, nicht übel«, sagte Fritz.

Oliver kam mit dem Wein und drei Gläsern zurück. »Ich habe auch mit angefasst«, sagte er. »Ich habe aber leider deine beiden linken Hände geerbt, Vati.«

»Dafür sieht es aber ganz passabel aus«, sagte Fritz. »Vielleicht könntet ihr zwei euch ja mal meinen Reihenhausgarten vornehmen. Die Nachbarn können von allen Seiten hineinglotzen, und das bin ich irgendwie nicht gewöhnt.«

»Das wäre was für Olivers Vorher-Nachher-Show«, rief ich aus.

Fritz zog eine Augenbraue hoch. Zum ersten Mal erkannte ich eine gewisse Ähnlichkeit mit Oliver. »Was ist das?«

»Ach, das interessiert dich nicht«, sagte Oliver.

»Doch, es interessiert ihn«, sagte ich. »Oliver, zeig ihm dein Konzept.« Das Konzept war nämlich großartig. Schließlich hatte ich tatkräftig daran mitgearbeitet. Oliver zierte sich noch ein bisschen, aber schließlich rückte er es doch heraus.

Und Fritz las und las und sagte dann: »Klingt machbar. Passabel.«

Oliver sah ihn misstrauisch an. »Keine albernen Hirngespinste, Vati? Kein haarsträubender Mist, den ich da verzapft habe?«

»Keineswegs«, sagte Fritz streng. »So etwas würde ich nie sagen.«

»So etwas hast du bisher noch zu jeder meiner Ideen gesagt«, sagte Oliver.

»Nein«, sagte Fritz. »Nur zu den albernen Hirngespinsten, die du so hattest.«

Oliver seufzte.

»Und was hält dein Chef davon?«, fragte Fritz.

»Ja, genau, was sagt der Programmdirektor denn nun?«, fragte ich.

Olivers Miene hellte sich auf. »Herr Dürr will, dass wir das Konzept nächste Woche noch einmal vor einem kleinen Ausschuss präsentieren. Aber er meint, die Sache geht klar.«

»Bravo!«, sagte Fritz. »Der Mann erkennt offenbar, wenn etwas gut ist.«

»Wer ist wir?«, fragte ich alarmiert.

»Du und ich«, sagte Oliver und lachte mich an. »Schließlich hast du daran mitgearbeitet. Du bist mein Fachmann. Ich brauche dich.«

»Na dann«, sagte ich.

»Na dann«, sagte auch Fritz und hob sein Glas. »Auf euch.«

Merkwürdigerweise wurde es noch ein richtig schöner Abend.

10. Kapitel

Da ich nicht davon ausging, dass Fritz uns an zwei Abenden hintereinander einen Kontrollbesuch abstatten würde, ging ich am nächsten Abend mit Olivers Telefonkarte zu der kleinen Zelle vor dem Buchladen und rief zu Hause an. Es war kurz nach zehn, draußen war es noch hell, aber im weißen Gästezimmer brannte sicher schon die weiße Kerze und verbreitete romantisches Licht.

Den ganzen Tag war es brütend heiß gewesen, und auch jetzt war es kaum abgekühlt. Das Thermometer an der Dachterrasse hatte noch dreißig Grad angezeigt. Eigentlich zu warm, um sich auf einem Bett herumzuwälzen.

Evelyn war nach dem dritten Klingeln am Apparat.

»Tut mir Leid, dass ich so spät noch störe«, sagte ich unfreundlich. »Aber ich muss Stephan unbedingt noch mal sprechen. Wegen unseres Steuerberaters, es ist sehr wichtig.«

»Tut mir auch Leid«, sagte Evelyn. »Aber Stephan ist noch mal weggegangen.«

Wer's glaubte! Ich tat, als hätte ich sie nicht richtig verstanden. »Ruf ihn doch bitte! Es ist wirklich wichtig«, sagte ich grimmig. Das Gute an unserem altmodischen Telefon war, dass man es nicht beliebig durch die Wohnung tragen konnte. Stephan musste schon die weiße Lasterhöhle verlassen, um mit mir zu sprechen. Wahrscheinlich war er mit Evelyns Satinnachthemd an das Eisenbett gefesselt und konnte sich nicht so einfach losreißen. Pfui!

»Ich kann ihn nicht rufen, Olivia«, sagte Evelyn eine Spur ungeduldig. »Er ist nicht zu Hause.«

»Ja, aber wo ist er denn?«, fragte ich.

»Er hat gesagt, er muss noch arbeiten«, sagte Evelyn. Ich konnte förmlich hören, wie sie mit den Achseln zuckte. »Ruf ihn doch im Büro an.«

Ha! Auf den Trick fiel ich nicht herein. Im Hintergrund hörte ich ganz deutlich jemanden rumoren. Wahrscheinlich bemühte Stephan sich, seine Fesseln zu lösen.

»Ja, mach ich, danke«, sagte ich eisig. Sie sollte ruhig merken, dass ich im Bilde war. »Und entschuldigt bitte die späte Störung.«

»Das macht nichts«, sagte Evelyn. »Herr Kakabulke und ich waren sowieso noch bei der Arbeit. Er schleift die Türen vom Küchenschrank ab, und ich suche nach dem richtigen Weiß-Ton. Es darf kein hartes Weiß sein, ich denke eher an einen Stich ins Vanillefarbene, du nicht auch?«

Ich dachte an etwas ganz anderes. »Herr Kabulke ist noch bei der Arbeit?«, fragte ich ungläubig. »Bei der Affenhitze?« Die Uhr an der Apotheke gegenüber zeigte außerdem 22.20 Uhr an. Evelyn wollte mich wohl auf den Arm nehmen.

»Keine Sorge, er macht das unentgeltlich«, sagte Evelyn und senkte die Stimme. »Ich glaube, ihn zieht nichts nach Hause – seine Ehefrau ist wohl ein ziemlicher Drache.« Im Hintergrund hörte ich etwas poltern. »Alles in Ordnung, Herr Kakabulke?«

»Mir ist nur das Br-Br-Brett umgefallen«, sagte jemand, der haargenau wie Herr Kabulke klang. »Aber das kr-kriegen wir schon hin.«

Entweder sie hatten einen eins a Stimmenimitator engagiert, oder Herr Kabulke war tatsächlich dort und schliff Schranktüren ab.

»Na dann, schönen Abend noch.« Etwas verwirrt legte ich den Hörer auf. Eine Weile starrte ich unschlüssig vor mich hin, dann wählte ich die Nummer vom Büro. Dort ging aber nur der Anrufbeantworter dran.

»Sie rufen außerhalb unserer Geschäftszeiten an«, hörte ich Stephans Stimme. Trotz des drögen Textes klang sie ausgesprochen sexy. Ich lauschte ihr sehnsüchtig. »Sie können uns aber gerne Namen und Telefonnummer sowie den Grund Ihres Anrufes aufs Band sprechen, wir rufen Sie dann zurück.«

Ach nein, lieber nicht. Der Grund meines Anrufes war mir ja selber nicht so ganz klar. Wenn Stephan höchstpersönlich ans Telefon gegangen wäre, hätte ich vermutlich lediglich verlegen gesagt: »Ich wollte nur mal deine Stimme hören.«

Wo zur Hölle war der Mann? Vielleicht mit seinem Freund Adam Squash spielen. Aber wir hatten immer noch 30 Grad. Bisschen warm für Squash.

Auf Olivers Telefonkarte war immer noch Geld, also rief ich Elisabeth an. Glücklicherweise war sie noch wach. Kein Wunder bei den Temperaturen.

»Was machst du gerade?«, fragte ich ein bisschen weinerlich.

»Also, Hanna und ich sitzen im Kinderplantschbecken und trinken Rosé«, sagte Elisabeth. »Wir haben beschlossen, hier drin zu übernachten.«

»Klingt schön kühl«, sagte ich.

»Ja, komm doch auch vorbei«, sagte Elisabeth. »Für einen haben wir hier noch Platz. Wir haben auch jede

Menge Eiswürfel auf Vorrat. Wir werfen das Eis abwechselnd in den Gin Fizz und in unsere Bikinioberteile.«

»Gegenseitig?«

»Nein, jeder in seins«, sagte Elisabeth und kicherte.

Ich seufzte. »Elisabeth, Stephan ist nicht zu Hause. Und im Büro ist er auch nicht.«

»Ja, aber das heißt doch nichts«, sagte Elisabeth. Der Gin Fizz hatte sie offenbar in beste Laune versetzt. Normalerweise quiekte sie sofort genervt auf, wenn sie den Namen Stephan nur hörte. »Bei der Hitze macht er vielleicht einen Ausflug zum Baggersee. Oh, du meinst, er ist mit Evelyn unterwegs?«

»Nein«, sagte ich. »Die renoviert mit Herrn Kabulke unsere Küche.«

»Dann ist doch alles paletti«, sagte Elisabeth.

»Nein, ist es nicht.« Ich schniefte. »Irgendwie habe ich das Gefühl, Stephan überhaupt nicht mehr zu kennen. Ich weiß nicht mal, wo er sich heute Abend herumtreiben könnte. Vielleicht hat Evelyn ja auch gelogen, und er war doch zu Hause und wollte nur nicht mit mir sprechen. Er hat, glaube ich, eine Midlifecrisis.«

»Ach, das glaube ich nicht. Er ist eben einfach ein Mann, und Männer spinnen eben manchmal«, sagte Elisabeth. »Die Midlifecrisis kommt später, nicht wahr, Hanna?«

»Männer sind wie Blasen«, hörte ich Hanna im Hintergrund sagen. »Sie zeigen sich erst, wenn die Arbeit getan ist.«

»Sie hat ein bisschen viel getrunken«, sagte Elisabeth. »Und Evelyn renoviert echt eure Küche? Ist ja irre. Du hast wirklich Glück.«

»Ja, aber dafür habe ich vielleicht bald keinen Mann mehr.«

»Verlasse nie deinen Mann, er könnte wieder in Mode kommen«, grölte Hanna.

»Sie will ihn ja auch nicht verlassen, Hanna.«

»Das ist gut, denn eine Frau ohne Mann ist wie ein Fisch ohne Traktor«, sagte Hanna und hickste.

»Fahrrad, Hanna, Fahrrad.«

»Warum habe ich mich nur darauf eingelassen?«, seufzte ich. »Ich hatte von Anfang an kein gutes Gefühl. Für eine Million habe ich meine Ehe weggeworfen.«

»Du bist so eine Schwarzseherin«, sagte Elisabeth. »Es gibt tausend ganz harmlose Möglichkeiten, die Stephans Abwesenheit erklären könnten.«

Es piepste in der Leitung. »Die Telefonkarte ist gleich leer«, sagte ich. »Aber sag mir nur eine von den tausend Möglichkeiten, dann bin ich zufrieden.«

»Also«, sagte Elisabeth, aber dann war leider die Leitung tot. Ich legte bekümmert auf. Ach, was war nur aus mir geworden! Ich fühlte mich wie der arme Ehemann von Demi Moore, als er begriff, dass die Million überhaupt nichts gebracht hatte – außer Kummer.

Aber dann hatte ich einen Gedankenblitz: Wenn Stephan nicht mit Evelyn im Bett lag und auch nicht im Büro arbeitete, dann war er vielleicht genau wie ich auf der Suche nach einer Telefonzelle, von der aus er mich anrufen konnte. Eigentlich logisch, oder?

Die zwei Männer, die gegenüber im irischen Pub am Eingang standen, kamen mir irgendwie bekannt vor. Ja, ganz sicher sogar: Die braun gebrannte Glatze des einen und die riesigen Ohren des anderen waren unverkennbar.

Plötzlich hatte ich es sehr eilig, nach Hause zu kommen.

*

»Du siehst scheiße aus«, sagte Petra am nächsten Morgen. Es war immer noch kochend heiß, über Nacht hatte es sich kaum abgekühlt. Niemand in Deutschland hatte wohl in dieser Nacht gut geschlafen, mit Ausnahme derjenigen, die eine Klimaanlage besaßen. Selbst Petra sah aus, als ob sie unter der Hitze litt. Obwohl es erst halb neun war, war ihre Wimperntusche bereits zerlaufen. Ihre Laune war offenbar ganz mies.

»Echt, super scheiße«, sagte sie. »Du musst wirklich mal was mit deinen Haaren unternehmen.«

»Ja, vielleicht kannst du mir ja bei Gelegenheit mal deinen Friseur empfehlen«, sagte ich. Sie hatte wieder kiloweise Kleinmädchenspangen im Haar.

»Boah, und die Schuhe«, sagte sie. »In diesen Tretern musst du doch unwahrscheinliche Schweißfüße haben! Ekelig.«

Nun, zu behaupten, dass meine Füße bei diesen Temperaturen den ganzen Tag nach Rosen dufteten, wäre wohl etwas übertrieben gewesen. Aber dafür gab es ja schließlich Duschen. Petra nebelte ihre Füße vermutlich abends und morgens mit dem antibakteriellen Oberflächenreiniger ein, den sie auch literweise im Laden versprühte.

»Ich versteh echt nicht, was dein Mann an dir findet«, sagte sie, womit sie mich wieder zu meinem Thema brachte. Stephan hatte natürlich nicht versucht, bei mir anzurufen, egal, wie logisch das auch gewesen wäre. Oliver hatte gesagt, dass das Telefon den ganzen Abend nicht geklingelt hatte, und es hatte ein bisschen mitleidig geklungen. Ich war wütend und deprimiert ins Bett gegangen.

»Frauen wie du sind eine Schande für das weibliche Geschlecht«, sagte Petra.

So ging es einfach nicht weiter.

Ich schob mich an Petra vorbei ins Büro. Stephan saß dort vor dem Computer. Seine Kalkulationen hatte ich allmählich satt! Aber es waren keine Kalkulationen auf seinem Bildschirm, sondern Stellenanzeigen. Jemand suchte einen Leiter für seine Marketingabteilung, so wie ich es von der Tür aus erkennen konnte.

»Was soll das?«, fragte ich ohne eine Begrüßung.

Stephan drehte sich zu mir um. »Mach die Tür zu, die ganze heiße Luft kommt sonst rein.«

Ich gab der Tür einen Tritt, damit sie ins Schloss fiel. Hier im Büro war es tatsächlich angenehm kühl, weil ein Ventilator die Luft herumwirbelte.

»Wo warst du gestern Abend?«, fragte ich.

»Gestern Abend?« Stephan sah mich an wie ein Ufo. »Um wie viel Uhr?«

»Um … – ist doch egal – wo warst du?«

»Im ganzen Haus hat es nach Farbe gestunken, da musste ich einfach raus.«

»Und wohin?«

»Olli, was soll denn das? Es war kochend heiß gestern Nacht, ich brauchte einfach frische Luft.«

»Und wo warst du?«

Stephan schüttelte den Kopf. »Du bist ein bisschen krank, weißt du das?«

»Im Büro warst du jedenfalls nicht. Da hab ich angerufen.«

»Doch, ich war hier«, sagte Stephan. »Ich bin nur nicht ans Telefon gegangen. Aber wenn ich gewusst hätte, dass du es bist …«

»Wer hätte es denn sonst sein sollen?«, fragte ich gereizt.

»Vielleicht jemand, der nach achtzehn Uhr noch hier anrufen darf«, sagte Stephan scharf. »Ohne deshalb eine Million Euro zu verspielen. Bist du eigentlich verrückt, so spät noch hinter mir her zu telefonieren? Du weißt doch, dass die alten Säcke ihre Augen und Ohren überall haben. Es geht hier ja schließlich nicht nur um dich, sondern um uns alle!«

Jetzt hatte er es irgendwie geschafft, den Spieß umzudrehen. Ich fühlte mich mies. Ja, ich hätte nicht anrufen dürfen.

»Ich hatte solche Sehnsucht«, sagte ich kläglich, was ja nur halb gelogen war.

Stephans Gesicht wurde ein wenig weicher. »Ach, Pummelchen, du hast es doch selbst so gewollt. Jetzt musst du auch durchhalten. Noch vier Monate, und wir haben es geschafft.«

»Ja«, seufzte ich.

»Wir werden ein völlig neues Leben beginnen«, sagte Stephan. »Du und ich – wir machen einen ganz neuen Anfang.«

»Ja«, sagte ich unsicher. Was meinte er damit? Ganz neu wollte ich gar nicht anfangen. Ein bisschen neu, ja, das war in Ordnung. Aber Stephan hatte neulich schon so komisch dahergeredet.

Mein Blick fiel auf den Bildschirm. Jetzt war dort ein Bildschirmschoner aktiviert, Cyberfische, die munter hin und her schwammen.

»Warum suchst du einen neuen Job?«, fragte ich.

»Einen Job überhaupt, meinst du wohl«, sagte Stephan. »Nein, ich suche noch nicht. Ich checke nur schon mal meine Chancen.«

»Aber warum?«

»Olli-Molli, ich habe dir das doch neulich schon versucht zu erklären: Dieser Laden hier ist so gut wie tot.«

»Ist er nicht«, sagte ich heftig. »Wenn Oliver erst seine Gartenshow hat, dann werden wir die berühmteste Gärtnerei in ganz Deutschland. Wir können dann sogar einen Versandhandel aufmachen.«

»Ach, Olli«, sagte Stephan. »Du bist so naiv! Es geht das Gerücht um, dass der Baumarkt im nächsten Frühjahr eine Gartenabteilung eröffnet. Und wenn das wahr ist, kommt hier kein Schwein mehr hin. Es ist dumm, an etwas festhalten zu wollen, das zum Scheitern verurteilt ist. Geht das nicht in deine Birne rein?«

»Selbst wenn die eine Gartenabteilung eröffnen, macht das fast gar nichts«, sagte ich. »Du weißt doch, wie das in diesen Baumärkten ist: Schlechte Qualität, keine Beratung, dazu ein paar billige Terracotten – ist doch gar nicht unser Klientel, das dort einkauft.«

Stephan starrte mich unwillig an. »Du willst es wohl einfach nicht einsehen, was?«

»Nein«, sagte ich. Ich wollte es einfach nicht einsehen. »Oliver und ich sind übermorgen beim Sender«, sagte ich. »Ich soll mitkommen, um alle Fachfragen zu beantworten, die möglicherweise auftreten können. Das sind ja alles blutige Laien, die haben keine Ahnung, was man in zwei Tagen denn nun wirklich auf die Beine stellen kann. Und wenn wir den Programmdirektor überzeugen können, dann soll noch in diesem Herbst ein Pilotfilm gedreht werden. Ist das nicht irre? Vielleicht bekomme ich sogar ein Beraterhonorar.«

Aber Stephan beeindruckte das alles nicht weiter. »Ich wünschte, du hättest mehr Verstand«, sagte er nur.

»Und ich dachte, du stehst auf Dummchen«, sagte

Evelyn. Sie war lautlos in der Tür erschienen, ein Traum von einer Frau in einem schneeweißen Sommerkleidchen und Riemchensandaletten.

»Kannst du nicht anklopfen?«, fragte Stephan ziemlich unwirsch.

»Das ist wohl mehr eine Frage des Wollens als des Könnens«, sagte Evelyn.

»Das ist wohl mehr eine Frage der Höflichkeit«, erwiderte Stephan.

Ich sah von einem zum anderen. Was war denn los mit denen? Hatten sie sich etwa gestritten?

»Ich wollte dir was zeigen«, sagte Evelyn zu mir.

»Ich warne dich, Evelyn«, sagte Stephan und verschränkte die Arme vor seiner Brust.

»Wovor?«, fragte ich. »Was soll Evelyn mir nicht zeigen?«

»Die Küche«, sagte Evelyn und lächelte maliziös. »Keine Sorge, Stephan, die zeige ich erst, wenn sie fertig ist. Nein, nein, ich wollte Olivia nur meine Tomaten zeigen.«

Stephan kniff misstrauisch seine Augen zusammen. »Tomaten?«

»Ja, Tomaten«, sagte Evelyn und strahlte Stephan an. Ich war mir ziemlich sicher, dass die beiden mir irgendetwas verheimlichten. Und das hatte nichts mit der Küche zu tun.

»Oh, blühen sie etwa, die Tomaten?«, fragte ich.

»Und wie«, sagte Evelyn. »Es ist berauschend.«

»Ich komme«, sagte ich mit einem letzten langen Blick auf Stephan. Er sah besorgt aus. Hatte er Angst, dass Evelyn mir von ihrem Verhältnis erzählen würde? Na, da stellte sich aber die Frage, wer von uns beiden mehr Angst davor hatte, er oder ich.

Evelyn nahm mich am Arm. Als wir durch den Laden gingen, war Petra gerade wieder mit der Flasche Sprühreiniger zu Gange.

»Sie wissen ja, dass das Zeug hochgiftig ist, wenn man es einatmet?«, fragte Evelyn.

»Ich atme es ja nicht ein«, sagte Petra.

»Das ist gut«, sagte Evelyn. »Es macht nämlich stockdoof, lässt einen lispeln, und man bekommt einen absolut beschissenen Geschmack in Sachen Klamotten.«

Wir waren längst zur Tür hinaus, bis Petra begriffen hatte, dass sie beleidigt worden war. Falls sie es überhaupt begriffen hatte.

»Das war gemein«, sagte ich.

»Das will ich doch hoffen«, sagte Evelyn. In Gewächshaus fünf schlug uns ein würziger Geruch entgegen. Viele der Cannabispflanzen standen in voller Blüte. Es waren unscheinbare, rötlichbraune Blütendolden, viele an einer Pflanze. Ich berührte eine vorsichtig mit den Fingerspitzen.

»Bald«, sagte Evelyn. »Bald sind sie reif. Dann werden sie geschnitten und getrocknet.«

»Ich hätte nicht gedacht, dass du das schaffst«, sagte ich. »Und dass es so schnell geht.«

»Ich verstehe auch nicht, warum das nicht mehr Leute machen«, sagte Evelyn. »Ein Gewächshaus oder eine alte Scheune, ein paar Pflanzenleuchten, und los geht's. Wir könnten alle Millionäre sein.«

»Wenn nur diese dummen, dummen Gesetze nicht wären«, sagte ich. Ich zeigte auf die Pflanzen ringsherum. »Wieviel würdest du hierfür bekommen?«

»Dreitausend Euro das Kilo«, sagte Evelyn. »Wenn ich alles auf einmal verkaufe. Würde ich mir die Mühe machen, es grammweise zu verticken, dann käme am Ende fast das Doppelte dabei heraus.«

»Ich meinte nicht Geld, ich meinte Gefängnis«, sagte ich. »Wie viele *Jahre* würdest du hierfür bekommen?«

»Oh, das meinst du! Na, ich schätze mal, dafür könnte ich schon ein Weilchen hinter Gitter landen«, sagte Evelyn fröhlich. »Und du auch. Willst du auch noch die Küche sehen? Sie ist fast fertig. Herr Kabulke hat Tag und Nacht daran gearbeitet. Sogar seine Frau hat zugeben müssen, dass die Küche ein Meisterwerk ist.«

»Seine Frau war hier?«

»Sie kommt öfters mal vorbei, um zu gucken, was ihr Mann so treibt«, sagte Evelyn. »Ich glaube, sie ist ein bisschen eifersüchtig. Aber eine nette Frau. Wusstest du, dass sie in ihrer Freizeit Keramikfliesen bemalt?«

»Nein«, sagte ich matt.

»Na ja, was soll ich dir sagen, die Fliesen sind ganz entzückend. Kleine Froschkönige mit goldenen Kronen und so ein Kitsch, aber wirklich gut gemacht. Ich habe mir überlegt, dass man Frau Kabulke durchaus bei der Renovierung eures Badezimmers mit einbeziehen könnte.«

Ich fragte mich neidisch, woher Evelyn nur ihre Energie bezog.

*

Der Programmdirektor verschob seinen Termin mit Oliver noch circa fünf Mal, doch dann war es endlich so weit. Ich hatte mir den Tag freigenommen, um als Fachfrau an Olivers Seite zu stehen, falls Fragen auftauchen sollten, die nur ein Gärtner beantworten konnte. Ich zog meinen schwarzen Hosenanzug an, den, der für alle Gelegenheiten passte, und schwarze Schuhe mit Absätzen, die mich weniger klein aussehen ließen.

»Du siehst toll aus«, sagte Oliver, als wir das Auto auf dem Mitarbeiterparkplatz des Senders abstellten. »Wenn auch leider kein bisschen wie eine Gärtnerin.«

»Wenn der Programmdirektor mir nicht glaubt, zeige ich ihm meinen Bizeps«, sagte ich. »Und meine Fingernägel – das dürfte dann genügen. Bist du aufgeregt?«

»Ein bisschen«, gab Oliver zu. »Und du?«

»Nur für dich«, sagte ich. »Ich weiß, dass das Konzept gut ist, und ich hoffe einfach, dass dieser Dürr das auch erkennt.«

Die Sekretärin des Programmdirektors war offenbar ein Fan von Oliver und von Fremdwörtern, die sie irgendwie nicht ganz korrekt gebrauchte.

»Mein Lieblingsreporter Herr Gaertner! Das war ja wieder mal exorbitant, gestern Abend! Übrigens, von ihrer Gartenshow bin ich auch ganz begeistert. Ich habe das Konzept schon so oft kopiert und im Haus herumgeschickt!«

»Danke«, sagte Oliver bescheiden.

»Wissen Sie, ich habe nämlich selber einen Garten, der eine Veränderung sehr nötig hätte«, sagte die Sekretärin und strahlte. »Was kann ich denn heute für Sie proklamieren?«

»Wir haben einen Termin mit Herrn Dürr, um elf. Wegen der Gartenshow.«

»Oh – das tut mir aber Leid. Herr Dürr ist nicht in seinem Office.« Die Sekretärin öffnete den Terminplaner, der vor ihr auf dem Tisch lag. »Wann hatten Sie das denn mit ihm verifiziert?«

Ich schaute ein bisschen verwirrt, aber Oliver schien sie verstanden zu haben.

»Letzte Woche schon.«

Die Sekretärin schüttelte mitfühlend den Kopf. »Es tut mir so Leid, aber Sie sind nicht der Erste, dem so was passiert. Er ist ja ein wirkliches Genie, eine Koniphere auf seinem Gebiet. Aber es ist nie klug, die Termine mit ihm persönlich zu machen. Er vergisst meistens, sie an mich weiterzugeben, und was nicht im Terminkalender steht, gilt auch nicht. War es denn etwas Wichtiges?«

»Natürlich«, sagte ich. Diese »Koniphere« von einem Programmdirektor schien mir ein äußerst windiges Gewächs zu sein. Erst verschob er den Termin ständig, und dann vergaß er ihn auch noch.

Oliver guckte nur unglücklich.

»Hm«, machte die Sekretärin. »Weil Sie's sind, gebe ich Ihnen einen guten Tipp: Der Chef ist den ganzen Nachmittag in Studio drei bei einer Aufzeichung. Da haben Sie zwischendurch reichlich Gelegenheit zu Ihrem Gespräch.«

»Vielen Dank«, sagte Oliver. »Ich überleg's mir.«

»Was gibt's denn da zu überlegen?«, fragte ich draußen auf dem Gang. »Das war doch ein wirklich guter Tipp. Und wenn die Koniphere schon nicht zum Gärtner kommt, muss der Gärtner eben zur Koniphere kommen.«

Oliver musste lachen. »Also gut. Auf diese Weise siehst du wenigstens mal ein Studio von innen.«

Bis wir allerdings dort waren, verfluchte ich die Schuhe mit Absätzen, die ich zur Feier des Tages angezogen hatte. Das Gelände schien sich ins Unendliche zu erstrecken.

»Ich dachte, ihr seid nur ein kleiner Sender«, sagte ich missmutig.

»So klein nun auch wieder nicht«, sagte Oliver.

Studio drei lag in einer hässlichen, flach gestreckten Halle, und wir irrten dort eine ganze Weile zwischen Glaskästen, Kulissen, Kabeln, Tribünen und Unmengen von Menschen herum. Oliver schien die meisten davon zu kennen. Er grüßte nach links und rechts und erläuterte mir die dazugehörige Berufsbezeichnung.

»Kameramann, Kabelträger, Kulissenschieber, Aufnahmeleiterin, Redakteurin, Tontechniker, Beleuchter, Regisseur, Zuschauer, Regieassistent« – alle winkten und grüßten sie freundlich, nur der Programmdirektor war nirgends zu sehen.

Ich warf einen sehnsüchtigen Blick auf die flauschige, rot gepolsterte Sitzecke, die auf der Bühne stand, umgeben von Pappkulissen mit beleuchteten Hochhaussilhouetten.

Sich setzen und das Treiben hier gemütlich zu beobachten, wäre bei weitem angenehmer, als hier hektisch rumzurennen.

»Er muss doch hier irgendwo sein«, sagte Oliver. Aber die allesamt in viel zu kurzen und zu engen karierten Hemden gekleideten, kettenrauchenden Männer, die um fünf riesige Kameras herumstanden, hatten den Programmdirektor auch nicht gesehen.

Oliver sah frustriert aus.

Ein blonder Mann mit abstehenden Ohren kam aus der Kulisse. Er hätte trotz der Ohren gut ausgesehen, wenn er nicht so stark mit bräunlichem Make-up zugekleistert gewesen wäre.

Er kam mir sehr bekannt vor.

Oliver kannte ihn anscheinend auch. »Hallo, Jo.«

Jo, Jo – kannte ich einen Jo? Joachim? Johannes? Josef?

»Hallo – Stress, Stress, Stress!«, stöhnte der Zugekleisterte. »In einer Stunde beginnt die Aufzeichung, Chaos, Chaos, Chaos. Völlig neues Talk-Konzept, neues Studio, neues Team, und wir haben noch keinen einzigen Probedurchgang gemacht. Was machst du hier? Auch zugucken?«

»Ich bin auf der Suche nach Dürr«, sagte Oliver. »Wir hatten einen Termin.«

»Dürr muss hier irgendwo herumschwirren«, sagte der Zugekleisterte. »Er wollte natürlich dabei sein, ist ein wichtiger Tag für meine Show. Da hat er alle anderen Termine für sausen lassen. Wir hätten allerdings schon vor Stunden anfangen sollen.«

»Also wirklich!«, sagte ich vorwurfsvoll. Dieser Programmdirektor schien mir ein äußerst unzuverlässiger Zeitgenosse zu sein.

Der Zugekleisterte musterte mich abschätzend. »Sind Sie mein Dummy?«

»Nein«, sagte ich. Was wollte er mit einem Dummy? »Aber ich kenne Sie irgendwoher.«

»Ach nee.« Das klang eine Spur unhöflich.

»Natürlich kennst du ihn von irgendwoher«, sagte Oliver und grinste amüsiert auf mich hinunter. »Jo Leander – Talk um elf.«

Ich schüttelte den Kopf. »Nee, nee, den kenn ich von woanders.«

Der Zugekleisterte hatte sich längst zu seinen Leuten umgedreht und bellte. »Was ist denn jetzt hier? Wenn ich nicht bald mal anfangen kann, gehe ich völlig unvorbereitet in die Aufzeichnung. Ist das Absicht? Vorhin sind schon die ersten Gäste eingetroffen. Ich verschwinde jetzt noch mal für zehn Minuten in der Maske, und wenn ich wieder rauskomme, dann sitzt hier mein erster Dummy, oder es rollen Köpfe. Ist das klar? Und nicht wieder so eine kaugummikauende Praktikantin, sonst kündige ich.«

Mit wehenden Ohren verschwand er wieder in den Kulissen.

»Schön wär's ja«, murmelte eines der karierten Hemden.

»Also, mich könnt ihr dafür vergessen«, sagte eine junge Frau mit Pferdeschwanz und verschwand ebenfalls in den Kulissen.

»Mich auch. Mich hat er das letzte Mal angeschissen und gefragt, ob ich meine Tage habe«, sagte ein anderes Mädchen und verdrückte sich ebenfalls.

»Scheiße«, sagte ein anderes kariertes Hemd. »Heute geht alles schief. Und die Weiber haben alle ihre Tage.«

»Im Publikum sitzen wieder nur scheintote Rentnerinnen.« Das erste karierte Hemd sah sich suchend um. Sein Blick blieb an mir hängen. »Wie wär's mit Ihnen? Würden Sie so nett sein und den Interviewpartner für Jo Leander machen? Nur zum Test?«

»Eigentlich sind wir hier, um den Programmdirektor zu finden«, sagte ich.

»Toll, Sie können sogar sprechen«, sagte das erste karierte Hemd begeistert. »Ohne Dialekt. Und Kaugummi kauen Sie auch nicht. Kommen Sie, Helmut hier wird Sie verkabeln.«

»Der Programmdirektor kann hier jetzt sowieso nicht weg«, sagte Helmut und zog mir ungefragt das T-Shirt aus der Hose. »Er muss den Leander pampern, schließlich kassiert der hierfür ein Vermögen, und das soll sich doch lohnen.«

»Aber«, sagte ich überrumpelt, aber Oliver sagte: »Ist schon okay. Aus unserem Termin wird heute sowieso nichts mehr. Und die Sitzgruppe sieht sehr bequem aus.«

Helmut befestigte einen kleinen Kasten an meinem Hosenbund, während das nette, karierte Hemd mir das Thema der heutigen Talk-Show erläuterte: »Wir reden über Kinder und Karriere, und wie Frauen es schaffen, beides unter einen Hut zu kriegen und dabei auch noch glücklich zu sein. Eine adelige Geschäftsfrau mit fünf Kindern wird da sein, außerdem dieser fette CDU-Politiker, der nicht richtig deutsch sprechen kann, für Uschi Glas wird Hera Lind kommen, und dann noch ein Exmodel, das heute Patentanwältin oder so was ist, einen Haufen Kinder hat und trotzdem erst gerade mal über dreißig ist – wer möchten Sie sein?«

»Tja«, sagte ich und zog den Bauch ein, als Helmut ein Kabel unter meinem T-Shirt hindurchführte. »Wenn ich's mir schon aussuchen kann: auf keinen Fall der fette Politiker. Ich glaube, ich nehme das Exmodel, das Anwältin geworden ist.«

Helmut führte mich zu der rot gepolsterten Sitzgruppe. »Sagen Sie mal was«, forderte er mich auf.

»Muss ich in die Kamera gucken?«

»Kümmern Sie sich nicht um die Kamera – wir machen unsere eigene Probe. Sie müssen nur nett mit dem Leander plaudern«, sagte das karierte Hemd. »Legen Sie ruhig die Beine hoch, bis er kommt.«

Das kam mir natürlich sehr gelegen. Ich seufzte wohlig. Bequem war diese Sitzgruppe durchaus.

Oliver platzierte sich hinter Kamera eins und zwinkerte mir zu.

»Du gehst aber doch nicht weg?«, fragte ich beunruhigt, als ein Scheinwerfer mich in gleißendes Licht tauchte.

»Natürlich nicht«, versicherte Oliver. »Dürr wird ja wohl früher oder später hier auftauchen.«

Ich nahm meine Füße erst von den Polstern, als Helmut das Mädchen verkabelte, das Hera Lind doubeln sollte. Sie klebte unauffällig einen Kaugummi an eine Metallverstrebung, als sie dachte, dass keiner hinguckte.

Jo Leander kam mit wehenden Ohren zurück.

»Na also«, sagte er, als er mich in der Sitzgruppe erblickte, und ordnete den Packen Karteikärtchen in seiner Hand. »Wenn ihr jetzt noch für Ruhe hier sorgt, kann es losgehen.«

Für Ruhe sorgte ein junger Mann mit Pferdeschwanz, dessen Berufsbezeichnung ich wieder vergessen hatte. Der Lärmpegel sank beträchtlich. Die Zuschauer auf den Tribünen setzten sich und schwiegen erwartungsvoll.

Leander setzte ein erstaunlich entspanntes Lächeln auf und wünschte den Kameras einen wunderschönen guten Abend. Ein paar davon schienen jetzt tatsächlich in Betrieb zu sein. Ich suchte Olivers Gesicht neben Kamera eins und setzte mich etwas gerader hin.

Charmant erläuterte Leander den Zuschauern das Thema und die Gäste des heutigen Abends, um sich dann anmutig neben mir in die Sitzgruppe fallen zu lassen.

Herzlich schüttelten wir einander die Hände.

»Nee«, sagte Leander in Richtung Regie. »Das mit dem Händeschütteln lassen wir doch lieber. Fühlt sich irgendwie spastisch an, so im Sitzen.«

Dann lächelte er mich wieder an. Ich starrte fasziniert auf die Puderschicht, die seine Nase bedeckte. Mich hatte keiner geschminkt, ich war ja nur der Dummy.

»Wir wollen mit Ihnen darüber reden, wie man es schafft, so erfolgreich im Beruf zu sein und trotzdem ein erfülltes Leben als Mutter und Ehefrau zu führen.«

Ich lachte herzlich. »Ja, da fragen Sie genau die Richtige.«

»Einige unserer Gäste heute Abend sind der Ansicht, dass nur eins von beiden geht: Kinder oder Karriere. Aber Sie führen den lebendigen Beweis, dass beides funktioniert.« Leander blickte auf seine Karten hinab. »Sie sieht aus wie ein Fotomodell und ist mit ihren vierunddreißig Jahren doch eine der gefragtesten Expertinnen auf dem Gebiet des internationalen Wirtschaftsrechts – das ist ein Zitat aus der Süddeutschen, glaube ich.«

»Möglich«, sagte ich bescheiden.

»Zu Ihren Klienten gehören die größten Firmenkonzerne der Welt, und wenn Sie an einer Fusion mitarbeiten, arbeiten Sie nach eigenen Angaben wochenlang bis zu vierundzwanzig Stunden täglich. Wie können Sie sich dabei denn noch um ihre drei- und einjährigen Töchter kümmern?«

Ich staunte. »Nun ja, ich denke, die Frage ist doch wohl eher, wie ich die Kinder überhaupt bekommen konnte! Steht das irgendwo auf Ihren Karten?«

Das Publikum lachte.

Leander sah mich strafend an. Er wollte schließlich an mir üben, nicht ich an ihm. »Nun übertreiben Sie es aber mal nicht.«

»Ja, aber wer übertreibt denn hier?«, fragte ich. »Das sind doch wohl Sie! Kein Mensch kann wochenlang vierundzwanzig Stunden am Stück arbeiten, dabei wie ein Fotomodell aussehen und auch noch ein glückliches Familienleben führen!«

Leander grinste süffisant. »Sie meinen also, dass Sie am Ende gar nicht so ein Superweib sind, wie die Medien immer behaupten?«

Na, das wollte ich aber nun auch nicht auf mir sitzen lassen. »Ich bin absolut top in meinem Job«, sagte ich energisch. »In Sachen – was war das noch gleich? – Wirtschaftsfusionen blabla, da kann mir so schnell keiner ein X für ein U vormachen. Jeder weiß, wenn man als Frau so gut verdient wie ich, dann ist man viel, viel besser als ein Mann in gleicher Position. Denn was Frauen auch tun, sie müssen es doppelt so gut wie Männer tun, damit es für halb so gut gehalten wird.«

Wieder lachte das Publikum.

»Zum Glück ist das nicht allzu schwer«, setzte ich hinzu und kicherte selber über diese Pointe. Das Publikum und die Leute, die hinter den Kameras herumschwirrten, schienen sich glänzend zu amüsieren. Oliver stand mit verschränkten Armen neben Kamera eins und sah mich an. Ein bisschen zu ernst, für meinen Geschmack. Ich grinste ihm zu.

Leander räusperte sich säuerlich. »Aber warum müssen Frauen, die ihren Job so gut und so gerne machen wie Sie, denn unbedingt auch noch eine Familie haben?«

»Irgendjemand sollte was von der vielen Kohle haben, die ich verdiene«, sagte ich. Ach, es war herrlich, zur Abwechslung mal jemand ganz anderes zu sein. »Ich hab ja überhaupt keine Zeit, sie auszugeben.«

»Aber Sie haben auch keine Zeit, sich um die Kinder zu kümmern«, sagte Leander. »Da sind sicher eine Menge wichtiger Momente im Leben der Kleinen, die Ihnen entgangen sind: das erste Wort, die ersten Schritte …«

»Mir kommen gleich die Tränen«, sagte ich und sah wieder zu Oliver hinüber. Er sah auf sonderbare Weise angestrengt aus. Neben ihm standen zwei Männer, die keine karierten Hemden trugen, sondern Anzug und Krawatte. Einer von denen hatte die Hand auf Olivers Schulter gelegt. Möglicherweise war das der unzuverlässige Programmdirektor? Ich warf ihm über die Kamera hinweg einen strengen Blick zu. Sah so eine menschliche »Koniphere« aus?

»Können Sie sich denn an das erste Wort ihrer Ältesten erinnern?«, fragte Leander.

»Aber ja«, sagte ich. »Das erste Wort meiner Ältesten war Chop suey! Wir haben sie wahrscheinlich ein bisschen zu oft zum Chinesen mitgenommen.«

Das Publikum kicherte, aber Leander seufzte genervt.

Ich beeilte mich daher, in ernstem Tonfall hinzuzufügen: »Natürlich ist es manchmal schwer, zu wissen, dass nicht ich es bin, die liebevoll auf ein verschrammtes Knie pustet oder das Kind tröstet, wenn es von einem anderen Kind ein Schäufelchen über den Kopf gebraten bekommt. Aber dafür bin ich es auch nicht, die die Kinderkacke an den Fingern kleben hat und dreißigmal hintereinander pitsch patsch Pinguin singen muss. Für diese Dinge haben die Kinder ja noch ihren Papi – ich habe doch einen Mann, oder? – und ein Kindermädchen, natürlich. Zwei Kindermädchen, für jedes Kind eins. Sie heißen Hanni und Nanni.«

Leander mochte es nicht, wenn ich so weit ausholte. »Und wer steht nachts auf, wenn eins der Kinder schlecht geträumt hat?«, fragte er ein wenig hämisch. »Sie können das nicht übernehmen, denn Sie müssen ja früh raus.«

»Irrtum«, sagte ich triumphierend. »Denn ich bin ja bereits die ganze Nacht wach, um zu arbeiten!«

»Ja, aber ich kann so nicht arbeiten«, sagte Leander und guckte strafend von der Bühne hinab. Hinter Kamera eins war Unruhe entstanden. Oliver und die zwei Männer mit Krawatte sprachen leise miteinander, ohne mich dabei aus den Augen zu lassen.

»Es tut mir Leid, aber ich muss das Interview jetzt beenden«, sagte ich zu Leander. Verdammt, woher kannte ich den Kerl denn bloß? »Die Arbeit ruft.«

Leander guckte gegen die Studiodecke. »Also gut«, sagte er. »Nur noch ein Tipp für unsere Zuschauer. Was muss man tun, um so erfolgreich zu werden, wie Sie es sind?«

Ich hatte mich bereits erhoben. »Oh, das ist ganz einfach«, sagte ich, während ich unruhig nach Oliver Ausschau hielt. Wohin war er denn so plötzlich verschwunden? »Man muss sich einfach in seine Arbeit verlieben, das ist das ganze Geheimnis.«

Leander zog eine Grimasse. Und plötzlich wusste ich, warum er mir so bekannt vorkam. »Oh, jetzt weiß ich, woher ich Sie kenne!«, rief ich aufgeregt. »Wir waren zusammen im Konfirmandenunterricht. Bei Pfarrer Seizinger! Jochen! Du warst der Junge mit dem Pupskissen!«

Das ganze Studio amüsierte sich köstlich.

»Danke für das Gespräch«, sagte Leander matt.

»Keine Ursache, Jochen.« Ich strahlte ihn fröhlich an. Wer hätte das gedacht, dass Pupskissen-Jochen einmal so ein berühmter Mann werden würde! Ich musste unbedingt meine Pflegemutter anrufen, um es ihr zu erzählen. »Kann mir bitte mal jemand dieses Mikro abmachen?«

Helmut klopfte mir auf die Schultern. »Sie waren großartig«, sagte er. »Ein Naturtalent.«

Oliver stand ein paar Meter weiter bei den zwei Krawattenträgern und lächelte mir zu.

»Wunderbar«, sagte der größere und dickere der beiden Krawattenträger, als er meiner ansichtig wurde.

Oliver packte mich am Ellenbogen. »Darf ich vorstellen? Olivia Gaertner, Fachfrau und Miterfinderin meines Gartenshowkonzeptes, Besitzerin einer renommierten Gärtnerei, Olivia, das sind Herr Dürr, der Programmdirektor, und Herr Kimmel, der Regisseur von Leanders Sendung.«

»Und bald auch Regisseur von Gaertners Sendung«, sagte Kimmel.

»Sehr erfreut«, sagte ich. Der Dicke hieß Dürr – das war doch mal lustig und gut zu merken. Und hieß das, dass sie die Sendung wirklich machen wollten?

»Gaertner!«, wiederholte der dicke Dürr entzückt. »Also, dass Sie wirklich so heißen, setzt dem Ganzen doch die Krone auf.«

»Ich heiße auch so«, erinnerte ihn Oliver.

Der Programmdirektor runzelte die Stirn. »Richtig, Oliver, richtig. Ist das ein Zufall? Oder sind Sie beide miteinander verwandt?«

»Wir sind verschwägert«, sagte ich freundlich.

»Das haben Sie toll gemacht, da drüben«, sagte der Regisseur. »Auf den Mund gefallen sind Sie ja schon mal nicht.«

»Überhaupt nicht«, sagte der Programmdirektor. »Also, noch einmal: Tut mir wirklich Leid, dass ich unseren Termin heute verschwitzt habe, Oliver, ohne meine Sekretärin bin ich verloren. Außerdem müssen wir uns heute um Leander kümmern, der Mann verliert so schnell die Nerven, und bei dem Honorar, das er kassiert, wäre das fatal. Aber die Sache war ja eigentlich schon geklärt, nicht wahr? Alle, die das Memo bekommen haben, waren begeistert von dieser Gartenshowidee. Es haben doch mehr Leute einen Garten, als man so denkt. Und jetzt, wo ich Ihre Partnerin kennen gelernt habe, bin ich auch restlos überzeugt. Sie beide werden diese Show ganz wunderbar moderieren.«

»Was denn, ich auch?«, rief ich aus.

»Unbedingt«, sagte Dürr. »Sie sind genau das, was wir suchen: ein Naturkind, sexy und witzig – ideal für diese Garten-Show. Nicht wahr, Kimmel?«

»Absolut«, sagte Kimmel. »Frauen, die mit beiden Händen zupacken können, sind der absolute Trend. Haben Sie eine Latzhose?«

»Jaha«, sagte ich. Ich hatte einen ganzen Haufen Latzhosen.

»Na wunderbar! Die können Sie ab jetzt als Berufskleidung von der Steuer absetzen!« Der Programmdirektor strahlte. »Ich sehe Sie vor mir, in einer erdverkrusteten Latzhose mit nichts darunter, den Träger lässig über der gebräunten Schulter hängend ... – die Leute werden an Ihren Lippen kleben. Gärtnern wird das Hobby der Jugend werden, populärer als Computerspiele und Skaten.« Er schüttelte Oliver die Hand. »Melden Sie sich mal nächste Woche bei mir, Oliver, dann machen wir alles klar. Ich denke, einen Piloten sollten wir noch in diesem Jahr abdrehen, bevor der Winter kommt, meine ich.« Jetzt schüttelte er auch mir die Hand. »Die Idee mit dem eingeschränkten Budget fand ich genial: Für nur 10.000 Euro einen neuen Garten, das ist fast nicht zu glauben.«

»Nicht?« Ich hatte schon Angst gehabt, man würde das Budget als viel zu hoch erachten. Sicher konnte man auch mit der Hälfte des Geldes eine Menge erreichen, aber mit 10.000 Euro waren wir auf der sicheren Seite, deshalb hatte ich Oliver zu dieser hohen Summe geraten. Man konnte hochwertige Materialien kaufen und musste auch mit der Größe der Pflanzen nicht geizen. Sogar ausgewachsene Bäume konnte man mit diesem Budget verpflanzen, und das reizte mich natürlich.

»Wissen Sie, was ich im vergangenen Jahr für die Neugestaltung unseres Gartens hingeblättert habe?«, fragte Dürr. »Meine Frau wollte so einen Japanischen Garten mit Bachlauf und Koiteich und Schnickschnack. Für das Geld hätte ich eine Immobilie auf den Balearen kaufen können.«

»Das glaube ich Ihnen«, sagte ich. »Aber es ist doch viel reizvoller, wenn man Ideen liefert, die sich auch für den Otto-Normalverbraucher zum Nachahmen eignen, oder?«

»Sicher, sicher«, sagte Dürr. »Das wird ein Knaller! Nicht wahr, Kimmel, das wird ein absoluter Knaller.«

»Das wird es«, sagte Kimmel und schüttelte uns ebenfalls die Hand.

»Ja, das wird es«, sagte Oliver, der immer noch meinen Ellenbogen umklammert hielt. Wir warteten, bis die beiden Krawattenträger in den Kulissen verschwunden waren, dann fielen wir einander in die Arme.

11. Kapitel

Als wir im Auto saßen, begannen meine Zähne zu klappern.

»Komisch«, sagte ich. »Jetzt, wo alles vorbei ist, bin ich auf einmal schrecklich aufgeregt.«

»Mir geht es genauso«, sagte Oliver. »Ich habe plötzlich ganz schwitzige Hände. Ich kann nicht mal den Schlüssel herumdrehen, siehst du?«

Ich holte tief Luft. »Aber es ist ja auch alles wahnsinnig aufregend, oder? Hör mal, Oliver. Bist du sicher, dass du mich überhaupt dabeihaben willst? Vor der Kamera, meine ich.«

Oliver lachte. »Ja, das bin ich, Blumenköhlchen. Obwohl du mir natürlich ganz schön die Show stehlen wirst. Vor allem in einer Latzhose mit nichts darunter.«

»Aber ich kann so was doch gar nicht«, sagte ich.

»Ich wünschte, du hättest dich bei Leander gesehen«, sagte Oliver. »Du bist wirklich ein Naturtalent. Und sehr telegen. Außerdem hält sich unsere Show ja nicht mit langweiligen Moderationen auf, du kannst die ganze Zeit arbeiten und dabei ein paar geistreiche Erklärungen abgeben. Das liegt dir doch, oder?«

»Ist das nicht irre? Ich werde Geld für das bekommen, was ich am liebsten tue.«

»Ja, und nicht zu knapp.«

»Ich denke, die zahlen nur einen Hungerlohn bei euch.«

»Wer sagt das?«

»Dein Vater.«

»Ach, der«, sagte Oliver. »Es ist kein Managergehalt, aber es ist ganz nett.«

»Ja, und dann auch noch die Werbung für die Gärtnerei. Und der Umsatz: zehntausend Euro pro Show.« Ich freute mich diebisch.

»Ja, und für das Konzept werden wir auch noch einen Haufen kassieren«, sagte Oliver. »Der Sender wird es uns abkaufen.«

»Viel Geld?« Jetzt klapperten meine Zähne noch stärker aufeinander.

»Eine stattliche Summe, würde ich meinen«, sagte Oliver. »Aber warten wir's erst mal ab. Ich habe da einen Freund, der Rechtsanwalt ist und die Sache für uns regeln kann.«

»Ja, warten wir's erst mal ab.« Ich sah auf Olivers Hände. »Was meinst du, kannst du jetzt den Schlüssel umdrehen?«

Oliver grinste. »Jetzt dürfte es gehen. Sollen wir nach Hause fahren und eine Flasche Champagner öffnen?«

»Ja!«, rief ich. Aber dann schüttelte ich den Kopf. »Nein, wir müssen es den anderen sagen. Evelyn wird sich freuen, und Stephan wird endlich überzeugt sein, dass unsere Gärtnerei doch noch ein Erfolg wird. Er redet in letzter Zeit ständig davon, sich wieder einen anderen Job zu suchen. Als Betriebswirt. Er meint, seine Talente lägen irgendwie brach bei uns.«

»Vielleicht ist die Gärtnerei wirklich nicht das Richtige für ihn.«

»Aber … – ja vielleicht«, sagte ich. Ich hätte mir gerne die Augen gerieben, aber ich fürchtete um die Extraportion Wimperntusche, die ich heute Morgen aufgelegt hatte. »Möglicherweise kann ich das Ganze ja jetzt auch allein weitermachen, und er geht woanders arbeiten. Ich meine, wir sollten schließlich beide glücklich mit unserer Arbeit sein, oder?«

»Ja«, sagte Oliver und warf den Traktormotor an. »Also, zur Gärtnerei?«

»Bitte«, sagte ich. »Den Champagner können wir ja heute Abend immer noch trinken.«

Evelyn saß auf der Ladentheke und baumelte mit den Beinen, als wir ankamen, und Doktor Berner, Bankdirektor a. D. Scherer, der gute, alte Hubert und Herr Kabulke standen um sie herum. Alle hielten ein großes Glas mit einer roten, milchigen Flüssigkeit in der Hand.

»Das ist das Blut, das uns unsterblich macht«, sagte Scherer, und alle, auch Evelyn, nahmen einen kräftigen Schluck aus ihrem Glas.

»Haben wir was verpasst?«, fragte ich.

»Die Herren haben mir und Herrn Kabulke ihr Rezept für ein langes Leben verraten«, sagte Evelyn und zeigte auf den Standmixer, der zusammen mit diversen Flaschen und Dosen etwas weiter hinten auf dem Kühlschrank stand. »Tomatensaft, Aloe-vera-Gel, Eiweißpulver, Vitamin C – und Wodka. Wollt ihr auch einen Schluck?«

»Mir bitte nur Wodka pur«, sagte Oliver.

»Es ist ein Geheimrezept«, raunte Hubert. »Nur Eingeweihte dürfen es wissen.«

»Na klar«, sagte Oliver und lachte. »Krethi und Plethi sollen ja schließlich nicht ewig leben. Was ist denn das Geheime an dieser Rezeptur?«

»Der Wodka, würde ich sagen«, meinte ich, nachdem ich einen großen Schluck aus Evelyns Glas zu mir genommen hatte. »Im Allgemeinen heißt es doch immer, den würde man nicht schmecken. Also, den hier schmeckt man.«

»Das ist nicht richtig«, sagte Herr Kabulke, ganz ohne zu stottern. »Man kann ihn schmecken, aber man *riecht* ihn nicht.«

»Seine Frau lässt sich nämlich grundsätzlich von ihm anhauchen«, sagte Doktor Berner. »Nicht wahr, Herr Kabulke?«

Bei der Erwähnung seiner Frau kehrte Herrn Kabulkes Sprachfehler zurück. »Da-da-das stimmt«, sagte er unglücklich.

Evelyn nahm noch einen Schluck vom dem Jungtrunk. »Sehr großzügig von Ihnen, uns das Rezept zu verraten.«

»Jeden Tag ein Glas davon«, sagte Scherer. »Und Sie werden so alt wie wir. Aber Sie wissen ja auch, was Sie uns dafür versprochen haben, oder?«

»Sicher«, sagte Evelyn und rutschte von der Ladentheke. »Herr Kabulke wird Sie alle nun in Gewächshaus fünf führen.«

»Evelyn!«, rief ich entsetzt.

»Keine Sorge, Olivia, wir können Herrn Kabulke vertrauen«, sagte Evelyn. »Ich hatte in Chemie eine fünf, aber Herr Kabulke ist auf diesem Gebiet ein Ass, nicht wahr, Herr Kabulke?«

»Ja, aber …«, stotterte ich.

»K-k-keine Sorge«, sagte Herr Kabulke. »Das ist ja alles nur für wissenschaftliche Zwecke.«

»Ach so? Und was ist mit denen?« Ich zeigte auf die alten Säcke. »Willst du uns alle ins Gefängnis bringen, Evelyn?«

»Irgendjemand muss uns das Zeug doch abkaufen«,

sagte Evelyn. »Und die sind die Einzigen, die ich kenne, die genug Geld dafür haben.«

»Wer redet denn hier von Gefängnis! Wir interessieren uns doch nur aus rein wissenschaftlichen Zwecken dafür«, versicherte Scherer, und Doktor Berner sagte: »Unsere Generation kennt so etwas ja gar nicht, da ist man doch neugierig.«

»Blieb ja nicht aus, dass wir es entdeckten. Wir machen unsere Arbeit schließlich gründlich«, sagte Hubert.

»Worum geht es denn?«, fragte Oliver. Er sah Fritz in diesem Augenblick ziemlich ähnlich. Man hätte beinahe Angst vor ihm bekommen können.

»Um nichts, was dich interessiert«, sagte Evelyn.

»Hör schon auf damit«, sagte ich böse. »Jetzt ist es doch nun wirklich kein Geheimnis mehr. Dann kann Oliver es doch auch wissen.«

Evelyn zuckte mit den Schultern. »Wenn du meinst! Aber sag nicht, ich hätte dich nicht gewarnt.«

Ich sah zu Oliver hinauf, der eine Augenbraue hochgezogen hatte, wie immer, wenn er einer Sache auf die Spur kommen wollte.

»Evelyn hat in ihrer Freizeit die Liebe zum Gärtnern entdeckt«, erklärte ich ihm. »Und sie war nicht mal schlecht. Sie hat ein paar Kilo Cannabis geerntet.«

»Sieben K-K-Kilo, um genau zu sein«, sagte Herr Kabulke. »Und allerfeinste Qualität. Der THC-Gehalt ist sensationell.«

»Wie bitte?« Ungerechterweise bedachte Oliver ausgerechnet mich mit seinem ungewohnt strengen Blick. »Hab ich das richtig verstanden? Ihr habt hier im großen Stil Drogen angebaut?«

Ich nickte.

»Olivia! Das hätte ich von dir wirklich nicht gedacht«, sagte Oliver.

»Ist das denn verboten?«, fragte Herr Kabulke.

Evelyn verdrehte die Augen.

»Natürlich ist es verboten, Herr Kabulke«, sagte ich zerknirscht. »Was dachten Sie denn?«

»Wir sind aber doch jetzt in der EG«, sagte Herr Kabulke, und niemand wusste, was er damit eigentlich sagen wollte.

»Das ist nicht umsonst illegal«, dozierte Oliver. »Hasch ist eine Einstiegsdroge, über die schon Kinder an harte Drogen herangeführt werden.«

»Ich wusste schon, warum ich es dir nicht gesagt habe«, sagte Evelyn. »Du Moralapostel.«

»Es war Evelyns Idee«, sagte ich kläglich.

»Natürlich«, sagte Oliver und sah immer noch sehr missbilligend aus.

»K-k-k-kann man dafür denn belangt werden?«, wollte Herr Kabulke wissen.

»Aber sicher doch«, sagte Oliver. »Dafür können Sie den Rest Ihres Lebens im Gefängnis verbringen.«

»Nun seien Sie doch mal nicht so streng, Oliver«, mischte sich Scherer ein. »*Sie* haben ja während ihres Studiums das ein oder andere Pfeifchen rauchen können. Aber wir gehören einer anderen Generation an. Als wir studiert haben, war man doch schon froh, wenn man genug zu essen hatte. Ist es da nicht verständlich, dass wir einen gewissen Nachholbedarf an all den anderen Sachen haben?«

»Aber bitte, verpetzen Sie uns nicht bei Ihrem Vater. Der hat für solche Kindereien leider kein Verständnis«, sagte Doktor Berner.

»Wie der Vater, so der Sohn«, murmelte Hubert.

»Da wird meine Frau aber staunen, wenn ich auf meine alten Tage noch mal kriminell werde«, sagte Herr Kabulke aufgeregt. »Wo sie sich doch seit vierzig Jahren beschwert, dass ich so ein Langweiler bin.«

»So, so, Evelyn«, sagte Oliver. »Du rauchst also seit neuestem vielleicht wieder Pot? Oder geht es dir nur um das Geld? Mir brauchst du jedenfalls nicht weiszumachen, dass du ein rein botanisches Interesse an den Pflanzen hast. Und Nachholbedürfnis lasse ich auch nicht als Argument gelten.« Zu den alten Säcken gewandt, setzte er erklärend hinzu: »Meine Frau hatte auf der Uni nicht umsonst den Spitznamen *Potty*!«

»Potty!«, rief Scherer und bekam einen Lachanfall, als habe bereits einen Joint geraucht.

»Jawohl, *Potty*«, wiederholte Oliver ernsthaft. »Wie sieht's aus? Für den Eigenbedarf angebaut, Potty?«

»Schon gut, du Spießer.« Evelyn wandte sich grinsend an die alten Säcke. »Seine Zeit als *Shitty* scheint Lichtjahre zurückzuliegen.«

Scherer bekam einen weiteren Lachanfall, die anderen grinsten immerhin. Nur ich schaute Oliver und Evelyn abwechselnd mit offenem Mund an. Das waren ja ganz neue Einblicke.

»Aus dem Alter bin ich aber raus«, sagte Oliver. »Heute weiß ich, dass man als Erwachsener eine gewisse Verantwortung für den Rest der Welt trägt.«

»Shitty und Potty«, kreischte Scherer und bekam vor lauter Lachen keine Luft mehr. »Potty und Shitty! Ich hab lange nicht mehr so einen Spaß gehabt!«

»Ich bin aus dem Alter auch raus«, sagte Evelyn zu Oliver. »Ich bin schließlich vielleicht schwanger.«

»Was?«, rief Oliver, und »Was?« riefen auch die alten Säcke und ich.

»Herzlichen Glückwunsch«, sagte Herr Kabulke.

»Potty ist schwanger von Shitty, Potty ist schwanger von Shitty«, sang Scherer und hielt sich den Bauch vor Lachen.

»Vielleicht«, wiederholte Evelyn.

»Wurde ja auch Zeit«, sagte Doktor Berner. »So oft, wie Sie beide sich im Hotel getroffen haben …«

»Und dieses Buch, dass ich Ihnen gegeben habe, das ist wirklich gut«, sagte Hubert. »Meine Frau und ich haben uns stets daran gehalten.«

Oliver kaute auf seiner Unterlippe. Das war offenbar zu viel für ihn an einem Tag. Erst die Gartenshow und jetzt auch noch der ersehnte Nachwuchs. Er sah aus, als könne er sich nicht mal mehr richtig freuen.

»Und was machen wir jetzt?«, fragte er aufgeregt.

»Ich habe einen Schwangerschaftstest im Haus«, sagte Evelyn. »Ich könnte ihn sofort machen, dann wüssten wir Bescheid.«

»Ja«, jauchzte Hubert. »Ich bin dafür, dass wir das sofort machen.«

»Ich auch«, sagten Doktor Berner und Scherer.

»Eben wollten Sie doch noch die Hanf-Ernte begutachten, meine Herren«, sagte Oliver ungehalten. »Ich denke, der Schwangerschaftstest sollte unter Ausschluss der Öffentlichkeit stattfinden, meinen Sie nicht?«

»Schade«, sagte Scherer enttäuscht. Wahrscheinlich kannte seine Generation auch keine Schwangerschaftstests und hatte diesbezüglich ebenfalls ein großes Nachholbedürfnis.

»Wo ist eigentlich Stephan?«, fragte ich. Allmählich

sehnte ich mich nach einem Menschen, der halbwegs normal war.

»Dem war das hier alles zu infantil«, sagte Evelyn. »Außerdem war das Auto von der O-Beinigen kaputt, und er musste sie nach Hause fahren.«

Hubert sah auf seine Uhr. »Müsste aber jeden Augenblick zurück sein, denn um halb drei kommt der Ehemann der O-Beinigen nach Hause.«

»Woher wissen Sie das denn?«, fragte ich konsterniert. Ich wusste ja nicht mal, wo Petra überhaupt wohnte, geschweige denn, wann ihr Ehemann nach Hause zu kommen pflegte.

»Wir wissen alles«, sagte Hubert ernst.

»Ich finde es nicht nett, dass ihr sie immer die O-Beinige nennt«, sagte Scherer. »Wo sie doch noch andere Körperpartien besitzt.«

»Ja, alle, nur kein Gehirn«, sagte Evelyn.

Scherer kicherte wieder haltlos. »Das war gut, Potty, das war gut«, sagte er.

Evelyn klatschte in die Hände. »Dann mal los, würde ich sagen.«

Alle außer mir setzten sich in Bewegung. Während die alten Säcke unter der Leitung von Kabulke ins Gewächshaus fünf pilgerten, um Evelyns Cannabis zu besichtigen, und Evelyn mit Oliver in die Ruine ging, um dort den Schwangerschaftstest zu machen, blieb ich allein und verloren im Laden zurück. Möglicherweise lag es an dem Wodka, jedenfalls fühlte ich mich, als hätte mir jemand einen mit der Bratpfanne übergebraten.

Was für ein verrückter Tag!

Erst die Talkshow mit Pupskissen-Jochen und meine Entdeckung als TV-Star, anschließend eine Versammlung ausgeflippter alter Männer, die allesamt scharf auf Cannabis waren, die Story von Potty und Shitty, und jetzt war Evelyn auch noch schwanger.

Ich ließ mich in Stephans Büro auf der Gästecouch nieder und starrte auf den langsam kreisenden Ventilator an der Decke. Die Gedanken in meinem Kopf rotierten ebenfalls. Warum kam Stephan denn nicht endlich? Ich hatte ihm so viel zu sagen. Jetzt, wo ich demnächst als Moderatorin Geld verdienen und unsere Gärtnerei mit einer Fernsehshow versorgen würde, da brauchten wir diese blöde Million doch eigentlich gar nicht mehr. Wir konnten die Brocken hinschmeißen und unsere Ehe retten. Und unsere Ehre, oder was davon noch übrig war. Es war allerhöchste Zeit. Wenn wir nur wollten, konnten wir den kläglichen Rest des Sommers wieder wie normale Menschen verbringen. Jetzt, wo Evelyn vielleicht schwanger war, war die Situation doch einfach nur noch lächerlich, oder? Sicher würde Stephan das genauso sehen.

Vom Nachdenken und Ventilatorengucken wurde mir ganz schwindelig. Ich schloss die Augen und rollte mich bequem zusammen. Autsch! Etwas zwickte mich unangenehm in die Rippen.

Es war ein rosafarbenes Kinderhaarspängchen. Von Petra. Was hatte Petras blödes Haarklämmerchen auf dieser Couch zu suchen?

Plötzlich war ich wieder hellwach. Natürlich gab es ungefähr eintausend harmlose Erklärungsmöglichkeiten dafür, wie so ein kleines Plastikdings auf diesem Sofa hatte landen können, aber in diesem Augenblick wusste ich, dass keine dieser harmlosen Möglichkeiten in Betracht kam.

Es gab nur eine einzige Erklärung: Es war nicht Evelyn

gewesen, mit der Stephan eine Affäre hatte, sondern Petra. Petra, das Frettchen.

Elisabeth hatte mich ja gleich gewarnt.

Seit ich nicht mehr hier wohnte, waren die Bedingungen für Stephan und Petra ideal. Sie hatten sich nach Feierabend bedenkenlos häufig treffen können. Zum Beispiel in diesem Büro. Auf dieser Gästecouch.

Evelyn hatte es gewusst. Die alten Säcke ebenfalls. Sie hatten Stephan schließlich rund um die Uhr beschattet.

Oh mein Gott – nicht Petra war so dämlich wie Knäckebrot, sondern ich! Dabei hätte ich spätestens bei der Sache mit der Sonnenbank hellhörig werden müssen. Und Petra hatte ja nicht gerade ein Geheimnis daraus gemacht, dass ihr Stephan gefiel, mit ihrer plumpen Anmache, ihrem flötenden Gelispel und ihrem Süßholzgeraspel.

Ich hatte mir nur nicht vorstellen können, dass Stephan einen derart schlechten Geschmack haben könnte. Wenn er sich in Evelyn verliebt hätte, hätte ich es verstanden, Evelyn war schließlich bildhübsch und intelligent. Aber Petra? Dieses o-beinige, kreuzdoofe Frettchen? Nein, eine derartige Geschmacksverirrung hätte ich Stephan im Leben nicht zugetraut. Der Mann hatte doch Stil!

Aufgebracht tigerte ich durchs Büro. Die Schreibtischplatte war fingerabdrucksfrei poliert und roch antibakteriell. Sofort wusste ich, dass die beiden es auch auf dem Schreibtisch miteinander getrieben hatten. Fieberhaft öffnete ich die Schubladen, ohne zu wissen, wonach ich eigentlich suchte. Möglicherweise nach einem Liebesbrief. »Tschüssie, deine Petra«, mit einem glossigen Lippenstiftabdruck und lauter Kringeln auf den Is.

Aber ich fand nichts dergleichen. Dafür fand ich eine Schachtel mit Kondomen. Mit schwarzen Kondomen, um genau zu sein. Solche Dinger hatte ich noch nie gesehen. Die, die wir gewöhnlich benutzten, waren babyrosa wie Petras Haarspange. Unschlüssig drehte ich die Schachtel in meinen Händen. Wie lange ging das wohl schon? Wahrscheinlich war das nicht die erste Schachtel Kondome. Die beiden hatten unzählige Möglichkeiten gehabt, sich hier zu treffen, während Evelyn mit Kabulke das Haus renovierte und das arme Schwein von Petras Ehemann zu Hause die beiden Frettchenkinder hütete. Deshalb war Stephan auch so scharf darauf gewesen, dass die alte Gästecouch hier abgeladen wurde und nicht bei Eberhard und dem Garagenflohmarkt. Petra war der Fußboden sicher zu unhygienisch, und der Schreibtisch auf Dauer zu unbequem. Dabei holte man sich vermutlich nur blaue Flecken.

Blaue Flecken! Aaaaaargh! Der blaue Fleck an Stephans Brust war bestimmt Petras spitzem Ellenbogen oder sonst irgendeinem knochigen Körperteil von ihr zu verdanken.

Ich öffnete die Kondomschachtel. Es waren noch vier Kondome darin, schwarz und gemein glotzten sie mich mit ihren runden Augen an. Fast war es mir, als hörte ich sie sagen: »Du siehst scheiße aus!«

Ich steckte sie in meine Tasche und taumelte Hilfe suchend aus dem Raum. Mein Blick fiel als Erstes auf den Kühlschrank, wo die Zutaten des Jungtrankes der alten Säcke standen. Ich goss aus jeder der Flaschen ein Schlückchen in die Glaskaraffe des Standmixers, streute aus jeder Dose ein Löffelchen Pulver hinein und leerte obendrauf die Flasche Wodka. Dann stellte ich den Mixer an. Dummerweise hatte ich vergessen, den Deckel aufzulegen, so dass die Wände und der Boden ringsrum mit blutroter Flüssigkeit besprenkelt wurden. Ich füllte, was übrig blieb, in eines der benutzten Gläser um und trank es auf Ex. Widerlich.

Aber danach ging es mir ein bisschen besser. Ich schaffte es, wieder nach nebenan zu gehen (die Gästecouch würdigte ich keines Blickes), um Elisabeth anzurufen.

»Elisabeth? Kannst du mich abholen?«, schniefte ich kläglich.

»Wo bist du?«, fragte Elisabeth.

»In der Gärtnerei. Stephan hat nichts mit Evelyn. Er hat was mit Petra!«

»Dem Frettchen?«

»Genau«, schniefte ich.

»Ja, ist das denn zu fassen!«, rief Elisabeth aus. »Hanna! Olivias Stephan hat was mit diesem Frettchen von Verkäuferin!«

»Der Sausack«, hörte ich Hanna im Hintergrund sagen. »Typisch!«

»Ich bin gleich bei dir«, sagte Elisabeth.

*

Elisabeth war sehr lieb zu mir. Sie nahm mich mit zu sich nach Hause und sagte kein einziges Mal: »Das habe ich dir doch gleich gesagt«, sondern tröstete mich, so gut sie konnte.

»So etwas passiert«, sagte sie. »Das ist das Leben. Sieh mich an! Mir ist es schon zweimal passiert.«

»Ich will gerne tot sein«, sagte ich. Es war so peinlich, dass ich nichts davon gemerkt hatte, ausgerechnet ich, die ich mir einbildete, keine von diesen dämlichen

Frauen zu sein, die vor allem die Augen verschließen. »Ich bin ja so blöd!«

»Das ist eine ganz normale Reaktion«, sagte Hanna. »Es liegt daran, dass man die Fähigkeit zur Treue beim Mann immer wieder heillos überschätzt.«

»Das ist wahr«, sagte Elisabeth. »Man muss sich als Frau ganz schön beeilen, wenn man der Erste in der Beziehung sein will, der fremdgeht.«

»Genau«, sagte Hanna. »Es gehört einfach zum Erwachsenwerden dazu, das zu lernen!«

Ich weinte trotzdem ein bisschen.

Hanna mixte mir Gin Fizz, und Marisibill und Kaspar legten mir ihre liebsten Kuscheltiere in die Arme. Nach einer Weile fühlte ich mich angenehm betäubt.

»Sie haben den Schreibtisch desinfiziert«, sagte ich düster. »*Ich* hab's noch nie auf einem Tisch getan.«

»Echt nicht?« Hanna und Elisabeth sahen mich gleichermaßen erstaunt an.

Ich schüttelte den Kopf. »Ich dachte immer, dafür müssten Stephan und ich uns noch ein bisschen besser kennen lernen«, sagte ich schüchtern. Dasselbe galt für die Fesselspiele.

Es entging mir nicht, dass Hanna und Elisabeth einen vielsagenden Blick tauschten. Wahrscheinlich hatte Elisabeth Hanna von der Ling-Ling-Geschichte erzählt. Es machte mir nichts aus, dass sie mich für verklemmt hielten. Vermutlich war ich ja auch verklemmt. Bis wann hatte ich denn warten wollen? Bis zu unserer Silberhochzeit?

»Kann ich heute Nacht hier schlafen?«, fragte ich, schon leicht lallend, und drückte mich fest an Kaspars weichen Plüschfuchs.

»Klar kannst du«, sagte Hanna. »Wir Frauen, wir müssen doch zusammenhalten.«

Aber Elisabeth sagte resolut: »Kommt überhaupt nicht in Frage!«

»Warum nicht?«, fragte ich weinerlich.

»Weil es gleich halb sechs ist und ich dich in die Stadt fahren werde«, antwortete Elisabeth. »Stephan hat dich vielleicht mit diesem Frettchen betrogen, aber das ist noch lange kein Grund, auf die Million zu verzichten.«

»Ist doch alles egal jetzt«, heulte ich.

»Im Gegenteil«, sagte Elisabeth energisch und tupfte mir mit einem Kleenex im Gesicht herum, wahrscheinlich um riesige Pfützen Wimperntusche zu entfernen. »Gerade jetzt ist es wichtig, an die Kohle zu denken. Es reicht, wenn du unglücklich bist, du musst nicht auch noch arm sein. Also los, helft mir, sie ins Auto zu schaffen.«

»Ich kann alleine gehen«, sagte ich empört, als der kleine Kaspar Anzeichen machte, mich auf die Beine zu ziehen. Um ein wenig Unterstützung beim Treppensteigen war ich allerdings trotzdem dankbar. Irgendwie wollte ein Teil von mir immer auf die Seite kippen. Ich war froh, als ich im Auto saß. Elisabeth musste mich anschnallen, weil ich den blöden Gurt einfach nicht zubekam.

»Ich versteh das nicht«, sagte sie. »Du hattest doch nur drei Gin Fizz. Hast du vielleicht noch nichts gegessen?«

»Das ist es!«, sagte ich. Und außerdem hatte ich ja noch ein bisschen Wodka getrunken. Ein bisschen viel.

Auf dem Weg in die Stadt musste ich eingeschlafen sein, denn in dem einen Moment waren wir noch in Elisabeths Einfahrt gewesen, und im nächsten Moment standen wir mitten in der Stadt.

»Nanu«, sagte ich. Das grenzte ja an Zauberei.

»Wir sind da«, sagte Elisabeth. Sie hatte im Halteverbot direkt vor Olivers und Evelyns Apartmenthaus geparkt.

»Vielen Dank«, sagte ich und suchte in meiner Handtasche nach den vielen Hausschlüsseln. Meine Beine waren ein bisschen wie Pudding, als ich versuchte auszusteigen. Elisabeth lotste mich zum Aufzug.

»Ab hier kann ich allein«, sagte ich und wäre auf den Boden gesunken, wenn Elisabeth mich nicht festgehalten hätte. »Du bekommst sonst ein Knöllchen.«

»Das kannst du mir dann bezahlen, aus Dank dafür, dass ich deine Million gerettet habe«, sagte Elisabeth grimmig. Der Fahrstuhl fuhr aufwärts.

»Is ja nich meine Million«, sagte ich. »Die Hälfte davon gehört Stephan.«

»Die Hälfte ist immer noch genug«, sagte Elisabeth. Wir waren im siebten Stockwerk angelangt, und Elisabeth führte mich direkt vor die Wohnungstür. Dort lehnte sie mich wie eine Schaufensterpuppe an die Wand und wühlte in meiner Handtasche.

»Welches ist der richtige?«, fragte sie, meinen Schlüsselbund in den Händen drehend.

»Der grüne«, sagte ich. »Oder nein, der kleine. Könnte auch der glänzende sein. Probier's halt aus.«

Elisabeth seufzte und drückte auf den Klingelknopf.

»Ja bitte?«, sagte Oliver, als er die Tür aufmachte. Er kannte Elisabeth nicht, und mich konnte er nicht sehen, weil ich neben der Tür an der Wand lehnte. Die Wand schwankte im Übrigen merkwürdig. Irgendwo in der Nähe musste ein Erdbeben sein.

»Ich bringe Olivia nach Hause«, erklärte Elisabeth. »Sie hat ein bisschen was getrunken und braucht Fürsorge.«

Olivers Kopf schob sich um die Ecke. »Blumenköhlchen! Hast du etwa schon ohne mich gefeiert? Ich habe doch extra eine Flasche Champagner kalt gestellt.«

»Möchte gerne mal wissen, was es da zu feiern gibt«, sagte Elisabeth tadelnd.

»Das kannsu nich wissen«, sagte ich zu ihr. »Weil ichs dir ganich erzählt habe. Huch!«

Oliver griff mit beiden Händen unter meine Arme und verhinderte so, dass ich umkippte.

»Das is doch mindestens Stärke fünf auf der Richterskala«, sagte ich. Warum merkte das denn außer mir niemand?

»Wenigstens hickst sie nicht«, sagte Elisabeth. »Na ja, jetzt gehört sie jedenfalls Ihnen. Mein Auto steht im Halteverbot, und ich muss nach Hause, um meinem Sohn eine Gutenachtgeschichte vorzulesen.«

»Danke, dass Sie Olivia gebracht haben. War nett, Sie kennen zu lernen«, sagte Oliver.

»Ganz meinerseits«, sagte Elisabeth. »Ich finde, in echt sehen Sie noch besser aus als im Fernsehen.«

»Vielen Dank«, sagte Oliver.

»Schleim, schleim, schleim«, sagte ich. »Was is jetz' mit dem Champagner?«

Elisabeth, die schon im Aufzug stand, sagte: »Ich glaube, ein Aspirin wäre jetzt besser. Und kalte Umschläge. Ich ruf dich morgen an, Olivia.«

»Kannste dir sonstwo hinschieben, deine kalten Umschläge«, sagte ich, aber da hatten sich die Aufzugstüren schon geschlossen. »Trotzdem danke schön.«

Oliver lotste mich vorsichtig ins Wohnzimmer, wo er mich auf der Couch absetzte und nachdenklich und ein bisschen amüsiert betrachtete.

»Is' was?«, fuhr ich ihn an.

»Das wollte ich dich gerade fragen«, sagte Oliver. »Wir haben uns Sorgen gemacht, als du heute Nachmittag auf einmal verschwunden warst – so ganz ohne Auto. Wie von Zauberhand. Stephan hat dich auch vermisst. Da waren nur wir und lauter bekiffte alte Männer, als er nach Hause kam. Er hätte die Neuigkeiten sicher gerne von dir persönlich erfahren.«

»Haha«, schnaubte ich. »Ich hätte die Neuigkeiten auch lieber von ihm persönlich erfahren. Oder gar nicht. Am besten gar nicht. Oje!«

»Was ist los?«

»Ich muss mal«, sagte ich und stand schwankend auf.

»Soll ich …?«, fragte Oliver.

»Untersteh dich«, sagte ich. So betrunken konnte ich gar nicht sein, dass ich jemanden mit auf die Toilette nehmen wollte. Ich schaffte es auch allein, überall gab es schließlich Wände und Möbel, an denen man sich abstützen konnte. Im Badezimmer schaufelte ich mir literweise kaltes Wasser ins Gesicht. Danach ging es mir ein bisschen besser.

Als ich zurückkam, saß Oliver auf dem Sofa und starrte aus dem Fenster. Da lag irgendetwas in seinem Blick, dass mir die Tränen in die Augen trieb. Er sah so traurig aus. Wahrscheinlich fand er die ganze Situation ähnlich beschissen wie ich. Es war Evelyn gewesen, die diesen Millionendeal gewollt hatte, und er hatte nur ihr zuliebe mitgemacht.

Etwas machte »Klick« in mir. Plötzlich wusste ich ganz genau, was ich wollte. Jetzt war Schluss mit dieser Opferhaltung.

Ich lehnte mich verführerisch an die Wand. Jedenfalls hoffte ich, dass es verführerisch wirkte.

Oliver sah mich besorgt an. »Alles in Ordnung, Olivia?«

»Hassu schon mal schwarze Kondome benutzt?«, fragte ich mit meiner allererotischsten Stimme. Ich hoffte jedenfalls sehr, dass es erotisch klang.

Oliver zog seine Augenbraue hoch.

»Nicht, dass ich wüsste«, sagte er.

»Ist auch nur was für böse Jungs«, sagte ich und zog die Kondome aus meiner Tasche. »Siehste!«

»Ich sehe«, sagte Oliver, die Augenbraue immer noch hoch oben.

»Du bis aber kein böser Junge, stimmt's?« Ich wankte zum Esstisch hinüber und hiefte mich auf die Tischplatte, anmutig und sexy, wie ich hoffte. Dann knöpfte ich ganz langsam zwei Knöpfe meines Blazers auf. Drei hatte er insgesamt. Darunter trug ich nur einen schwarzen BH. Ich zupfte ihn ein bisschen zurecht.

»Aber ich bin ein böses Mädchen«, log ich. Brave Mädchen kamen in den Himmel, böse überallhin. Petra zum Beispiel.

»Tatsächlich?« Oliver hatte sich erhoben und stand plötzlich direkt vor mir. »Das wusste ich ja gar nicht, Olivia.«

»Doch«, sagte ich und versuchte, ihm direkt in die Augen zu schauen. Sie waren nicht so blau und leuchtend wie Stephans, sondern grau, und die Pupillen waren groß und schwarz wie die Kondome in meiner Hand. »Schrecklich böse.«

»Du bist ja fast nackt«, sagte Oliver und berührte mit seiner Hand die Haut über dem BH.

Ich musste scharf Luft holen. Eigentlich hatte ich ihn verführen wollen, nicht umgekehrt.

»Hier ist es aber auch warm«, fuhr Oliver fort. »Viel zu

warm für einen Hosenanzug.« Und ehe ich protestieren konnte, hatte er mir den Blazer und die Hose mit ein paar wenigen Handgriffen abgestreift.

Ich saß in Unterwäsche auf dem Tisch und blinzelte ihn überrascht an. Jetzt hatte er mich überrumpelt. Allmählich wurde die Situation ein wenig prekär. Ich bekam es mit der Angst zu tun.

»Was ist mit dem Champagner?«, fragte ich ablenkend.

»Ich würde sagen, den verwahren wir uns für später, *böses Mädchen.*« Oliver zog mich auf die Kante, ganz nah zu sich heran. Mein Höschen wurde an seine Jeans gepresst. Er begann, meine Arme zu streicheln, bis sich jedes einzelne Härchen auf meinem Körper aufgerichtet hatte. »Wie schön du bist, Olivia. Wunderschön! Es ist eigentlich schade, dass du nicht nüchtern bist.«

Wenn ich nüchtern gewesen wäre, dann säße ich jetzt sicher nicht in Unterwäsche vor ihm. Er sollte sich also besser nicht beklagen.

»Vielleicht bist du ja doch kein böser Junge«, sagte ich leise. »Die bösen Jungs mögen es nämlich, wenn die Mädchen nicht mehr wissen, was sie tun.« Das war gelogen. Ich wusste ganz genau, was ich hier tat. Ich wusste nur nicht, warum ich es tat.

»Dann bin ich auf jeden Fall ein böser Junge«, raunte Oliver und küsste mich auf den Hals. Ich schloss wohlig die Augen und bog den Kopf nach hinten. Olivers Küsse wurden intensiver. Mein Gott, was konnte der küssen! Seine Hände wanderten meinen ganzen Körper auf und ab. Ich hatte das Gefühl, dahinzuschmelzen wie eine Hand voll Vanilleeis in der Waffel.

»Oliver«, flüsterte ich. Ich wusste, dass es falsch war, was wir hier taten, aber es fühlte sich so verdammt richtig an. Oliver hielt mich fest an sich gedrückt, während er mir das Höschen herunterschob und sich mit den Händen zwischen meine Beine tastete.

»Oh ja«, flüsterte ich atemlos. »Bitte hör nicht auf.«

»Ich denke nicht daran«, sagte Oliver. Er atmete jetzt auch ein bisschen schneller. Seine Hände und seine Lippen schienen überall gleichzeitig zu sein. Ich hatte das Gefühl, kurz vor einer Ohnmacht zu stehen.

»Hassus schon mal auf 'nem Tisch getan?«, fragte ich mit letzter Kraft.

12. Kapitel

Als ich am nächsten Morgen aufwachte, lag ich in einem fremden Bett und fühlte mich einen Moment lang so gut wie noch nie in meinem Leben.

Mmmmmmh. Jeder Quadratzentimeter meines Körpers war zufrieden und glücklich.

Aber dann merkte ich, in wessen Bett ich lag, und das Wohlgefühl verflüchtigte sich. Es war Evelyns und Olivers Ehebett, und vermutlich lag ich auf Evelyns Seite.

Plötzlich war mein Kopf mit pochenden Schmerzen erfüllt.

Oliver schlief noch. Er lag auf dem Rücken, einen Arm hinter dem Kopf verschränkt und erinnerte mich ein bisschen an Elisabeths Söhnchen Kaspar, wie er so da lag. Wie Kaspar hatte er sich auch von der Decke freigestrampelt. Aber damit endeten die Ähnlichkeiten auch eigentlich schon, vor allem, was die Körperbehaarung anging.

Er machte ein ernstes Gesicht. Als ich ganz vorsichtig über seine Wange streichelte, zuckte er im Schlaf zusammen.

Ich zuckte auch zusammen. Mein Gott, was hatten wir getan!

»Lauter unanständige Sachen«, wisperte eine innere Stimme ziemlich hämisch.

Leider konnte ich mich an das meiste davon erinnern.

An alles, wenn ich so recht darüber nachdachte. An restlos alles.

Wieder stellten sich die Härchen auf meinen Armen aufwärts. Warum hatte ich so alt werden müssen, bevor ich so etwas erleben durfte? Meine so genannte anständige Erziehung hatte es wohl bis jetzt verhindert.

Und vielleicht war es auch ein bisschen Stephans Schuld. Ich hatte ja nicht mal im Traum geahnt, was es alles für Möglichkeiten gab.

Oliver stöhnte im Schlaf und drehte sich auf die andere Seite. Ich betrachtete nachdenklich seinen lockigen Hinterkopf. Am frühen Morgen erinnerte sein Haar eher an ein schottisches Hochlandschaf als an einen Blumenkohl. Ich hätte ihn gern gestreichelt, aber ich hielt mich zurück. Schließlich hatte ich schon genug Unheil angerichtet.

Für mich war gestern Nachmittag die Welt zusammengebrochen, als ich Stephans Seitensprung entdeckt hatte. Meine Welt war zusammengebrochen, nicht Olivers Welt. Oliver hätte ich nicht mit hineinziehen sollen, den armen, unschuldigen Oliver, der mit Evelyn verheiratet war. Mit Evelyn, die demnächst wahrscheinlich ein Kind bekam.

Ich setzte mich kerzengerade auf. Wie hatte ich das nur verdrängen können? Ich hatte nicht mal nach dem Ergebnis des Schwangerschaftstestes gefragt, bevor ich mich auf Oliver gestürzt hatte wie eine ausgehungerte Nymphomanin.

Die Schamesröte stieg mir ins Gesicht. Ich war wirklich das Allerletzte! Wie sollte ich Petra dafür verurteilen, dass sie mir Stephan ausgespannt hatte? Ich war ja keinen Deut besser.

Ich sprang aus dem Bett und schlüpfte leise ins Badezimmer. Um keinen Preis wollte ich noch da sein, wenn Oliver aufwachte. Sicher würde ihm die ganze Angelegenheit ebenso peinlich sein wie mir. Die Vorstellung, wie wir uns beim Frühstück verlegen gegenübersaßen, war grausam. Und dabei war Oliver zu allem Überfluss auch noch stocknüchtern gewesen.

Es war erst halb acht, als ich mit dem ollen Citroën in der Gärtnerei vorfuhr, und natürlich war noch niemand im Laden. Das war mir nur recht so. Ich schlich mich in Gewächshaus drei und beschnitt meine geliebten Buchsbäume. Buchsbäume in Form schneiden war von allen Gartenarbeiten diejenige, die ich am liebsten tat. Schnipp, schnipp, machte die Schere, und kleine Zweige und Blätter rieselten zu Boden und verbreiteten dabei diesen würzigen, unverwechselbaren Geruch, der ganz typisch für Buchsbaum ist. Ganz allmählich beruhigten sich meine Nerven etwas.

Erst Herr Kabulke riss mich aus meiner Meditation.

»Gu-gu-guten Morgen«, sagte er. Unter seinen Augen hatte er dunkle Ringe, ansonsten sah er ungewohnt vergnügt aus.

»Was war denn hier gestern noch los?«, fragte ich so streng ich konnte.

»Die alten Herren haben von unserem Stoff geraucht«, sagte Herr Kabulke. »Und ich auch. Frau Gaertner hat uns ge-ge-gezeigt, wie man so etwas macht.«

»Das ist aber nett von ihr«, sagte ich ironisch.

»Es war ein sehr lustiger Abend«, sagte Herr Kabulke. »Nur leider ist meine Frau jetzt sauer auf mich.«

»Dann bringen Sie sie doch beim nächsten Mal einfach mit«, scherzte ich.

»Das geht leider nicht«, seufzte Herr Kabulke. »Die Ärmste ist Nichtraucherin. Aber Frau Gaertner hat sich schon bereit erklärt, mir ein paar Plätzchen für die Gute mitzugeben.« Er lachte. »Das wird ein Spaß werden.«

»Das glaube ich Ihnen«, sagte ich. »Was passiert denn nun mit dem ganzen Cannabis?«

»Die alten Herren wollten es uns abkaufen«, sagte Herr Kabulke.

»Uns?«, wiederholte ich.

»Jawohl, uns«, sagte Evelyn. Sie stand in der Tür und sah ausgeschlafen und wunderschön aus wie immer. »Ich dachte, wir dritteln den Gewinn. Ein Drittel bekomme ich, weil ich die Idee hatte, ein Drittel bekommt Herr Kabulke, weil er mir geholfen hat und dichthält, und ein Drittel kriegst du, weil es schließlich dein Gewächshaus ist.«

»Nein danke, ich will nichts davon«, sagte ich.

»Das hatte ich gehofft«, meinte Evelyn. »Dann kriege ich eben zwei Drittel. Schließlich hatte ich ja auch die ganzen Kosten.«

»Und die alten Sä… die alten Herren kaufen dir das Zeug wirklich ab? Alle sieben Kilo?«

»Jawohl«, sagte Evelyn. »Wir dürfen es nur Fritz nicht verraten. Der bringt es fertig und zündet das ganze Zeug an.«

»Sieben Kilo können die doch im Leben nicht mehr wegrauchen«, sagte ich.

»Das ist ihre Sache«, sagte Evelyn. »Hauptsache, wir sind das Zeug los. Allerdings habe ich mir etwas zurückbehalten, um damit zu experimentieren, Plätzchen und Kuchen backen, zum Beispiel.«

»Unbedingt«, sagte Herr Kabulke.

»Wo warst du denn gestern so plötzlich?«, fragte Evelyn. »Als wir mit dem Schwangerschaftstest hier ankamen, warst du verschwunden.«

»Ich habe rausgefunden, dass Stephan mit unserer Verkäuferin schläft«, sagte ich lakonisch.

»Oh«, sagte Evelyn. Herr Kabulke drehte nervös sein Kapotthütchen in den Händen. Er hatte es augenscheinlich auch gewusst.

»Ihr hättet es mir ja ruhig sagen können«, sagte ich.

»So lange geht das ja noch gar nicht mit den beiden«, sagte Evelyn. »Außerdem hat Stephan mir gedroht, wenn ich es dir sagen würde.«

»Mit was hat er denn gedroht?«

»Na ja, so ganz allgemein eben: Er sagte, wenn ich's dir erzählte, wärst du nur kreuzunglücklich, und das wollte ich doch sicher nicht, oder?«

»Ich *bin* kreuzunglücklich«, sagte ich.

»Außerdem sagte er noch, er würde ihr den Hals umdrehen«, sagte Herr Kabulke. »Er dachte, ich würde es nicht hören, weil ich doch schwerhörig bin und so. Aber ich habe es doch gehört.«

»Ja, Herr Kabulke hat Ohren wie eine Fledermaus, wenn es drauf ankommt«, sagte Evelyn. »Was willst du denn jetzt machen?«

»Keine Ahnung«, sagte ich ehrlich. Ich hatte doch schon viel zu viel gemacht. »Wie ist der Schwangerschaftstest denn ausgefallen?«

»Hat Oliver dir nichts gesagt?«

Ich schüttelte unglücklich den Kopf. »Wir haben nicht mehr viel geredet gestern Abend.« Weiß Gott, das hatten wir nicht, wir hatten anderes zu tun gehabt.

»Da ist Petra«, sagte Evelyn und zeigte durch die Glasscheiben auf den Parkplatz. Richtig. Petra schwenkte gerade ihren Hintern Richtung Laden und schlenkerte dabei ausgelassen mit ihrer Gucci-Imitat-Handtasche.

»Dieses Weib ist wirklich schamlos«, sagte Herr Kabulke. »Die sollte unbedingt auch etwas von unseren Plätzchen abbekommen.«

Evelyn strahlte über das ganze Gesicht. »Das ist eine wunderbare Idee, Herr Kakabulke«, sagte sie. »Ich werde mich jetzt gleich ans Backen machen. Stephan ist im Büro, Olivia. Jetzt wäre ein guter Zeitpunkt, mit dem Messer auf ihn loszugehen.«

»Besser mit der Harke«, sagte Herr Kabulke. »W-w-wenn Sie Hilfe brauchen, dann rufen Sie mich.«

*

»Boah, siehst du scheiße aus«, sagte Petra, als ich zur Ladentür hineinkam.

»Tatsächlich? Dabei hatte ich heute Nacht ganz fantastischen Sex«, sagte ich. »Ehrlich. Es war überwältigend.« Das war es wohl. Viel besser als mit Stephan, ätsch!

Petra glotzte irritiert. Sie war es nicht gewohnt, dass ich so etwas sagte. »Mit wem denn?«, fragte sie misstrauisch.

»Mit wem wohl?«, fragte ich zurück. »Ich bin schließlich eine verheiratete Frau. Du bist übrigens gefeuert.«

»Wie bitte?«

»Ge-feu-ert«, sagte ich.

»Das kannst du ja gar nicht entscheiden«, sagte Petra.

»Das kann ich wohl entscheiden«, sagte ich und schob mich an ihr vorbei ins Büro.

Stephan studierte wieder Stellenanzeigen.

»Herr Gä-haertner, die hat gesagt, ich bin gefeuert«, lispelte Petra, die mir gefolgt war.

»Was?« Stephan drehte sich um. »Wie war das, Frau Schmidtke?«

»Die hat gesagt, dass ich gefeuert bin«, wiederholte Petra und zeigte dabei auf mich. »Aber ich denke, da Sie mich eingestellt haben, können auch nur Sie mich feuern, oder?« Sie verzog weinerlich das Gesicht.

»Nun beruhigen Sie sich doch mal, Frau Schmidtke«, sagte Stephan. »Ich bin sicher, das ist nur ein Missverständnis.«

Ich sah von einem zum anderen und schüttelte den Kopf. »Das ist doch bescheuert, dass ihr euch noch siezt«, sagte ich. »Gib's mir, Frau Schmidtke, ja, Herr Gaertner – wie klingt denn das?«

»Olli!« Stephan sah mich schockiert an. Eine solche Ausdrucksweise war er aus meinem Mund nicht gewohnt.

Petra kapierte schneller. »Oh«, sagte sie. »Aber das ist kein Kündigungsgrund.«

»Das ist mir egal«, sagte ich. »Ich schmeiße dich raus, weil du so unfreundlich zu unseren Kundinnen bist und nicht in unser Ambiente passt. Von mir aus kannst du bis zum Monatsende bleiben. Bis dahin solltest du etwas Neues gefunden haben. Heute Nachmittag bekommst du alles schriftlich.«

»Echt ey«, sagte Petra. »Da wird der Herr Gaertner ja wohl auch noch was mitzureden haben. Dass man mit dem Chef schläft, ist kein Kündigungsgrund, egal, wie eifersüchtig du auch bist.«

»Ich könnte mir vorstellen, dass du darin Erfahrung hast«, sagte ich. »Aber du bist trotzdem gefeuert.«

»Vielleicht lassen Sie uns besser mal allein«, sagte Stephan. Er sah immer noch schockiert aus.

Petra warf ihren Kopf in den Nacken. »Von mir aus«, sagte sie maulig.

»Tür zu«, sagte ich.

»Meinst du nicht, das war etwas hart?«, fragte Stephan.

Ich wirbelte zu ihm herum. »*Wie bitte?*«

»Du musst sie ja nicht gleich rausschmeißen«, sagte Stephan.

Herr Kabulke! Die Harke! Ich lief vor Wut rot an und konnte ein paar Sekunden kein Wort herausbringen.

»Evelyn hätte es dir nicht sagen sollen«, sagte Stephan. »Ich wusste, dass du es nicht so gut aufnehmen würdest.«

»Evelyn hat mir gar nichts gesagt«, stellte ich klar. »Ich habe schließlich selber Augen im Kopf.«

Stephan seufzte. »Ich wollte ja nicht, dass du's merkst. Ich wollte dir auf keinen Fall wehtun.«

»Wie rücksichtsvoll von dir«, rief ich aus. Ich war ehrlich empört über so viel Unverfrorenheit. Ich hätte gedacht, dass Stephan aus allen Wolken fallen und sich entschuldigen würde. Vielmals entschuldigen, auf allen vieren kriechend, denn das war ja wohl das Mindeste, das er tun konnte.

Aber der Kerl schob den schwarzen Peter kurzerhand mir zu.

»Ach, Olli! Das kann dich doch alles nicht wirklich überrascht haben. Bei uns knirscht es doch schon länger im Getriebe. Um genau zu sein, seit du diese Schnapsidee mit der Gärtnerei hattest.«

»Was? Das war unsere gemeinsame Idee, Stephan. Unser Lebenstraum.«

»Es war ganz allein *dein* Lebenstraum«, sagte Stephan kalt. »Ich hab für Grünzeug noch nie etwas übrig gehabt.«

»Aber du hast gesagt, dass das Ganze eine Goldgrube sein könnte, wenn man es nur richtig aufzöge.«

»Ja, aber da habe ich mich getäuscht«, sagte Stephan. »Es war, wie gesagt, eine Schnapsidee.«

Immer noch sehnte ich mich nach Herrn Kabulkes Harke, um sie Stephan in den Bauch zu rammen. Was redete er denn da?

»Was hat das denn überhaupt mit Petra zu tun?«, fragte ich.

Stephan seufzte wieder. »Ich versuche dir seit Monaten klarzumachen, dass diese Gärtnerei unsere Ehe kaputtmacht. Ich war einmal ein erstklassiger Marketingexperte, bis ich deinetwegen meinen Job an den Nagel gehängt und diese hirnrissige Gärtnerei gekauft habe. Aber du bist ja blind und taub für meine Argumente, und dir ist es völlig egal, dass ich hier jahrelang meine Zeit vergeudet habe. Mein Gott, auf was ich alles verzichtet habe! Meinst du, ich will nicht endlich mal wieder ein anständiges Auto fahren, einen Urlaub machen und Klamotten tragen, für die ich mich nicht schämen muss?«

Meine erste, heiße Wut war verraucht. Die Harke brauchte ich nun nicht mehr. Die Wut, die jetzt nachkam, war deutlich kälter.

»Ich verstehe immer noch nicht, was das mit dem Frettchen zu tun hat«, sagte ich.

»Im Frühjahr macht der Baumarkt seine Gartenabteilung auf«, sagte Stephan. »Jetzt ist es spruchreif! Glaub mir, dann kommt kein Mensch mehr hierhin.«

»Natürlich«, sagte ich. »Wegen der alten Rosen, der Formschnittgehölze, der seltenen Stauden und der persönlichen Beratung. Vom einmaligen Ambiente, das ich hier schaffen werde, ganz zu schweigen.«

»Ach, hör doch endlich auf zu träumen, Olli.«

»Ich träume nicht«, brauste ich auf. »Oliver und ich werden bald diese Gartenshow haben, und dann wird unsere Gärtnerei berühmt. Der Baumarkt darf gerne Begonien und dämliche, besprühte Weihnachtssterne verkaufen, das ist keine Konkurrenz für uns! Du bist hier derjenige, der sich den logischen Argumenten verschließt, nicht ich! Niemand hat dich gezwungen, bei dieser Sache mitzumachen. Und außerdem hast du mir immer noch nicht erklärt, was das Ganze mit deiner peinlichen Affäre zu tun hat.«

Stephan seufzte tief. »Herrgott, Olli, ich weiß es doch auch nicht. Ich bin ein Mann – es ist einfach passiert.« Und nach einer Weile, in der ich ihn immer noch anstarrte, setzte er hinzu: »Es tut mir Leid.«

»Liebst du sie?«, fragte ich.

»Herrgott, nein!«, sagte Stephan. »Sie ist doch überhaupt nicht mein Typ. Hast du mal gesehen, was für O-Beine sie hat?«

Ich starrte ihn noch eine Weile verwirrt an. »Aber warum hast du dann …?«

»Ach, keine Ahnung«, sagte Stephan. »Mein Selbstwertgefühl hat einfach gelitten, weißt du? Alle meine Freunde haben eine Karriere, nur ich hab diese Gärtnerei am Bein.«

»Und mich«, sagte ich leise.

»Ach, Olli«, sagte Stephan und lächelte schwach. »Ich liebe dich doch.«

»Was?«

»Natürlich liebe ich dich«, wiederholte Stephan. »Das war niemals anders. Das mit Petra war eine Dummheit.« Er lehnte sich in seinen Schreibtischstuhl zurück und sah mich treuherzig an. »Eine Dummheit, für die ich mich entschuldige. So etwas wird nie wieder vorkommen.« Und übergangslos lächelte er sein umwerfendstes Brad-Pitt-Lächeln. »Wenn wir die Gärtnerei verkaufen, sehen wir sie sowieso nie wieder.«

Ich sah ihn kopfschüttelnd an. »Ich will die Gärtnerei nicht verkaufen, Stephan.«

Stephans Lächeln verschwand so plötzlich, wie er es angeknipst hatte. »Olli! Hast du mir nicht zugehört?«

»Doch«, sagte ich. »Diese Arbeit hier macht dich unglücklich. Du fühlst dich minderwertig und möchtest ein schickes Auto fahren und teure Klamotten tragen. Das habe ich verstanden. Aber hast du auch verstanden, was ich gesagt habe? Wir werden bald genug Geld haben, um uns über Wasser zu halten, wir brauchen dafür nicht mal Fritzens Millionen.«

»Ich werde unser Geld nicht in diesen Saftladen stecken«, sagte Stephan mit Nachdruck. »Wenn wir das halbe Jahr durchhalten, dann haben wir eine Chance, ganz neu anzufangen. Und die lasse ich mir von dir nicht vermasseln.«

»Ich verstehe«, sagte ich. Mein Inneres fühlte sich ganz taub an – und kalt wie eine Tiefkühltruhe.

»Olli«, sagte Stephan, und seine Stimme wurde wieder weicher. »Wenn ich einen guten Job bekomme – und das werde ich –, können wir uns eine tolle Wohnung in der Stadt nehmen und das Leben führen, das uns zusteht. Mein Vater hat schon mal seine alten Beziehungen spielen lassen. In seiner alten Firma ist sicher ein lukrativer

Job für mich zu haben. Vielleicht gehen wir sogar für ein paar Jahre ins Ausland. Wir beide – das Dreamteam. Ich verspreche dir, dass du es nicht bereuen wirst, wenn du auf mich hörst.«

»Ich verstehe«, sagte ich wieder.

»Da bin ich aber froh«, sagte Stephan. »Komm her, Olli-Molli, komm zu Papa.«

Ich machte einen Schritt zurück.

Stephan seufzte. »Bitte sei doch nicht mehr böse. Ich habe mich doch entschuldigt, oder?«

Einer von uns war hier verrückt geworden. Ich war zwar nicht besonders erfahren in diesen Dingen, aber so schnell ging man doch nicht nach einem Seitensprung wieder zur Tagesordnung über, oder? Zerbrochenes Geschirr, blaue Augen und viele Stunden Ehetherapie erschienen mir tausendmal normaler zu sein, als das, was Stephan hier abzog.

»Ich muss arbeiten«, sagte ich und flüchtete aus dem Büro in den Laden.

»Ihr könnt mich gar nicht rausschmeißen«, sagte Petra, die mitten im Weg stand. »Ich schicke sonst meinen Mann vorbei.«

»Lass mich raten«, sagte ich. »Der ist sicher Rausschmeißer in einer Disco. Oder Geldeintreiber für ein zwielichtiges Kreditinstitut.«

»Quatsch«, sagte Petra. »Der ist Rechtsanwalt.«

»Ach nee«, sagte ich. Schade, irgendwie hatte ich die Vorstellung ganz reizvoll gefunden, dass hier ein tätowierter Bär von einem Mann hereinstürmte und Stephan mal so richtig verprügelte. »Was hält dein Rechtanwalt eigentlich davon, dass du dich mit deinem Chef auf dessen Couch amüsierst?«

»Der weiß, was er an mir hat«, sagte Petra. »Ich bin schließlich die Mutter seiner Kinder.«

»Der arme Mann«, sagte ich. »Es bleibt jedenfalls dabei. Du bist gefeuert.«

»Das werden wir noch sehen«, sagte Petra.

*

Ich fand Evelyn in Gewächshaus fünf, ihre stattliche Ernte begutachtend.

»Ich dachte, du wolltest Plätzchen backen.«

»Wollte ich auch. Hast du die Küche gesehen?«

»Ja.« Die Küche war großartig geworden. Ein Traum in Cremeweiß, alles, was dunkel und wuchtig gewirkt hatte, war nun hell und luftig geworden, sogar die Zimmerdecke. »Es ist die schönste Küche, die ich jemals gesehen habe.«

»Ja, ich weiß«, sagte Evelyn unbescheiden. »Herr Kabulke und ich haben uns so viele geniale Details überlegt, dass man beim besten Willen nicht mehr erkennen kann, dass es sich um ein Siebzigerjahremodell in Eiche furniert handelt. Wie findest du die Lampen?«

»Toll«, sagte ich.

»Das klingt aber nicht gerade enthusiastisch«, sagte Evelyn. »Ach, tut mir Leid, du bist wahrscheinlich nicht gerade in Stimmung für Lobeshymnen. Und? Hast du Stephan die Harke in die Brust gerammt?«

Ich winkte ab. »Das ist er doch nicht wert.«

»Da hast du Recht«, sagte Evelyn. »Der Mann hat überhaupt keinen Wert, wenn du mich fragst.«

»Ach, das sagst du doch nur, weil Petra ihn dir vor der Nase weggeschnappt hat«, sagte ich.

Evelyn lachte. »Aber Olivia, das glaubst du doch nicht wirklich, oder?«

»Nein«, gab ich zu. Wenn Evelyn gewollt hätte, dann hätte ich wohl *ihre* Kondome in der Schreibtischschublade gefunden.

»Da bin ich aber beruhigt«, sagte Evelyn. »Ich dachte nämlich, dass du allmählich weißt, wie hervorragend mein Geschmack ist. Sonnenbankgebräunte Hypochonder sind definitiv nicht mein Typ.«

Mein Typ eigentlich auch nicht, dachte ich. Aber Stephan war ja nicht immer so. Er war mal ein richtig netter Kerl gewesen.

»Außerdem«, sagte Evelyn, diesmal ernst, »außerdem würde ich wohl kaum mit dem Bruder meines Mannes was anfangen, oder? Das hat definitiv keinen Stil.«

»Wohl nicht«, sagte ich, und eine eiskalte Hand griff nach meiner Kehle und drückte zu. Oh, was hatte ich nur getan! *Ich* hatte keinen Stil. Ich hatte mit dem Bruder meines Mannes geschlafen.

»Das würde ich schon deshalb nicht tun, weil ich dich mag«, sagte Evelyn sanft, und die eiskalte Hand drückte meine Kehle zusammen, dass ich fast keine Luft mehr bekam.

»Ich mag dich auch«, hörte ich mich krächzen, und das war die absolute Wahrheit. Ich mochte Evelyn. Ich mochte sie wirklich. Vor allem, seit ich wusste, dass sie nichts mit Stephan gehabt hatte. Sie hatte mein Haus renoviert – sonst nichts. Und was hatte ich zum Dank getan? Ich hatte mit ihrem Mann geschlafen.

Ich war Abschaum. Ich war allerekligster Abschaum. Noch schlimmer als Petra. Bei der lag das Gemeine einfach in der Natur.

Ich starrte Evelyn verzweifelt an. Wie konnte ich das nur jemals wieder gutmachen?

»Wie ist denn jetzt eigentlich der Schwangerschaftstest ausgegangen?«, fragte ich mit versagender Stimme. Oh mein Gott. Nicht einen einzigen Gedanken hatte ich an Evelyns Baby verschwendet, als ich mit seinem Erzeuger ins Bett gefallen war.

Ich war aller-aller-*aller*ekligster Abschaum.

»Positiv«, sagte Evelyn und lachte. »Jedenfalls für mich. Hahaha.« Als sie meinen verwirrten Blick sah, wurde sie wieder ernst: »Nein, eigentlich ist er negativ ausgefallen.«

Ich war immer noch verwirrt. »Heißt das, dass du jetzt schwanger bist?«

Evelyn schüttelte den Kopf. »Nein, bin ich nicht. Und weißt du, was? Ich werde es auch nicht mehr werden. Diese Zeit hier hat mir eins klar gemacht: Ich will überhaupt kein Kind.«

»Ehrlich nicht?«

»Nein«, sagte Evelyn. »Ich wollte noch nie eins, aber ich dachte, es gehört nun einmal zum Leben dazu. Und wenn nicht jetzt, wann dann? Aber es war eine Schnapsidee. Manche Menschen sind nun mal einfach nicht zum Kinderkriegen geschaffen.«

»Aber Oliver«, sagte ich und versuchte, mein schlechtes Gewissen zu ignorieren. »Der will doch so gerne welche.«

»Ja«, sagte Evelyn. »Er ist auch furchtbar enttäuscht. Aber er versteht es. Er versteht ja immer alles. Er ist so ein lieber Mensch, weißt du. Ich wollte ihm nicht wehtun.«

»Ja«, flüsterte ich.

Abschaum, Abschaum, flüsterte meine innere Stimme.

Evelyn lächelte. »Ich werde ihn immer lieben, das weiß er auch. Aber er ist nun einmal nicht dazu bestimmt, der Vater meiner Kinder zu werden. Er nicht und ein anderer auch nicht. Wenn diese sechs Monate hier endlich um sind, dann werde ich mir einen neuen Job suchen. Ich bin einfach zu gut, um vom Arbeitsmarkt zu verschwinden und Windeln zu wechseln und so etwas. Am liebsten würde ich für eine Zeit ins Ausland gehen.«

»Und was ist mit deinem Drogenhandel?« Und was ist mit Oliver und unserer Gartenshow? Soll er die etwa im Stich lassen wegen Evelyns Karriereambitionen?

Lenk nicht von dir ab, du Abschaum, flüsterte die innere Stimme.

»Auf die Dauer ist das nichts für mich«, sagte Evelyn und zwinkerte mir zu. »Obwohl wir jetzt hervorragende Mutterpflanzen haben. Mit ein bisschen Aufwand und der hydrophoben Methode könnte man in deinem Gewächshaus fünf locker 30 Kilo im Monat ernten. Das wäre dann ein Jahresumsatz von knapp einer Million Euro. Steuerfrei. Sehr verlockend, findest du nicht?«

»Nein«, sagte ich. »Bestimmt nicht. Ich bleibe lieber bei legalen Pflanzen.«

»Wie du meinst«, sagte Evelyn. »Aber diese Ernte werden wir zusammen testen.«

»Von mir aus«, sagte ich. Ich war Abschaum. Ich sollte mich mit Evelyns Cannabis zu Tode rauchen. Das hatte ich verdient.

»Ich kann aber nicht auf Lunge rauchen«, sagte ich kläglich. »Wahrscheinlich wirkt es dann überhaupt nicht.«

Evelyn lachte. »Es gibt so viele Möglichkeiten, das Zeug zu sich zu nehmen«, sagte sie. »Man muss es doch nicht rauchen. Wir werden Plätzchen daraus backen, im Internet habe ich wunderbare Rezepte gefunden.«

Auch gut. Dann würde ich mich eben mit Plätzchen zu Tode essen. Das war nicht die schlechteste Todesart.

»Leider ist es erst August«, sagte Evelyn. »Wir müssen noch bis Oktober durchhalten.«

»Bis das Cannabis plätzchenfähig ist?«

»Nein«, sagte Evelyn. »Bis wir die Millionen kassieren. Das Cannabis ist doch längst so weit. Die alten Säcke haben gestern die ersten Joints geraucht. Es ist wirklich eine super Qualität. Sogar Oliver musste das zugeben.«

»Oliver?«

»Ja, der hat auch ein paarmal gezogen. Der gute, alte Shitty.« Sie kicherte.

Oliver war also bekifft gewesen gestern Abend. Nun gut, dann hatten wir ja etwas, worauf wir alles schieben konnten: Alkohol und Shit.

»Ich sag dir Bescheid, wenn ich die Plätzchen gebacken habe«, sagte Evelyn. »Ach, und Olivia, bist du damit einverstanden, dass Herr Kakabulke die Zimmertüren abschleift und weiß streicht?«

Das würde einem potentiellen Käufer bei der Hausbesichtigung vermutlich positiv auffallen. Mir traten Tränen in die Augen.

»Er arbeitet doch so gern mit dem Winkelschleifer«, sagte Evelyn, die immer noch auf eine Antwort wartete.

»Ach, Evelyn, wozu die ganze Mühe, wenn Stephan doch alles verkaufen will?«

»Das kann er doch gar nicht allein entscheiden«, sagte Evelyn. »Also, ich würde das hier auf keinen Fall verkaufen.«

»Aber du fandest es immer furchtbar«, sagte ich.

»Jetzt nicht mehr«, sagte Evelyn bestimmt. »Es steckt eine Menge Potential in diesem Anwesen. Du siehst ja, was ein bisschen Farbe allein ausmacht.«

»Aber allein kann ich es nicht halten«, sagte ich.

»Denk an die Million«, erwiderte Evelyn. »Die Hälfte davon gehört dir. Wenn Stephan unbedingt aussteigen will, führst du den Laden eben allein!«

Nach diesem Gespräch fühlte ich mich ein wenig besser. Wie Abschaum, ja, aber ein kleines bisschen besser.

13. Kapitel

Ich hätte mich gerne schon an diesem Nachmittag mit den Plätzchen vergiftet, schon allein, um Oliver nicht mehr gegenübertreten zu müssen. Aber Evelyn sagte, sie müsse erst eine Reihe von Rezepten ausprobieren.

»Wenn man das Zeug isst, wirkt es viel stärker«, erklärte sie. »Es ist also wichtig, die richtige Konzentration herauszufinden.«

»Immer nur rein damit«, sagte ich. Wegen mir brauchte sie nicht so zimperlich zu sein.

Ich hatte den ganzen Tag hämmernde Kopfschmerzen. Mein Gespräch mit Stephan vom Morgen ging mir nicht mehr aus dem Kopf. Dass er versucht hatte, mir an allem die Schuld zu geben, fand ich ungeheuer feige. Sicher, die Gärtnerei war mein Lebenstraum gewesen, das war richtig, aber er hatte mich glauben lassen, dass er diesen Traum mit mir teilte.

Dass er unsere Zeit hier als verschwendet betrachtete, kränkte mich sehr. Im Laufe der Zeit waren immer mehr Kunden gekommen, und immer weniger hatten nach den billigen Begonien verlangt, ganz genau, wie ich es mir erhofft hatte. Wir waren auf dem richtigen Weg.

Aber das Wort »wir« schien mir jetzt nicht mehr angebracht zu sein. Stephan wollte etwas ganz anderes vom Leben als ich, und was er wollte, erschien mir unendlich oberflächlich: Luxusauto, Luxusreisen, Luxusklamotten.

Und ich hatte immer gedacht, Oliver und Evelyn seien die oberflächlichen Luxusmenschen in der Familie. Wie sehr ich mich doch getäuscht hatte.

»Na, schmollst du immer noch?«, fragte Stephan. Es war Nachmittag geworden, und ich befand mich bei meinen Rosen. Laut Mondkalender war heute ein guter Tag, um Stecklinge zu schneiden und zu setzen.

»Ich schmolle nicht«, sagte ich und sah ihn traurig an. Zum ersten Mal dachte ich, dass meine Pflegemutter doch Recht gehabt haben könnte mit ihrem Ausspruch: »Von einem schönen Teller isst man nicht.« Man konnte ihn ins Regal stellen und sich anschauen, vielleicht konnte man auch etwas Obst auf ihm arrangieren, aber wenn man ihn jeden Tag benutzte, blätterte das Dekor ab, und er verlor seinen Glanz.

Stephan hatte seinen Glanz für mich verloren.

»Natürlich schmollst du«, sagte er. »Und ich kann dich ja auch verstehen. Aber vielleicht denkst du auch mal darüber nach, warum das überhaupt passieren konnte.«

»Ich tu ja nichts anderes als darüber nachdenken«, sagte ich.

»In einer intakten Beziehung passieren keine Seitensprünge«, sagte Stephan. »Ich habe bei Petra eben etwas gesucht, dass ich bei dir nicht mehr gefunden habe.«

»Ha«, schnaubte ich. »Glaub mir, was immer du bei Petra gefunden hast, bei mir hättest du lange danach suchen müssen!«

»Sag ich doch«, sagte Stephan.

»Nein, das sagtest du nicht! Aber du bist zu verbohrt, um zu verstehen, warum mich diese Affäre so kränkt.«

»Verbohrt bist du«, sagte Stephan. »Weil du einfach nicht

einsehen willst, dass diese Gärtnerei uns unsere Zukunft kaputtmacht.«

Ich sah ihn nur an. Da stand er, sah gut aus wie immer, gestylt wie ein Fotomodell, mit diesen zauberhaften Grübchen um die Mundwinkel, in die ich mich damals als Erstes verliebt hatte. Ich schüttelte den Kopf, nur mühsam meine Tränen zurückhaltend.

Es war vorbei.

»Stephan, die Gärtnerei und diese Geschichte mit Petra sind zwei verschiedene Sachen«, sagte ich.

»Nicht wirklich«, sagte Stephan. »Aber ich verstehe, dass du den Zusammenhang nicht sehen willst. Es tut mir Leid, Olli. Wie oft soll ich mich denn noch entschuldigen?«

»Du kannst damit aufhören«, sagte ich kalt. »Diese Sache ist nicht zu entschuldigen.«

Stephan seufzte. »Gut, dann also nicht. Wahrscheinlich wirst du mir diese Petra noch in zwanzig Jahren aufs Butterbrot schmieren.«

»Sicher nicht«, sagte ich.

»Findest du nicht, dass du dir wenigstens mal die Mühe machen könntest, mich zu verstehen?«, fragte Stephan. »Wenigstens ein ganz kleines bisschen?«

»Ach, Stephan. Ich verstehe dich doch. Wenn du diese Gärtnerei nicht willst, wenn du lieber wieder als Marketingexperte arbeiten willst, bin ich doch die Letzte, die das verhindern wollte!«

Stephan lächelte. »Da bin ich aber erleichtert«, sagte er. »Ich dachte schon, du wirst dich ewig quer stellen. Ich verspreche dir, du wirst es nicht bereuen.«

Ich starrte ihn an. Ja, wollte er es denn einfach nicht verstehen?

»Im Internet habe ich schon mal nach potentiellen Käufern gesucht«, fuhr er fort. »Die Immobilienmarktlage ist ziemlich schlecht, aber auch nicht schlechter als vor zwei Jahren. Also denke ich, wir werden vielleicht das bekommen, was wir damals bezahlt haben. Dann wären wir immer noch fein raus.«

Ich hatte ihm mit zunehmender Ungeduld zugehört. »Stephan, du hast mich falsch verstanden. Ich will diese Gärtnerei nicht verkaufen, wie oft soll ich dir das denn noch sagen!«

»Aber gerade eben hast du doch ...«

»Ich habe gesagt, dass ich dich verstehen kann, und dass du dir gerne einen Job suchen kannst, der dir gefällt! Ich mache dann hier eben allein weiter. Ganz ehrlich: Wirklich nützlich gemacht hast du dich ja in letzter Zeit wirklich nicht.«

Stephan sah wütend aus. »Du willst es einfach nicht kapieren, oder? Ich werde nicht zulassen, dass unser Geld in diese marode Gärtnerei hier fließt und versickert wie Wasser in der Wüste!«

»Die Hälfte von dem Geld gehört mir«, sagte ich. »Wenn ich es in die Wüste gießen will, ist das meine Entscheidung. Mit der anderen Hälfte kannst du dir kaufen, was du willst.«

»Mensch, Olli, jetzt benutz doch mal deinen gesunden Menschenverstand. Wir haben fünfhundertsiebzigtausend Euro Schulden wegen diesem Acker hier, und wenn wir die bezahlen, ist von der Million nur noch weniger als die Hälfte da.«

»Ja, und dafür renovieren wir dann das Haus und bauen die Baumschule aus«, sagte ich. »Das heißt, das kann ich auch allein machen. Du kannst dir den Job deiner Träume suchen. Für das Auto deiner Träume dürfte auch noch genug übrig bleiben.«

»Ich fass es nicht! So viel sture Verbissenheit gepaart mit absoluter Blödheit«, schimpfte Stephan. »Kapier doch endlich, dass ich den Scheiß hier nicht mehr will! Ich will Großstadtleben, eine schicke Wohnung, Partys, Reisen – ich will die Malediven sehen und Neuseeland und San Francisco.«

Allmählich wurde mir seine immer gleiche Leier langweilig. Ich tupfte die frisch geschnittenen Stecklinge in den Bewurzelungsbeschleuniger, den ich in leeren Espressodosen angerührt hatte.

Stephan schien mein Anblick rasend zu machen.

»Aber du wirst diesen Saftladen ja nie länger als ein Wochenende allein lassen können. Immer wirst du da stehen in deiner Latzhose und deinen alten Turnschuhen und irgendwelche albernen Pflanzen in irgendwelche albernen Töpfe setzen und dabei aussehen, als ob es nichts Wichtigeres auf der Welt gäbe. Du sprichst mit deinen Blumen und merkst nicht mal, wie peinlich du bist mit deinen Trauerrändern unter den Fingernägeln und den ständigen Dreckflecken im Gesicht. Und da fragst du mich, warum ich was mit einer anderen Frau angefangen habe?«

Während seiner Rede hatte ich die Luft angehalten, jetzt entwich sie mit einem zischenden Laut. Endlich hatte ich begriffen.

»Ich bin dir peinlich!«

»Natürlich bist du mir peinlich«, sagte Stephan. Die Wut hatte sein Gesicht regelrecht verzerrt, seine sinnlichen Lippen waren schmal geworden. »Du wärst jedem Mann peinlich. Was meinst du denn, warum meine Freunde uns immer seltener zu sich einladen?«

Ich fasste es immer noch nicht. »Ich bin dir peinlich! Ich dir!« In einem Anfall von Hilflosigkeit begann ich zu lachen. Das war alles zu komisch! Ich war ihm peinlich. Meinem eigenen Mann.

»Schau dich doch mal an«, sagte Stephan.

Aber ich schaute nur ihn an, und das Lachen schüttelte mich von Kopf bis Fuß durch. Als es verebbte, brach ich übergangslos in Tränen aus. Herrje, ich war hysterisch. Hysterisch und mit den Nerven am Ende. Die Tränen schossen nur so aus meinen Augen. Eigentlich gab es auch mehr Gründe zu weinen als zu lachen.

Stephan wertete das offenbar als Eingeständnis einer Niederlage. »Wenn du mich nicht verlieren willst, dann musst du dich auch mal ein bisschen bemühen«, sagte er.

Ich schluchzte nur, unfähig, eine Antwort zu geben. Ich war ein lebendiger Rasensprenger geworden.

Als die Tränen endlich versiegten, hatte Stephan das Gewächshaus bereits verlassen.

*

Am liebsten hätte ich einfach alles hingeschmissen und wäre nach achtzehn Uhr gemütlich in die Ruine geschlendert, um Stephan mitzuteilen, dass Fritz die Wette nun leider verloren habe. Aber es wäre ja nicht nur Stephan gewesen, den ich damit um seine Millionen gebracht hätte, sondern auch Evelyn und Oliver. Und den beiden hatte ich schon genug angetan, indem ich mit Oliver geschlafen hatte. Ich konnte nur hoffen, dass Oliver so bekifft gewesen war, dass er gar nichts mehr davon wusste.

Nie in der ganzen Zeit war es mir schwerer gefallen, Olivers Wohnung zu betreten als heute.

Oliver stand in der Küche und kochte, wie so oft, wenn ich nach Hause kam. Aus dem Edelstahlwok roch es köstlich nach Koriander, Kreuzkümmel und Curry. Es roch eigentlich immer köstlich, wenn Oliver kochte.

»Hallo«, sagte ich niedergeschlagen.

»Hallo«, sagte er, ohne sich umzudrehen. Am Klang seiner Stimme konnte ich nicht erkennen, wie seine Stimmung war, aber dass er nicht »Blumenköhlchen« sagte, war ein schlechtes Zeichen.

Auf der anderen Seite: Seit gestern Abend waren unsere kindischen Spitznamen füreinander wohl nicht mehr angebracht. Wir hatten, wenn man es genau nahm, unsere Unschuld verloren. Und unsere Freundschaft vermutlich gleich mit.

»Es tut mir Leid«, sagte ich, den Blick auf meine Schuhspitzen gesenkt.

Oliver drehte sich endlich zu mir um. Auch ohne hinzusehen, wusste ich, dass er seine Augenbraue hochgezogen hatte. »Wie war das bitte?« Seine Stimme klang immer noch neutral.

»Es tut mir Leid«, wiederholte ich.

»Und was genau tut dir Leid?«

»Eigentlich alles«, sagte ich.

»Sieh mich bitte an, wenn du mit mir sprichst«, sagte Oliver. Er klang ein bisschen wie Fritz früher, wenn er seine Sonntagspredigt gehalten hatte. Wollte er mir jetzt auch sagen, was für ein Versager ich doch war?

Ich hob trotzig das Kinn und sah ihm in die Augen. Seine schönen, klugen, grauen Augen. Im Augenblick guckten sie ziemlich finster.

»Es tut dir also Leid, dass du gestern mit mir geschlafen hast?«, fragte Oliver.

Ich nickte. Es war nicht gelogen. Es tat mir Leid, dass ich Evelyn hintergangen hatte. Es tat mir Leid, dass ich damit alles noch viel komplizierter gemacht hatte.

»Weil du es nur getan hast, um Stephan eins auszuwischen?«, fragte Oliver.

»Woher weißt du das?«

»Evelyn hat mir von Stephan und dieser Verkäuferin erzählt«, sagte Oliver.

»Du wusstest es also auch vor mir?« Alle hatten es gewusst, und keiner hatte es für nötig befunden, mir etwas davon zu sagen. »Na toll, du bist wirklich ein guter Freund!«

»Das dachte ich auch«, sagte Oliver und sah mich kopfschüttelnd an. »Sag mal, Olivia, was ist denn gestern Abend nur in deinem Kopf vorgegangen? Warum hast du mir nicht gesagt, was los ist, sondern stattdessen diese Ich-bin-ein-böses-Mädchen-Verführernummer abgezogen?«

Ich schluckte. »Weil ich eben ein böses Mädchen bin«, sagte ich.

Oliver schüttelte immer noch den Kopf. »Was du gebraucht hättest, wäre ein gutes Gespräch und eine heiße Tasse Kakao gewesen. Stattdessen ...«

Bei der Erinnerung an »stattdessen« lief ein wohliger Schauer durch meinen ganzen Körper.

»Wir müssen es ja niemandem sagen«, flüsterte ich. »Es braucht keiner zu erfahren, dann tut es auch keinem weh.«

»Außer ...« Oliver biss sich auf seine Unterlippe. »Du hast Recht«, sagte er dann. »Wir tun einfach so, als wäre es nie passiert.«

»Ja«, sagte ich erleichtert. »Zumal ich betrunken war und du total bekifft.«

Oliver runzelte die Stirn. »Wer sagt das?«

»Evelyn sagt, dass du unseren – äh *ihren* Stoff getestet hast.«

»Ich habe nur zweimal an Kabulkes Joint gezogen«, sagte Oliver. »Es ist wirklich gutes Zeug. Aber leider reicht das als Ausrede für mich nicht aus. Du hingegen warst ja wirklich annähernd im Delirium.«

»Du brauchst ja auch keine Ausrede«, sagte ich. »Schließlich habe ich dich verführt.«

Zum ersten Mal an diesem Abend lächelte Oliver. Aber nur sehr kurz. Dann sagte er: »Ich dachte, wir wollten nicht mehr darüber reden. Es ist doch nie passiert.«

»Es ist nie passiert«, wiederholte ich bitter. »Wir machen einfach weiter wie bisher. Bis Oktober. Dann kassieren wir unsere Millionen und freuen uns über so viel leicht verdientes Geld.«

»Jetzt, wo wir das geklärt haben, können wir ja essen«, sagte Oliver.

»Tut mir Leid mit dem Baby«, sagte ich nach dem ersten Teller Putenstreifen in Kokossoße mit Paprikagemüse.

»Welchem Baby?«

»Dem Baby, dass Evelyn nicht bekommt«, sagte ich.

»Ach so«, sagte Oliver. »Na ja, eigentlich war das ja nichts Neues für mich. Evelyn und ich, wir haben bei dieser Sache nur mitgemacht, um uns über so einiges klar zu werden, was uns beide betrifft. Evelyn hat ihre Entscheidung getroffen.«

»Und du?«

»Mir bleibt nichts anderes übrig, als es zu akzeptieren, oder?«

»Ja«, sagte ich. Wenn die Frau kein Kind wollte, dann war es für einen Mann schwer, sie noch irgendwie auszutricksen. Eine Frau, deren Mann kein Kind wollte, hatte hingegen einige Möglichkeiten, doch noch zu ihrem Ziel zu gelangen.

»Eine Frage hätte ich da doch noch«, sagte Oliver plötzlich und sah mich durchbohrend an.

»Ja, bitte?«

»Waren das Stephans Kondome, die wir gestern Abend benutzt haben?«

»Ja«, sagte ich müde. »Ich hatte sie in seiner Schreibtischschublade gefunden. Auf dem Schreibtisch haben sie es übrigens auch getan. Weißt du.«

Oliver hielt für einen Augenblick die Augen geschlossen. »Deshalb wolltest du es unbedingt auch auf dem Tisch tun«, sagte er dann leise, mehr zu sich selber als zu mir.

»Ja«, sagte ich und sah betreten auf die Tischplatte. Es war unglaublich gewesen, was er mit mir hier gemacht hatte. Aber anschließend im Bett war es auch überwältigend gewesen. Kein Wunder, dass Evelyn behauptet hatte, alle paar Tage einen Eisprung zu haben.

»Oliver?« Er starrte mir ein bisschen zu glasig vor sich hin.

»Schon gut«, sagte er. »Wir wollten doch nicht mehr darüber sprechen. Es ist schließlich nie passiert, nicht wahr? Wir machen einfach weiter, wo wir gestern Mittag aufgehört hatten.«

»Genau«, sagte ich und wäre gerne in Tränen ausgebrochen. Aber ich nahm mich zusammen. Für heute hatte ich genug geheult.

»Dürr hat mich heute ungefähr zehnmal angerufen«,

sagte Oliver, einen abrupten Themenwechsel vollziehend. »Der Sender möchte den Piloten zu der Gartensendung noch im September drehen. Das heißt, wir müssen schleunigst einen Garten für dieses Projekt finden und ein Team zusammenstellen.«

»Das müssen wir machen?«

»Nicht die Filmcrew«, sagte Oliver. »Aber die Leute, die uns helfen werden – das Gartenbauteam, sozusagen.«

»Ich wollte das über Annoncen machen«, sagte ich. »Aber wir haben doch schon August, und ich weiß nicht, ob wir das so schnell schaffen können. Und wo bekommen wir so schnell einen Garten her?«

»Wir müssen das schaffen«, sagte Oliver. »Was meinst du, sollen wir uns Katinkas alten und Vatis neuen Garten vorknöpfen?«

»Das wirft ein schlechtes Licht auf dich, wenn du als Erstes deinen eigenen Vater mit einem neuen Garten überraschst«, sagte ich. »Nein, wir brauchen jemand anderen. Wie wär's mit Elisabeth? Sie hat ein tolles Haus, aber auf dem Grundstück ist seit dem Einzug nichts gemacht worden, nicht mal Rasen eingesäht. Die Erde um die Baugrube herum ist von ganz allein mit Unkraut zugewuchert. Außerdem steht ein schäbiger kleiner Sandkasten dort und ein Schaukelgerüst. Es wäre ein ideales Versuchsgelände für uns. Und Elisabeth und Hanna und die Kinder kommen sicher im Fernsehen gut rüber.«

»Also gut«, sagte Oliver. »Dann versuchen wir es mit deiner Freundin Elisabeth. Meinst du denn, du kannst das vor ihr verheimlichen?«

»Sicher«, log ich. In Wirklichkeit wusste ich ganz genau, dass genau das nicht möglich war. Sie hatte eine extrem hellsichtige Art an sich. Aber wenn ich mir Mühe gab, und die Sache klappte, wie ich es mir vorstellte, dann würde ich Elisabeth einen kostenlosen, wunderschönen Garten verschaffen können. Dafür lohnte es sich doch, einmal etwas für mich zu behalten.

»Nachtisch?«, fragte Oliver. Er wirkte jetzt wieder ganz wie immer. Als wäre der gestrige Abend tatsächlich nie gewesen.

»Gerne«, sagte ich. Ich wünschte, ich hätte die Sache ebenso schnell vergessen können.

*

Alle außer mir waren zur Tagesordnung zurückgekehrt. Die nächsten Wochen vergingen, ohne dass irgendetwas anders war. Oberflächlich betrachtet. Doktor Berner, Hubert und Scherer bewachten uns nach wie vor rund um die Uhr, Herr Kabulke machten sich mit Eifer daran, die unglaublich hässlichen Zimmertüren in der Ruine abzuschleifen und weiß zu streichen, und Evelyn probierte in der neu gestalteten Küche alle Rezepte aus, die sie im Internet finden konnte. Stephan tat so, als wäre zwischen uns alles geklärt. Er hatte seine Affäre mit Petra beendet, im Gegenzug würde ich mich bemühen, weniger peinlich für ihn zu sein. Wir sprachen nicht besonders viel miteinander, er hatte nun die Kalkulationen ganz sein gelassen und widmete sich nur noch seinen Bewerbungen. Für die hässliche Lücke in seinem Lebenslauf, die er etwas wage als »selbstständiger Unternehmensberater« getarnt hatte, machte er einzig und allein mich verantwortlich.

»Zum ersten Mal in meinem Leben bin ich froh, dass mein Vater überall seine Finger drin hat«, sagte er zu mir. »Ohne Vati würden mir die letzten zwei Jahre wahrscheinlich das Genick brechen.« Aber dank Fritz hatte er nun ein Bewerbungsgespräch beim Peronalchef von Fritzens alter Firma, die im Übrigen auch Eberhard beschäftigte.

»Oha«, sagte Eberhard bei einem unserer sonntäglichen Familienfrühstücke, die ja nun in seinem Wintergarten stattfanden. »Es heißt doch, dass wir augenblicklich Einstellungsstop haben. Da laust meinen einen doch der Affe.«

»Der Einstellungsstop gilt natürlich nicht für Spitzenpositionen«, sagte Stephan. »Der Personalchef war außerdem ganz begeistert von meiner Bewerbung. Ich bin wohl genau das, was sie suchen.«

»Oha«, schnappte Eberhard ungläubig.

»Der Mann schuldet mir noch einen alten Gefallen«, erklärte Fritz.

»Ach so«, sagte Evelyn.

»Sie suchen jemanden für die neue Geschäftsstelle in Chicago«, sagte Stephan. »Ich würde dort die Marketingabteilung übernehmen, bis die Sache läuft, und nach ein oder zwei Jahren wieder nach Deutschland zurückkommen. Das ist eine einmalige Chance.« Hierbei sah er mich an. Schließlich sollte ich nicht auf die Idee kommen, ihm diese einmailige Chance irgendwie zu vermasseln.

»Chicago ist verdammt weit weg«, sagte Oliver und sah dabei auch mich an.

Ich zuckte mit den Schultern. Ich hatte nicht vor, nach Chicago zu gehen, aber das begriff hier ja sowieso keiner.

»Chicago klingt gut«, sagte Evelyn träumerisch. »Da gibt es wenigstens vier Jahreszeiten.«

»Oha«, sagte Eberhard zu Stephan. »Auf so eine Stelle kommen doch mindestens 300 Bewerbungen, ei der

Daus. Glaubst du nicht, dass deine Chancen da vielleicht doch ein kleines bisschen miserabel stehen? Meiner einer würde sagen, ja.«

»Aber meiner einer würde sagen, ich bin der richtige Mann dafür«, sagte Stephan. »Und außerdem schuldet der Personalchef Vati einen Gefallen.«

»Der Mann ist doch gerade mal Mittel dreißig«, sagte Eberhard zu Fritz. »Als du in Pension gingst, war der wahrscheinlich noch im Kindergarten.«

»Ich bin erst seit zehn Jahren in Rente«, sagte Fritz. »Und der kleine Jürgen« – das war wohl der Name des Personalchefs – »war damals das jüngste Mitglied meines persönlichen Mitarbeiterstabs. Er hat mir ungeheuer viel zu verdanken.«

»Wie schön für Stephan«, sagte Eberhard.

»Wie schön für uns alle«, sagte Evelyn. »Du hast doch schließlich auch einen Job bei der Firma, oder, Eberhard?«

»Ebi und ich haben uns kennen gelernt, als Ebi schon längst dort arbeitete«, sagte Katinka angriffslustig. »Ebi hat den Job bekommen, weil er gut ist und nicht weil er Beziehungen hatte.«

»Ich bin auch gut«, sagte Stephan. »Beziehungen braucht man heute nur, damit man überhaupt die Gelegenheit hat zu zeigen, wie gut man ist.«

»Richtig«, sagte Fritz und legte den einen Arm um Olivers und den anderen Arm um Stephans Schulter. »Ich glaube, ich werde bald endlich mal die Gelegenheit haben, auf meine beiden Söhne stolz zu sein. Der eine macht Karriere in meiner alten Firma, und der andere macht Karriere beim Fernsehen. Olivers Gartensendung wird der Knüller, sage ich euch.«

»Es ist auch Olivias Sendung«, sagte Oliver.

»Sicher, sicher«, sagte Fritz. »Und ich bin ja auch stolz auf meine Schwiegertochter. Jawohl. Lasst uns die Gläser heben und auf diese großartige Familie trinken.«

In Ermangelung von Gläsern hoben wir alle unsere Kaffeetassen.

»Auf die Gaertners«, sagte Fritz.

»Auf die Gaertners«, wiederholten wir, und ich vermisste nur noch die Titelmusik zu »Dallas«, die im Hintergrund anschwoll. Hier waren wir wieder:

»Die Gaertners – eine Familien-Seifen-Oper vom Feinsten. Falls Sie neu zugeschaltet haben, hier eine kurze Zusammenfassung: In den Hauptrollen immer noch: Der alte Patriarch Fritz, der seine Villa großzügig gegen ein kleinbürgerliches Reihenhäuschen getauscht hat und seit neuestem ein Auge auf seine Nachbarin namens Roberta Knopp geworfen hat, welche freiwillig bei ihm putzt und bügelt. Der älteste Sohn Oliver, der erst letzte Woche mit der Frau seines Bruders geschlafen hat. Stephan, der jüngere Bruder, der für eine Million Euro mit Olivers bildschöner Frau Evelyn ein Haus teilt, aber lieber die Blumenverkäuferin Petra vögelt, die wir hier aus ästhetischen Gründen immer nur bis zur Taille abbilden. Olivia, die Frau mit den Blumenkohlhaaren, die selbst nicht weiß, wie sie in diese Seifenoper gelangen konnte, und Evelyn, Olivers Frau, die eine erfolgreiche Cannabiszucht aufgebaut hat und alle Senioren des Bezirks ihre verlorenen Jugendträume nachholen lässt. Und in den Nebenrollen: Katinka, die kleine Schwester, die jeden Tag ein bisschen dicker wird und ihren Mann Eberhard anhimmelt, der – was man ja im Fernsehen

leider nicht riechen kann – ein Problem mit seinen Schweißdrüsen hat. In weiteren Rollen: Die Kinder Lea, Jan und Till, die immer nach der Hälfte des Frühstücks aufspringen und den Wintergarten verlassen. Wie wird es weitergehen bei den Gaertners? Wird Stephan den Job in Chicago bekommen, und wird Olivia mit den Blumenkohlhaaren ihm endlich begreiflich machen, dass sie sich längst nicht mehr mit ihm verheiratet fühlt? Und was wird Olivia machen, wenn sie kein Mitglied dieser Familie mehr ist? Werden Evelyn und Oliver mit den Millionen einen Neuanfang für ihre Ehe finden und auch ohne Kinder glücklich werden? Wird Frau Roberta Knopp sich in das Herz von Fritz putzen? Wird sie den Kindern Oliver, Stephan und Katinka am Ende noch das Erbe streitig machen? Und wird irgendwann jemand seine Drohung wahrmachen und Eberhard eins mit der Kaffeekanne überbraten? Sehen Sie selber und schalten Sie wieder ein, wenn es heißt: Die Gaertners, eine Familie am Abgrund. Taaaatutaaaaa tutatutataaaaa.«

Oliver und ich arbeiteten auf Hochtouren für unsere Pilotsendung, und Oliver war dabei so lieb und nett wie eh und je. Er nannte mich sogar wieder Blumenköhlchen. Diese eine Nacht schien vollkommen aus seinem Gedächtnis gestrichen zu sein. Ich beneidete ihn darum, denn ich war einfach nicht in der Lage, diese Nacht zu vergessen. Ich war nicht mal in der Lage, an etwas anderes zu denken. Vor allem, wenn wir abends beim Essen am Tisch saßen, fühlte ich mich elend. Auf diesem Tisch hatten wir immerhin …

Aber Oliver war wie alle anderen zur Tagesordnung zurückgekehrt. Wir tüftelten das Programm für Elisabeths

Gartenverschönerung aus. Hanna wurde eingeweiht. Sie sollte Elisabeth verkaufen, dass sie ein Wochenende auf einer Schönheitsfarm gewonnen habe, und zwar in einem Kreuzworträtsel, das Hanna unter Elisabeths Namen ausgefüllt hatte. Elisabeth freute sich riesig über den Blumenstrauß und das täuschend echte Gratulationsschreiben der Zeitschrift, und in den darauf folgenden Tagen musste ich mich beim Joggen ungeheuer zusammennehmen, um mich nicht zu verraten.

»Ein ganzes Wochenende lang Gesichtsbehandlungen, Farbberatung, Haarkuren, Massagen und Enthaarungen«, sagte Elisabeth. »Ist es nicht fantastisch, was für ein Glückspilz ich bin?«

»Allerdings«, sagte ich.

»Meinst du, die spritzen dort auch Botox?«, fragte Elisabeth aufgeregt. »Ich habe da doch seit einiger Zeit diese Stirnfalte. Mit der sehe ich uralt aus. Müttergenesungswerk, ich komme.«

»Die Falte geht von ganz allein weg, wenn du diese ayuvedischen Ölgüsse über dich ergehen lässt«, sagte ich.

»Aber ist es nicht unfair Hanna gegenüber? Ich meine, sie war es doch schließlich, die dieses Kreuzworträtsel gelöst hat, oder? Meinst du, ich müsste ihr diese Reise abtreten?«

»Auf keinen Fall«, rief ich, aber ich konnte Elisabeth nicht so ganz überzeugen. Schließlich sagte ich: »Außerdem hast du es viel nötiger als Hanna. Die sieht Jahre jünger aus als du.«

Das half.

Allerdings hatte ich nicht mit Hannas Unfähigkeit gerechnet, die Sache bis zum Schluss geheim zu halten. Es dauerte keine drei Tage, da wusste Elisabeth alles.

»Tut mir so Leid«, sagte Hanna zerknirscht. »Aber Elisabeth hat so eine Art, ganz tief in einen hineinzugucken. Da kommt man sich vor wie aus Glas.«

Elisabeth war kein bisschen zerknirscht, sie freute sich gleich doppelt: die Schönheitsfarm und ein neuer Garten, wenn das kein Grund zur Freude war. »Du bist eine wahre Freundin«, sagte sie und knutschte mich richtiggehend ab.

»Was machen wir denn jetzt?«, jammerte ich. »In weniger als zwei Wochen soll die Sache gedreht werden. Wo bekommen wir denn so schnell noch Ersatz her?«

»Ach«, sagte Elisabeth. »Nun mach dir mal nicht in die Hose. Niemand wird was merken.«

»Ich weiß nicht«, sagte ich unschlüssig. Es war vermutlich eine Schnapsidee gewesen, eine Freundin für diese Sache auszusuchen.

Aber Elisabeth bettelte fürchterlich. »Wenn ich von der Schönheitsfarm zurückkomme, werde ich so überrascht sein, wie du es dir besser nicht wünschen kannst.«

»Tja«, sagte ich. »Es wird mir wohl nichts anderes übrig bleiben, als das so durchzuziehen. Aber denk dran, wenn etwas schief geht, bedeutet das das Ende meiner Karriere beim Fernsehen.«

»Oh, danke, Olivia, ich verspreche dir, du wirst es nicht bereuen. Ich wünsche mir so sehr eine Frühstücksterrasse. Kannst du das machen?«

»Mal sehen«, sagte ich gnädig.

»Wunderbar!« Elisabeth gab mir einen letzten Schmatzer und war von da an wieder wie immer. Ich sagte auch Oliver nichts davon, dass Elisabeth Bescheid wusste. Kein Grund, die Pferde scheu zu machen.

Sogar Petra war wie immer. Sie kam weiterhin jeden

Morgen zur Arbeit, sagte, dass ich scheiße aussehe und verkaufte Begonien an betörte Männer. Ich hatte ihr eine schriftliche Kündigung gegeben, obwohl Stephan gesagt hatte, das sei nicht nötig.

»Ich habe Frau Schmidtke klar gemacht, dass ihre Arbeit hier nicht mehr gefragt ist, wenn die Gärtnerei geschlossen wird«, sagte er. »Und sie hat das verstanden. Es gibt also keinen Grund, ihr in irgendeiner Weise schaden zu wollen.«

»Ich habe *Frau Schmidtke*« – hier verdrehte ich die Augen – »nur gekündigt, Stephan, ich habe sie nicht von der Autobahnbrücke gestürzt.«

»Es ist wegen des Arbeitslosengeldes«, sagte Stephan. »Wenn wir ihr aus betrieblichen Gründen kündigen, bekommt sie das Geld sofort, ansonsten muss sie drei Monate warten.«

»Dann soll sie sich lieber einen neuen Job suchen«, sagte ich. »Ich schreibe ihr selbstverständlich auch ein Zeugnis.«

»Das habe ich schon gemacht«, sagte Stephan.

Ich bekam einen traurigen Lachanfall. »Was hast du hineingeschrieben? Dass Frau Schmidtke sich ihrem Vorgesetzten gegenüber stets zuvorkommend und kopulationswillig gezeigt hat.«

»Olli«, sagte Stephan. »Wann wirst du endlich aufhören, darauf herumzureiten? »

»Vielleicht, wenn du deinen Job in Chicago hast«, sagte ich.

Stephans Miene hellte sich sofort auf. »Chicago! Ist das nicht irre? Ich wollte schon immer mal in den USA leben. Das ist ein ganz anderes Lebensgefühl dort. Die Menschen sind so viel lockerer, und, hey, am Wochenende setzen wir uns in einen Flieger und besichtigen San Francisco!«

»Super«, sagte ich. Ich meinte es ironisch, aber Stephan merkte es nicht.

»Es wird dort sicher auch eine schöne Gärtnerei geben, die nur auf jemanden wie dich gewartet haben«, sagte Stephan.

Der Mann war wirklich von einer unübertreffbaren Ignoranz. Nur interessehalber fragte ich: »Und was ist denn mit meiner Gartenshow?«

»Ach, Olli, Süße. Das ist doch alles noch gar nicht spruchreif. Du weißt doch, wie die beim Fernsehen sind: Selbst wenn die den Pilot senden, heißt das noch lange nicht, dass noch mehr nachkommt. Oliver krebst doch schon seit Jahren da rum, ohne Erfolg. Aber die Sache macht sich sicher gut in deinen Bewerbungen.«

»Aber klar«, sagte ich.

An dem Tag, an dem Stephan sein Bewerbungsgespräch hatte, brachte Evelyn einen großen Teller mit Keksen in den Laden.

»Weihnachtsplätzchen?«, fragte Petra angewidert. »Jetzt schon?«

»Nein«, sagte Evelyn. »Das sind doch keine Weihnachtsplätzchen.«

»Aber das sind Sterne und Elche und Schneemänner und Nikoläuse«, sagte Petra, wobei sie mit ihrem langen, künstlichen Fingernagel auf die einzelnen Kekse tippte. Evelyn hatte sie offensichtlich mit den Weihnachtsbackförmchen gebacken, die ich von meiner Pflegemutter zum achtzehnten Geburtstag bekommen hatte. (Ich habe kurz vor Weihnachten Geburtstag, und es war ein lieb gemeintes Geschenk gewesen. Mein Problem, dass ich mich nicht wirklich darüber gefreut hatte.)

»Das stimmt«, sagte Evelyn. »Damit man sie auseinander halten kann. Die Sterne sind nämlich mit fettloser Butter hergestellt. Cholesterinfrei. Und die Nikoläuse enthalten außerdem keinen Zucker. Die Elche haben jeder nur zwei Kalorien, und der Knüller sind die Schneemänner. Die sind so gebacken, dass man beim Essen schon mehr Kalorien verbraucht als die haben.«

»Boah«, machte Petra. Sie sah die Kekse nun mit ganz anderen Augen an. »Da ist ja sogar Schokolade drauf.«

»Ja, und Marzipan ist auch drin. Fettfreies Marzipan natürlich.« Evelyn machte ein ernstes Gesicht, so als gäbe es fettfreies Marzipan wirklich. »Ich wog mal vierzig Kilo mehr«, sagte sie.

»Wirklich?«, riefen Petra und ich. »Das wusste ich ja gar nicht«, setzte ich hinzu.

Evelyn warf mir einen vernichtenden Blick zu, der mir klar machte, dass sie niemals auch nur ein Gramm mehr gewogen hatte als jetzt. Natürlich nicht, ich Dummchen.

»Mit diesen Keksen habe ich innerhalb von vier Wochen alles abgenommen«, sagte sie zu Petra. »Und wenn ich jetzt Hunger hab, kann ich Kekse futtern, so viel ich will, und brauche keine Angst zu haben, dass ich das Zeug am nächsten Tag auf meinen Hüften finde. Im Gegenteil: Wenn ich mal ein paar Gramm zugenommen habe, esse ich einfach ein paar von den Schneemännern.«

»Boah«, sagte Petra wieder. »Also, nicht, dass ich's nötig hätte, aber ich muss mir eigentlich alles verkneifen.«

»Das kenne ich«, sagte Evelyn. »Und wenn man doch

mal nicht widerstehen kann, muss man sich den Finger in den Hals stecken. Sehr lästig.«

Petra nickte.

»Also, mit diesen Plätzchen hat das ständige Hungern ein Ende«, sagte Evelyn.

»Schmecken die denn auch?«, fragte ich.

»Klar«, sagte Evelyn. »Nimm dir doch mal ’nen Stern.«

Petra sah neidisch zu, wie ich nach einem Stern griff. Ich biss nur zögernd hinein. Nicht, dass ich mich vor fettfreier Butter und kalorienloser Schokolade fürchtete, ich hatte nur Angst, das Cannabis würde so merkwürdig schmecken, wie es roch.

»Lecker!«, sagte ich überrascht. Petra sah noch neidischer aus.

»Ja, nicht wahr?« Evelyn strahlte. »Ich habe Jahre daran getüftelt, denn diese Plätzchen sind im Handel unglaublich teuer. Man kann sie überhaupt nur im Ausland kaufen, hier in Deutschland ist das Patent gar nicht zugelassen.«

»Typisch Deutschland«, sagte Petra und betrachtete die Kekse begehrlich. »Die besten Appetithemmer bekommt man sowieso nur in den USA.«

»Ja, aber auch da sind sie unbezahlbar«, sagte Evelyn. »Meine Kekse, meine ich.«

»Das glaube ich«, sagte ich. Ich hielt meinen halben Keks in der Hand und fühlte mich irgendwie eigenartig. Aha! Das Zeug wirkte schon.

»Also, ich hätte durchaus Interesse an einem Schneemann.« Zum ersten Mal, seit ich sie kannte, schlug Petra einen ausgesucht höflichen Ton an.

Evelyn zögerte. »Ich weiß nicht«, sagte sie. »Immerhin ist das ja hier in Deutschland nicht zugelassen.«

»Ach, wenn du wüsstest, was ich schon alles geschluckt habe, das nicht zugelassen ist!« Petra lachte. Auch das war neu. Es war so, als habe sie bereits von den Plätzchen probiert.

»Na gut«, sagte Evelyn und hielt ihr den Teller hin.

Petra grabschte nur mit schlecht verhohlener Gier nach einem Schneemann. Sie biss ihm sofort den ganzen Kopf ab.

»Lecker!«, rief sie aus.

»Ja, nicht wahr?« Ich beobachtete sie neugierig. Mir war mittlerweile ganz mulmig zumute. Irgendwie übel.

»So ein Schneemann ist locker seine fünfzig Euro wert«, sagte Evelyn.

»Wirklich?« Petra biss ihrem Schneemann mit beeindruckter Miene auch noch den Bauch ab.

»Mindestens«, sagte Evelyn und zwinkerte mir zu.

Ich legte die Hand auf meinen Magen. Wääääh, was war mir übel.

Aber Petra schien Schlimmeres gewohnt zu sein. Sie verputzte den ganzen Schneemann und sagte: »Wirklich köstlich.«

»Noch einen?«, fragte Evelyn. »Die Nikoläuse sind auch göttlich.«

»Die Schneemänner verbrauchen aber mehr Kalorien, als sie haben«, sagte Petra.

»Ja, aber die Nikoläuse haben gar keine Kalorien.« Mein Gott, was war diese Frau doch dämlich.

»Was hat keine Kalorien?«, fragte jemand. Hinter meinem Rücken polterten viele Füße gleichzeitig in den Laden.

Mir blieb vor Schreck das Herz stehen. Drogenrazzia. Gefängnis. Ob die dort Gärtnereien hatten?

Aber es war natürlich keine Razzia. Es war nur Katinka mit den Kindern und Eberhard.

»Was wollt ihr denn hier?«, fragte ich.

»Pflanzen kaufen, was denn sonst«, sagte Katinka und lachte. »Aber was Kalorienarmes würde ich auch zu mir nehmen.«

»Bitte sehr«, sagte Evelyn und hielt ihr den Teller mit den Plätzchen hin. »Selbst gebacken.«

»Evelyn!« Ich schob den Teller schnell zur Seite. Katinka war schließlich schwanger. »Was wollt ihr denn für Pflanzen, Katinka?«

»Eberhard will eine Hecke um den Pool pflanzen, damit ihm im nächsten Sommer niemand beim Baden zusehen kann.«

»Mmmmmh«, machte Petra. Sie knabberte nun bereits am dritten Schneemann.

»Das verstehe ich gut«, sagte ich, und meinte Eberhards Schamhaftigkeit beim Schwimmen.

Eberhard starrte glubschig auf Petra. »Meiner einer ist für Kirschlorbeer«, sagte er. »Das wächst schnell und ist immergrün. Und aus die Maus.«

»Das stimmt«, sagte ich. »Aber mit Gartenbambus wäre die Hecke sofort dicht. Und Bambus würde besser zum Pool passen.«

»Bambus ist aber teuer«, sagte Eberhard. »Meiner einer hat sich informiert.«

»Dings – äh Olivia macht dir doch sicher einen Sonderpreis«, sagte Fritz, der sich soeben zur Tür hineinschob. Was sollte das denn hier werden? Ein Familientreffen?

»Sicher mache ich dir einen guten Preis, Eberhard«, sagte ich. »Aber natürlich hast du Recht: Bambus ist sehr teuer.«

»Dann will meiner einer den nicht haben«, sagte Eberhard.

»Aber Ebi!«, sagte Katinka. Sie war offenbar für den Bambus.

»Kleckern, nicht klotzen«, sagte Ebi. »Nur mit diesem Motto hat meiner einer es zu etwas gebracht.«

»Man muss sich aber auch mal was gönnen können«, sagte Fritz.

»Was kann ich denn für dich tun?«, fragte ich.

»Kekse?«, fragte Evelyn.

»Ich fahre zusammen mit Stephan zu seinem Vorstellungsgespräch«, erklärte Fritz.

Evelyn kicherte. »Ja, der Kleine hat so etwas ja noch nie gemacht. Da muss der Papi ihm die Hand halten.«

»Oha«, sagte Eberhard.

»Unsinn«, sagte Fritz. »Ich fahr nur mit ihm hin und sag den Leuten da mal Guten Tag und so. Man muss doch seine Kontakte pflegen.«

»Und Stephan bekommt wirklich den Job in Chicago?«, fragte Evelyn.

»Wenn er's klug anstellt«, sagte Fritz.

»Uhuhuhuhu«, machte Petra. Niemand wusste so recht, was sie uns damit sagen wollte.

Stephan kam im Anzug in den Laden, in einem neuen Anzug, und wie ich erkennen konnte, war auch die Krawatte neu. Und das Hemd. Und die Schuhe.

»So sieht ein Geschäftsmann aus«, sagte Fritz stolz.

»Chicago, wir kommen«, sagte Stephan.

»Kekse?«, fragte Evelyn.

Ich schob den Teller zur Seite. »Spinnst du?«, fauchte ich sie an. »Da krümelt er doch seine schönen neuen Sachen voll.«

»Du siehst großartig aus«, sagte Katinka. »Wie Kevin Kostner. Nicht wahr, Ebi, Stephan sieht aus wie Kevin Kostner.«

»Wie Brad Pitt«, sagte Petra. »Er sieht aus wie Brad Pitt.«

»Besser«, murmelte ich. »Besser.«

Stephan lächelte geschmeichelt. »Wünscht mir alle Glück.«

»Viel Glück«, sagte ich.

»Viel Glück, Brüderchen«, sagte Katinka stolz.

»Du wirst das Kind schon schaukeln«, sagte Eberhard missgünstig.

»Ein kleiner Glückskeks gefällig?«, fragte Evelyn. Wieder schob ich den Teller weg. Es reichte, wenn Petra vergiftet wurde.

»Ja, willst du denn, dass er diesen Job bekommt?«, fragte Evelyn, als Stephan und Fritz zur Tür hinaus waren und Eberhard mit Katinka und den Kindern im Freiglände nach Herrn Kabulke und dem Kirschlorbeer Ausschau hielten.

»Warum denn nicht?«

»Chicago ist verdammt weit weg«, sagte Evelyn.

»Je weiter, desto besser«, sagte ich.

»Verstehe«, sagte Evelyn und sah mich ernst an.

»Damit wärst du die Erste«, sagte ich. »Stephan glaubt immer noch, wir wären ein Ehepaar.«

»Tja, Männer sind da oft etwas schwerfällig«, sagte Evelyn.

»Jetzt habe ich schon für zweihundert Euro Plätzchen gegessen«, sagte Petra und kicherte. »Das sind die teuersten Plätzchen meines Lebens.«

»Da kannst du einen drauf lassen«, sagte Evelyn.

Petra kicherte wieder. »Jetzt ist er also demnächst Manager in Chicago, der Herr Gaertner, was?«

»Das wird sich noch zeigen«, sagte Evelyn.

»Mein Mann hat auch Kohle«, sagte Petra.

»Das ist doch schön für dich«, sagte ich.

»Ja, aber Kohle verdirbt den Charakter«, sagte Petra. »Nach 'ner Zeit bilden die Kerle sich nämlich ein, zu gut für einen zu sein.«

»Wie bitte?«

»Also, mein Mann zum Beispiel«, sagte Petra. »Der denkt, er ist was Besseres wie ich.«

»Als«, korrigierte Evelyn.

»Als wie ich«, sagte Petra. »Echt. Der denkt, ich bin irgendwie peinlich. Dabei hat der 'ne Glatze und 'nen Bauch. Also, wer von uns beiden ist denn hier peinlich, er oder ich?«

»Nicht zu fassen«, sagte ich. Da erging es Petra ja genau wie mir. Nur dass Stephan natürlich weder Glatze noch Bauch hatte.

»Ja, stimmt doch, oder«, sagte Petra. »Deshalb zeige ich ihm auch hin und wieder, dass ich jeden anderen Mann haben könnte, wenn ich will.«

»Ach, so ist das«, sagte ich voller Verständnis.

»Ja, und mir kommen gleich die Tränen«, sagte Evelyn.

Petra kicherte wieder. »War ja nicht schwierig, dir den Typ auszuspannen«, sagte sie zu mir. »Und ich hatte dich ja echt noch gewarnt.«

»Gewarnt? Du mich?«

»Klaro. Ich hatte dir gesagt, wenn du weiterhin wie ein Erdferkel rumläufst, kann ich für nichts garantieren. Ja, und du bist weiterhin wie ein Erdferkel rumgelaufen.«

Sie lachte los und konnte gar nicht mehr aufhören. Sie setzte sich auf die Ladentheke und gluckste und gackerte wie ein Lachsack. Ein rosafarbener Lachsack mit blöden Kinderklämmerchen im Haar. Selten hatte ich etwas Mitleiderregenderes gesehen.

»Jetzt ist es so weit«, sagte Evelyn und schaute auf die Uhr. »Das ging aber schnell.«

»Also, mir ist schon länger ganz komisch«, sagte ich und rülpste leise. »Wirklich, gar nicht gut.«

Evelyn sah auf das angebissene Plätzchen in meiner Hand. »Schätzchen, in den Sternen ist aber definitiv nichts drin.«

»Der war ja so eine Lusche im Bett«, sagte Petra und wollte sich vor Lachen ausschütten.

»Möchte mal wissen, was daran so komisch ist«, sagte Evelyn. »Sie Ärmste haben noch nicht mal was davon gehabt!«

»Weiß ich ja selber nicht«, sagte Petra und lachte, dass ihr die Tränen die Wangen hinunterliefen. »Absolute Lusche, hihi, ist gar nicht komisch, hihi. Gibt's gar nichts zu lachen, hihihihi. Aber du kannst ruhig du sagen, jetzt.«

»Ach, nein danke«, sagte Evelyn.

Petra tat mir jetzt wirklich Leid. »Es ist halb zwölf, Petra. Musst du nicht deine Kinder abholen?«

»Meine Kinder!« Petra wälzte sich vor Lachen auf der Ladentheke. »Abholen.«

»Oh Gott«, sagte ich. »Was haben wir getan? Die kann doch nicht mehr Auto fahren!«

»Nee«, sagte Evelyn zufrieden.

»Und die armen Kinder? Die warten jetzt vor dem Kindergarten auf ihre Mama.«

»Kinder warten nie vor dem Kindergarten, sondern immer drinnen, unter Aufsicht. Und wenn keiner kommt, um sie abzuholen, verständigen die Erzieherinnen den Vater. Oder das Jugendamt.« Evelyn grinste.

»Evelyn. Du bist teuflisch«, sagte ich.

»Nee«, sagte Evelyn. »ich finde nur, die O-Beinige hat ein bisschen Strafe verdient.«

»Aber die armen Kinder …«

»Möchtest du so eine Mutter haben?«

»Das kann man sich doch nicht aussuchen«, sagte ich. »Oh Gott, Evelyn, mir ist wirklich totschlecht. Bist du sicher, dass in den Sternen nichts drin war?«

»Absolut«, sagte Evelyn.

»Dann muss es die fettfreie Butter sein, die ich nicht vertrage«, sagte ich.

»Olivia, Herzchen, es gibt keine fettfreie Butter«, sagte Evelyn. Das fand Petra so komisch, dass sie vor Lachen gleich einen Schluckauf bekam.

»Am besten, du legst dich nebenan ein bisschen aufs Sofa«, sagte ich.

»Ja, das wäre ja nicht das erste Mal«, sagte Evelyn, und Petra lachte und lachte. Als sie aufstand, um nach nebenan zu gehen, rannte sie mit dem Kopf gegen die Türkante. So etwas Komisches schien ihr noch nie passiert zu sein, denn sie lachte noch mehr als vorher. Als sie endlich auf der Gästecouch lag, sah ich Evelyn ängstlich an.

»Kann man daran sterben?«

»Wir werden sehen«, sagte Evelyn und lachte unbekümmert. Der Druck in meinem Magen wurde stärker. Ich schaffte es gerade noch zur Toilette, bevor ich mich erbrach.

»Deine Kekse sind wirklich prima Appetithemmer«, sagte ich, als ich wieder herauskam.

Evelyn sah mich nachdenklich an. »Vielleicht ist dir auch aus anderen Gründen übel. Wann hattest du denn das letzte Mal deine Periode?«

14. Kapitel

Ich starrte Evelyn schockiert an.

»Ist schon was her«, stotterte ich dann. Ich führte außerdem keinen verdammten Kalender über meine verdammte Periode.

»Hm«, machte Evelyn.

»Nein«, sagte ich. Nein, das würde das Schicksal mir nicht antun! Ich hatte doch schon genug gelitten, oder?

»Ich habe einen Schwangerschaftstest im Haus«, sagte Evelyn und verzog das Gesicht. »Auf Vorrat gekauft, weißt du.« Sie grinste. »Ich dachte schon, ich müsste ihn bei eBay versteigern.«

»Nein«, sagte ich wieder. Ich konnte nicht schwanger sein. Das war einfach nicht möglich. Das hier war doch keine verdammte Seifenoper. *Wird Olivia von ihrem Schwager schwanger, und wie sagt sie das ihrer Schwägerin, die jahrelang vergeblich versucht hat, ein Kind zu bekommen? Wird Olivia sich von der Autobahnbrücke stürzen, die eigentlich für die Blumenverkäuferin Petra bestimmt war? Sehen Sie selbst und schalten Sie ein, wenn es wieder heißt: Die Gaertners, eine Familie zum Abmurksen.*

Evelyn gab mir einen Schubs. »Komm schon«, sagte sie. »Selbstverleugnung bringt in diesem Fall überhaupt nichts.«

»Ich kann aber gar nicht schwanger sein«, sagte ich. Ich konnte und durfte nicht. Und wollte es auch nicht sein.

Evelyn zog die Augenbraue hoch, genau wie Oliver das immer tat. »Olivia, nach allem, was ich weiß, ist das nicht so unwahrscheinlich, dass du schwanger bist.«

»Es ist unwahrscheinlich unwahrscheinlich!«, sagte ich mit Nachdruck.

»Aber so ist das Leben.« Evelyn zerrte mich am Handgelenk aus dem Laden.

»Was ist denn mit Petra?« Die lachte sich nebenan auf der Couch immer noch einen Ast.

»Die kann hier alleine verrecken«, sagte Evelyn.

»Ich habe Angst vor dir«, sagte ich. Auf dem Parkplatz sah ich Herrn Kabulke meterweise Kirschlorbeer in Eberhards und Katinkas Auto laden. Offenbar hatte Eberhard sich für die kleinsten und damit billigsten Pflänzchen entschieden. Das bedeutete, dass die Leute noch ein paar Jahre einen Blick auf seinen dicken, weichen Bauch werfen konnten, wenn sie am Pool vorbeispazierten.

Im Haus war es ruhig, und es roch wieder durchdringend nach Farbe. Evelyn schleppte mich ins Obergeschoss, ins Bad.

»Tut mir Leid, hier ist es scheußlich«, sagte sie entschuldigend.

»Ich weiß. Es ist mein Haus, Evelyn.«

»Ach, stimmt ja«, sagte Evelyn. »Hier, das ist der Test. Er ist babyeinfach zu handhaben.«

»Evelyn, ich bin nicht schwanger.«

»Und warum nicht?«

»Wir haben Kondome benutzt«, sagte ich und wurde dunkelrot.

»Ich weiß«, sagte Evelyn. »Schwarze!«

Zum zweiten Mal an diesem Tag sackten mir die Beine

unter dem Körper weg. Matt sank ich auf den Badewannenrand. »Woher weißt du das?«

Evelyn sah mich überrascht an. »Von Oliver natürlich. Hast du gedacht, wir reden nicht mehr miteinander.«

»Das hat er dir erzählt?« Ich fasste es einfach nicht.

»Nicht in allen Details«, sagte Evelyn. »Aber genug, um mich eifersüchtig zu machen.« Vertraulich setzte sie hinzu. »Er ist großartig im Bett, nicht wahr?«

Ich war unfähig, eine Antwort zu geben.

»Aber ich würde sagen, das ist auch ein bisschen mein Verdienst«, sagte Evelyn. »Ich hatte ihn schließlich die letzten sieben Jahre exklusiv.«

Ich starrte sie nur an.

»Kondome funktionieren keineswegs immer einwandfrei«, sagte Evelyn. »Schon wenn sie mit Babyöl oder so in Berührung kommen, werden sie porös.«

»Wir haben aber kein Babyöl benutzt«, brachte ich hervor. Evelyn war mir unheimlich.

Sie seufzte. »Olivia, was ist denn nur los mit dir?«

»Du machst mir Angst«, sagte ich ehrlich. »Du hast allen Grund, sauer auf mich zu sein. Ich wollte nicht, dass du jemals etwas davon erfährst. Ich verstehe nicht, warum Oliver es dir gesagt hat.«

»Weil der Mann nichts für sich behalten kann«, sagte Evelyn. »Und weil er ziemlich durch den Wind war wegen dieser Sache. Er brauchte einen Rat aus weiblicher Sicht.«

Ich verstand nicht wirklich, was sie da redete. »Und was hast du ihm geraten?«

»Ich habe ihm geraten, einfach abzuwarten«, sagte Evelyn. »Frauen mit Charakter fallen nicht einfach so aus den Armen des einen Mannes in die Arme des nächsten.«

»Aber ich bin keine Frau mit Charakter«, sagte ich. Wenn überhaupt, dann hatte ich einen schlechten Charakter.

»Doch«, sagte Evelyn. »Du hast Charakter. Du hast nur keinen Stil. Aber daran kann man arbeiten, das habe ich Oliver auch gesagt. Er ist ziemlich in dich verliebt, weißt du.«

»Was?« Was hatte Evelyn da gerade gesagt? Für einen Augenblick spürte ich Freude in mir aufsteigen. Aber das hielt nicht lange an. »Oh Gott«, sagte ich. »Evelyn, wie musst du mich hassen.«

Evelyn seufzte wieder. »Ich bin nur ein bisschen eifersüchtig, dass es mit euch so schnell gegangen ist. Aber im Grunde bin ich ganz froh. Oliver hat es nicht verdient zu leiden.«

»Evelyn, du hast da etwas falsch verstanden. Oliver und ich haben beschlossen zu vergessen, was passiert ist. Wir tun einfach so, als wäre es niemals passiert.«

»Das habe ich ihm geraten«, sagte Evelyn stolz. »Damit du ein bisschen Zeit zum Nachdenken hast.«

»Du kannst auch immer noch so tun, als wäre es nie passiert«, sagte ich.

»Das kann ich nicht, Olivia. Ich glaube, Oliver hat vergessen, dir etwas zu sagen. Unsere Ehe lief schon seit längerem nicht so gut. Es lag an verschiedenen Dingen, die ich hier im Einzelnen auch gar nicht erläutern will. Ich meine, wenn alles bestens gewesen wäre, dann hätten wir uns wohl kaum auf diese verrückte Sache mit dem Tausch eingelassen, oder?«

Ich sagte nichts. Ich hörte ihr nur mit offenem Mund zu. Jedes ihrer Worte war eine Offenbarung.

»Na ja, jedenfalls war diese Kindersache eine große Belastung für unsere Beziehung. Oliver wollte von Anfang an Kinder haben, am liebsten drei oder vier. Haha, als ob ich wie seine Schwester wäre. Na, jedenfalls habe ich mich schließlich überreden lassen. Ich meine, ich gehe allmählich auf die vierzig zu, und da wird es ja doch mal Zeit, sich zu entscheiden, nicht wahr? Und ein Kind, also, das konnte ich mir gerade noch vorstellen. Mit Kinderfrau und so – also, das hätte ich vielleicht verkraftet. Aber je länger wir es versuchten, desto weniger wollte ich schwanger werden. Ich war jeden Monat erleichtert, wenn ich meine Periode bekam, aber das wollte ich Oliver nicht sagen. Er merkte es nur leider auch so. Und er war traurig. Im Grunde wussten wir beide, dass unsere Ehe am Ende ist, als wir im Mai mit diesem verrückten Männertausch begonnen haben.«

»Frauentausch«, verbesserte ich mechanisch. Die Welt sah irgendwie ganz anders aus, seit Evelyn zu sprechen begonnen hatte. Nicht mehr so schwarz. Da war ein Hauch von Rosarot am Horizont.

»Ja, oder so«, sagte Evelyn. »Jedenfalls wussten wir es beide, wir haben es nur nicht so richtig ausgesprochen.«

»Und ihr habt euch ständig in einem Hotel getroffen«, sagte ich.

»Ja«, sagte Evelyn und grinste. »Im Bett haben wir uns immer blendend verstanden. Aber das kann ja nicht alles sein, oder? Jedenfalls bei diesem letzten Schwangerschaftstest letzten Monat, da haben wir uns endlich mal ausgesprochen. Dass das wohl alles keinen Zweck mehr hat mit uns beiden. Und dass wohl jeder besser eigene Wege geht. Oliver hat mir auch gesagt, dass er in dich verknallt ist. Und ich habe ihm gesagt, dass er gute Chancen bei dir hat, weil Stephan schließlich die O-Beinige vögelt und sowieso überhaupt nicht zu dir passt.«

»Aha«, sagte ich.

Aha. Aha. Aha.

Hä?

»Ja, aber irgendwie war Oliver dann doch gekränkt«, fuhr Evelyn fort. »Er glaubt, du hast nur mit ihm geschlafen, um dich an Stephan zu rächen. Ich habe gesagt, dass das Quatsch ist, aber er denkt, dass du Stephan immer noch liebst.«

»Tu ich nicht«, sagte ich.

»*Ich* weiß das«, sagte Evelyn. »*Mir* musst du das nicht sagen.«

»Aber ich dachte, dass Oliver immer noch dich liebt«, sagte ich.

»Tut er nicht«, sagte Evelyn. »Und zwar schon länger nicht. Wir mögen uns nur einfach sehr, deshalb haben wir diese Trennung so lange vor uns hergeschoben.«

Ich starrte auf meine Füße. »Ich hab mich deinetwegen so mies gefühlt«, sagte ich. »Erst habe ich dir unterstellt, dass du was mit Stephan hast, und dann habe ich dir deinen eigenen Mann ausgespannt.«

»Nein, nein, Herzchen«, sagte Evelyn. »Ich will dich ja nicht beleidigen, aber das hättest du gar nicht gekonnt. Unsere Beziehung war schon vorher am Ende. Und jetzt sei so gut und pinkle auf dieses Röhrchen, dann wissen wir endlich Bescheid.«

Ich nahm den Schwangerschaftstest in die Hand. »Würdest du bitte rausgehen.«

Evelyn verdrehte die Augen.

»Bitte, Evelyn, ich kann sonst nicht.«

Evelyn wartete widerwillig vor der Tür. Dann starrten wir gemeinsam auf das Feld.

»Ein Strich – nicht schwanger, zwei Striche – bingo!«,

sagte Evelyn. »Und von Stephan kann es nicht zufällig auch noch sein?«

Ich schüttelte den Kopf. »Nein, wir haben seit Mai nicht mehr miteinander geschlafen. Wenn überhaupt, dann muss es mit Oliver passiert sein.«

Es sah ganz so aus, als würden es zwei Streifen werden, tiefrosa, einer wie der andere.

»Das ist schon verrückt«, sagte Evelyn. »Da versuchen wir es jahrelang, und ihr tut es einmal und – zack.« Sie berührte meinen Arm. »Geht es dir gut?«

»Zack«, wiederholte ich matt. Die Streifen waren nun ganz klar zu erkennen. Ich ließ mich wieder auf den Badewannenrand sinken.

»Ich würde sagen, du hast Oliver einiges zu erklären«, sagte Evelyn.

»Ich wollte nie Kinder«, sagte ich. »Die sind dann nur irgendwann allein und fragen sich, warum alle anderen eine Mutter haben, nur sie nicht.«

»Warum heulst du denn?«, fragte Evelyn.

»Mir tut das Kind jetzt schon Leid«, schluchzte ich.

»Hör mal, Olivia, ich habe da einen erstklassigen Psychiater an der Hand. Mit dem solltest du dein Pflegekindtrauma unbedingt mal aufarbeiten«, sagte Evelyn.

»Woher weißt du das denn schon wieder?«

»Von Oliver natürlich.«

»Wenn er dir in Zukunft auch alles von mir erzählt, können wir das Ganze aber vergessen«, sagte ich schniefend.

»Keine Sorge.« Evelyn lächelte wieder. »Im Grunde ist er die Diskretion in Person. Außerdem werde ich ja auch gar nicht hier sein, um mir alles anzuhören. Ich wollte mich bewerben, eine Stelle im Ausland annehmen. Aber ich würde mich als Patin für euer Kind zur Verfügung stellen. Vorausgesetzt, ihr nennt es nicht Evelyn.«

»Wohl kaum«, sagte ich. »Was meinst du, wird Oliver sagen?«

»Er wird sich freuen«, sagte Evelyn zuversichtlich. »Schließlich bekommt er jetzt nicht nur die Frau seiner Träume, sondern das Kind seiner Träume gleich mit. Mein Gott, das wird vielleicht ein Lockenkopf werden!« Sie sah auf die Uhr. »Komm, wir gehen wieder rüber zu der O-Beinigen. Entweder sie ist in der Zwischenzeit abgenippelt, oder sie hat jetzt einen wahnsinnigen Appetit. Komm schon, worauf wartest du noch? Ich habe eine Mascarponetorte aufgetaut, und du wirst gleich das Vergnügen haben, deine Ex-Rivalin dabei zu beobachten, wie sie die ganze Torte in sich hineinschlingt. Mehr Kalorien in zehn Minuten als sonst in zehn Monaten.«

»Evelyn?«

»Hm?«

»Bitte entschuldige. Ich habe dir unrecht getan.«

»Schon gut«, sagte Evelyn.

*

Ich schaffte es nicht sofort, Oliver von der Schwangerschaft zu berichten. Und ich war auch nicht so sicher wie Evelyn, dass er sich freuen würde, wenn ich ihm meine Liebe gestand. Schließlich hatte ich ja selbst erst seit kurzem kapiert, dass es so war. Und nach der Geschichte mit Petra (die tatsächlich eine ganze Mascarponetorte mit extra dicker Sahneschicht verschlungen hatte) lag der Verdacht nahe, dass ich mich einfach nur mit dem Nächstbesten trösten wollte.

Evelyn fragte mich jeden Tag, ob ich Oliver endlich Bescheid gesagt hätte, und ich sagte jeden Tag: »Nein, noch nicht. Gestern war irgendwie nicht der richtige Zeitpunkt.«

Evelyn seufzte nur und sagte: »Na ja, irgendwann wird er es von selber merken.«

So lange wollte ich aber nun doch nicht mehr damit warten. Jedes Mal, wenn ich Oliver von der Seite anschaute, durchströmte mich ein ungeheures Glücksgefühl. Wenn es stimmte, was Evelyn sagte, dann war er in mich verliebt. In mich, Olivia Blumenkohl Erdferkel. Das war ein gutes Gefühl. Denn ich war auch in ihn verliebt, in Oliver Gaertner, den besten Feuerwehrinterviewer dieser Hemisphäre.

Und ich war schwanger. Daran musste ich mich erst noch gewöhnen. Ich schluckte Folsäure und Vitamin C und ertappte mich dabei, wie ich über Vornamen nachdachte. Schließlich raffte ich mich auf und ging zum Frauenarzt, wo ich das kleine Herz schlagen sah, so schnell und lebendig und eigenständig, dass ich ein Stück von meiner Angst verlor.

Stephan war überzeugt davon, dass er den Job in Chicago bekommen würde. Das Bewerbungsgespräch war wohl vollkommen zu seinen Gunsten verlaufen.

»Es macht sich doch bezahlt, dass ich mich die ganze Zeit auf dem Laufenden gehalten habe«, sagte er zu mir. »Und mein Englisch ist immer noch hervorragend.«

»Wie schön für dich«, sagte ich. »Wann geht es denn los?«

»Im November. Wenn ich den Job bekomme«, sagte Stephan und lachte. »Aber ich denke, du kannst schon mal anfangen zu packen.«

»Wieso denn ich?«, sagte ich.

Stephan runzelte die Stirn. »Ich helfe dir natürlich. Ich habe ja nicht gesagt, dass du allein packen sollst.«

»Ich packe gar nichts«, sagte ich. »Stephan, ich weiß nicht, wieso du immer noch denkst, dass ich mit dir komme. Ich habe immer gesagt, dass ich die Gärtnerei nicht verkaufen werde.«

»Olli, bitte nicht schon wieder das Thema! Es geht nicht anders, und damit basta!« Stephan sah wütend aus.

Aber das sah ich vermutlich auch. »Es geht natürlich anders. Du gehst allein nach Chicago oder wo immer du hinmöchtest, und ich bleibe hier.«

»Das wäre aber dann das Ende unserer Beziehung«, sagte Stephan. Es sollte wohl eine Drohung sein.

»Das will ich meinen«, sagte ich. »Du glaubst doch nicht, dass ich mit dir noch eine Beziehung führen will.«

Jetzt sah Stephan ehrlich verblüfft aus (was in mir – ehrlich – wieder ein Gefühl von Wut aufsteigen ließ). »Und weswegen nicht? Etwa wegen dieser kleinen Affäre?«

»Nicht nur«, sagte ich. »Es ist so, dass ich dich einfach nicht mehr liebe, weißt du. Ich finde dich aufgeblasen und unsensibel und oberflächlich, und mit so einem Mann möchte ich nicht verheiratet sein.«

»Olli, ich an deiner Stelle wäre vorsichtig mit dem, was ich sage«, sagte Stephan warnend. »Du kannst es nämlich hinterher nicht wieder gutmachen.«

»Will ich auch gar nicht«, sagte ich. »Am besten, wir halten das hier noch bis Oktober durch, und dann nehmen wir uns beide einen Anwalt.«

»Du bist ja bescheuert«, sagte Stephan.

»Na, na, na, mein Junge«, sagte Fritz, der lautlos, wie es manchmal seine Art war, in der Tür aufgetaucht war. Wie lange er dort schon stand, wusste ich nicht. »Vergiss nicht deine gute Erziehung.«

»Sie sagt, dass sie mich verlassen will«, sagte Stephan, und es klang wie: »Sie gehört in eine geschlossene Abteilung!«

»Ich hab's gehört«, sagte Fritz.

»Möglicherweise bin ich ja bescheuert«, gab ich zu. »Aber Stephan musst wohl damit leben, dass nicht jede Frau ihn umwerfend findet. Vor allem dann, wenn sie ihn näher kennt.«

Fritz sah mich durchbohrend an. Allerdings sah er nicht in meine Augen, sondern viel tiefer. »Ich weiß nicht, Dings, äh, Schwiegertochter, aber kann es sein, dass dein, äh, Brennholz in letzter Zeit, äh, ziemlich hoch gestapelt ist? Höher als sonst, meine ich?«

»Vati!«, sagte Stephan.

»Ist doch wahr«, sagte Fritz. »Da ist deutlich mehr Holz vor den Hütten als früher. Und das soll was heißen! Aber ich habe da einen Blick für.«

»Da hast du Recht, Schwiegervater«, sagte ich.

*

Für Elisabeths Garten und die Pilotsendung hatten wir Folgendes geplant: den Bau eines Holzdecks als Frühstücksterrasse mit dazu passenden Möbeln, die Gestaltung eines kleinen, natürlich kindersicheren Springbrunnens neben dem Deck, die Installation eines Sonnendachs über der bereits bestehenden Terrasse im Süden des Hauses, eine Trockenmauer, um die anschließende, langweilige Böschung zu beleben, die Komposition eines Staudenbeetes, das vor allem auch nach Feierabend attraktiv sein würde, die Pflanzung einer immergrünen Bambushecke an der Grenze zum neugierigen Nachbarn, der Bau eines großzügigen Sandkastens unter einem Kinderstelzenhaus für Kaspar und Marisibill und die komplette Neuanlage der Rasenfläche mit Rollrasen. Hanna und Elisabeth wollten zu gerne auch noch einen Teich, aber ich versicherte ihnen, dass die Elemente, die wir bereits geplant hatten, normalerweise ausreichten, um einen motivierten Gärtner ein gutes halbes Jahr zu beschäftigen. Da war definitiv keine Zeit mehr für die Anlage eines Teiches. Um das Ganze tatsächlich an einem einzigen Wochenende zu bewerkstelligen, mussten wir ohnehin schon eine Vielzahl von Leuten anheuern. Ich wollte auf keinen Fall teure Profis, das hätte unser Budget gesprengt, bevor wir überhaupt angefangen hätten. Außerdem passten dickbäuchige, wichtigtuerische Handwerker nicht in unser junges Konzept. Die Gruppe, die wir schließlich zusammenwürfelten, bestand aus Konstantin, einem hübschen, gepiercten Gärtnerlehrling im dritten Lehrjahr, einem kreativen Architekturstudenten namens Jens, der vor seinem Studium eine Schreinerlehre absolviert hatte, und seinem besten Freund Jonathan, einem Designstudenten, der sich nebenberuflich als Stripper verdingte und gerne bereit war, oben ohne zu arbeiten. Alle drei waren lustig, flink und konnten zupacken, ohne sofort einen Bandscheibenvorfall zu bekommen. Der Stripper konnte außerdem einen mittelgroßen Bagger bedienen, und ich hatte vor, des Öfteren einen solchen zu gebrauchen. Den Bagger, meine ich, nicht den Stripper.

Programmdirektor Dürr war mehr als entzückt, als Oliver und ich ihm diese Truppe präsentierten.

»Sie beide haben genau verstanden, worum es hier geht«, sagte er lobend.

Ich war aus paritätischen Gründen durchaus auch für eine weibliche Verstärkung des Teams gewesen, aber Dürr und die anderen fanden, ein Weib – also ich – würde genügen. Außerdem forderte ich noch Unterstützung vom unverzichtbaren Herrn Kabulke an. Als es ans Drehen ging – Elisabeth vergnügte sich bereits scheinbar ahnungslos auf ihrer Schönheitsfarm –, und eine Stunde nach der anderen vorbeiflog, verpflichteten wir außerdem noch jeden verfügbaren Fernsehfuzzi, der nicht schon sowieso damit beschäftigt war, das Projekt im Zeitplan zu halten.

»Das gibt ja Material für sieben Sendungen«, stöhnte Kimmel, der Regisseur, nach dem ersten Drehtag.

»Freu dich doch«, sagte Oliver zu ihm, aber zu mir sagte er: »Das nächste Mal dürfen wir uns nicht so viel aufladen, hörst du?«

Ich antwortete nicht, ich steckte bis zu den Schultern in dem Staudenbeet und hatte außerdem den Mund voller Schrauben, die Konstantin mich zu halten gebeten hatte. Das war vor einer halben Stunde gewesen.

»Besonders kommunikativ bist du ja nicht«, sagte Oliver.

»Wir müschen aber regen«, brachte ich mühsam hervor. Ja, wir mussten unbedingt reden! Lange konnte ich es nicht mehr aufschieben.

Der Sonntag als zweiter Drehtag begann eigentlich ganz gut. Mittlerweile hatte sich herumgesprochen, dass das Fernsehen in Elisabeths Garten drehte, und am Gartenzaun hatten sich jede Menge Nachbarn und Spaziergänger eingefunden, die zuschauten. Die Gaffer spornten das Team zu Höchstleistungen an. Das Kinderhaus wurde fertig, das letzte Brett des Holzdecks wurde verschraubt, und der kleine gemauerte Brunnen wurde in Betrieb genommen und funktionierte zur Freude aller tadellos.

Schließlich war alles bereit für die Mammutaktion des Rasenverlegens. Die Grassoden waren am Vortag geliefert worden und lagen in unhandlichen Rollen auf Folienbahnen, Jonathan der Stripper hatte mit dem Bagger die Grasnarbe abgetragen, und die anderen hatten, mit Harken und Eimern bewaffnet, den Boden von Steinen befreien und ebnen müssen (dafür hatten wir dann jeden Kabelträger und jedes überflüssige Skriptgirl verpflichtet, denen die Arbeit erstaunlicherweise auch noch Spaß gemacht hatte). Der Boden war also perfekt vorbereitet, und wir waren gut in der Zeit, als sich die Gaffer plötzlich alle verzogen und ein heftiges Sommergewitter samt Platzregen über uns hereinbrach. Fassungslos standen wir alle unter dem Vordach und sahen unseren frisch präparierten Boden davonschwimmen, ebenso wie die Erde um die frischen Pflanzungen.

»Jetzt weiß ich wieder, warum ich zuerst gegen diese Sendung war«, sagte Kimmel und schluckte ein paar Tabletten, von denen ich annahm, sie seien fürs Herz. »Gegen die Naturgewalten ist man machtlos. Film das, Peter, diese Sturzbäche glaubt uns sonst keiner.«

»Normalerweise müssten wir jetzt ein paar Tage warten, bis sich das Ganze abgetrocknet hätte«, sagte ich zu Oliver. »Aber wir müssen in vier Stunden fertig sein. Was sollen wir tun? Den Boden föhnen?«

»Heul nicht«, sagte Oliver unsanft. »Wir müssen jetzt die Nerven bewahren.«

»Ich heule nicht«, sagte ich. »Das ist meine Katzenallergie.« Elisabeths Katze Hummel schlich nämlich immer um meine Beine herum.

Nach dem Wolkenbruch schien beinahe sofort wieder die Sonne.

»Noch ist Polen nicht verloren«, sagte Kimmel.

»Richtig«, sagte Oliver. »Los, Leute, gehen wir wieder an die Arbeit. Wir legen den Rollrasen eben mitten in diesen Matsch, und ich spendiere jedem von euch ein paar neue Schuhe, wenn wir das schaffen.«

»Und Strümpfe«, sagte Konstantin, der bis zu den Knöcheln im Matsch versank.

Ich wandte mich besorgt an den Kameramann. »Am besten nicht so viel von dem Sumpf zeigen«, sagte ich. »Sonst denken die Leute, man muss Rollrasen so verlegen.«

»Das schneiden wir schon, bis es stimmt«, sagte Kimmel.

Ich hatte mich bei der Arbeit ja schon oft schmutzig gemacht, aber so schmutzig wie heute war ich noch nie geworden. Und dann, als ich gerade etwas über die Vorzüge von Rollrasen erzählte und dabei demonstrativ eine Bahn vor der neuen Trockenmauer ausrollte, rutschte ich aus und landete in einem extra tiefen Schlammloch. Mit dem Gesicht zuerst. Es gab wohl keinen im ganzen Team, der nicht vor Lachen grölte. Die Nachbarn kamen ebenfalls voll auf ihre Kosten.

»Und das«, sagte ich in die Kamera, als ich mich wieder hochgerappelt hatte. Ich spuckte ein bisschen Schlamm aus. »Und das ist der Grund, warum man sich beim Gärtnern nie seine besten Sachen anziehen sollte.«

»Klasse«, rief Kimmel. Dann verließ mich die Kamera, um zu filmen, wie Hummel in den frisch befüllten, nagelneuen Sandkasten kackte.

»Komm, Matschi«, sagte Oliver und streckte die Hand aus, um mich hochzuziehen. »Ich weiß nicht, wie du es schaffst, selbst dreckverkrustet noch so sexy auszusehen.«

»Du weißt vieles nicht«, sagte ich.

»Zum Beispiel?« Oliver hatte eine Augenbraue hochgezogen. Ah, wie ich diesen skeptischen Gesichtsausdruck an ihm liebte.

»Ich liebe dich«, sagte ich innig. Plötzlich wusste ich nicht, wie ich das so lange für mich behalten hatte können.

Auf Olivers Gesicht breitete sich ein Leuchten aus, das allerschönste Lächeln, das ein Mensch überhaupt lächeln konnte.

»Und wie lange schon?«

Darüber hatte ich auch viel nachgedacht in den letzten Tagen. »Wahrscheinlich schon mein ganzes Leben lang«, sagte ich. »Noch bevor ich dich überhaupt gekannt habe.«

»Und was ist mit Stephan?«

»Ich hab doch längst mit ihm Schluss gemacht«, sagte ich. Aus meinen Haaren tropfte Schlamm auf meine Nase. »Er soll ohne mich nach Chicago gehen. Ich werde ihm die Gärtnerei abkaufen. Von dem Geld, das mir von Fritzens Wette zusteht.«

»Das ist gut«, sagte Oliver. »Evelyn wird mir nämlich das Penthouse abkaufen, und dann weiß ich nicht, wo ich wohnen soll.«

»Du kannst bei mir wohnen«, sagte ich und wischte mir den Schlamm von der Nase. Leider tropfte immer neuer Schlamm nach.

Oliver nahm mich trotzdem ganz fest in seine Arme. Eine Kamera filmte unsere überaus matschige Umarmung.

»Diese Matschszene von vorhin, die schneiden wir aber, ist das klar!«, sagte ich mit Nachdruck über meine Schulter.

Oliver schien überhaupt nicht zu merken, dass wir gefilmt wurden. Er küsste mich, als ob wir ganz allein wären, zu Hause auf dem Esstisch.

»Da ist aber noch etwas«, sagte ich etwas außer Atem und sah ihn ernst an. Jetzt war auch er schlammverkrustet.

»Sag schon«, sagte Oliver. Ich hatte das Gefühl, unsere Gesichter wurden gerade in Großaufnahme herangezoomt.

»Diese schwarzen Kondome«, sagte ich leise. »Erinnerst du dich?«

»Sicher erinnere ich mich«, sagte Oliver. Auf Elisabeths Grundstück war es auf einmal mucksmäuschenstill. Nicht mal die Vögel zwitscherten mehr.

»Also, eins davon war wohl schlecht«, sagte ich.

Epilog

Der Pilot zu unserer Gartensendung ist vor kurzem ausgestrahlt worden, pünktlich zu Frühlingsbeginn. Elisabeths Garten machte sich prächtig, und Elisabeth und Hanna und Kaspar und Marisibill ebenfalls. Niemals hat man ein erstaunteres Gesicht gesehen als das von Elisabeth, als sie den neuen Garten sah.

»Und wie prima erholt ich aussehe«, sagte sie, als sie sich selber im Fernsehen sah.

Auch Oliver und ich kamen sehr sympathisch rüber. Die Einschaltquoten und das Kritikerecho haben die Erwartungen des Programmdirektors weit überschritten. Die Matschszene haben sie natürlich nicht geschnitten, aber immerhin hatte ich damals noch einen flachen Bauch in der matschverkrusteten Latzhose. Im Nachhinein finde ich das mit dem Schlamm gar nicht so übel. Schon kurz danach sah ich plötzlich aus, als ob ich einen Fußball verschluckt hätte. Und dann einen Riesenkürbis. Und jetzt einen ausgewachsenen Heißluftballon. Oliver findet es wunderschön, ich finde es ein wenig bizarr. Glücklicherweise ist es ja nun bald vorbei. Übermorgen ist der errechnete Geburtstermin, und wenn das Kind auf mich kommt, wird es wohl pünktlich sein. Das muss es auch, denn ab Mai wird die erste Staffel zu *»Gartenträume – Traumgärten – Die Vorher-Nachher-Show für Garten und Gaertner«* gedreht werden, und bis dahin wollte ich das mit dem Stillen und Wickeln und Nachts-ohne-Schlaf-Auskommen schon aus dem Effeff beherrschen. Außerdem wollte ich, wenn's geht, auch wieder in Größe 36 passen, aber Katinka sagt, das wird wohl nicht so schnell gehen. Katinka sagt, vor den Erfolg stellt der Herr den Schweiß, und das hieße verschärfte Rückbildungsgymnastik und monatelange Diät. Aber Katinka sagt ja auch, dass ihr Eberhard der beste und schönste Ehemann auf dem ganzen Planeten sei. Die Glückliche hat übrigens seit Nikolaus ihr Baby, ein kleines Mädchen namens Mira. Immer wenn die dramatische Geschichte von Miras Geburt (achtzehn Stunden Wehen, Blasenkatheder, PDA, extra großer Dammschnitt) erzählt wird, verschließe ich meine Ohren ganz fest.

»Und dabei ist es bei mir schon das vierte Kind«, sagt Katinka immer zum Schluss der Geschichte. Es soll wohl so eine Art Drohung sein. Stephan guckt dann immer schadenfroh auf meinen Bauch, es ist klar, dass er mir auch so eine Horrorgeburt wünscht, Strafe muss sein.

Er bekam übrigens einen Job bei der Firma, sogar einen ziemlich guten, jedenfalls für einen Marketingexperten, der so lange nutzlos in einer Gärtnerei herumkalkuliert hatte. Den Job in Chicago bekam aber jemand anders. Um genau zu sein: Den Job in Chicago bekam Evelyn. Es war vielleicht ein kleines bisschen gemein von ihr, sich auf dieselbe Stelle zu bewerben, aber Evelyn hatte nur mit den Schultern gezuckt und »Der bessere gewinnt« gesagt.

Auch Fritz war nicht wirklich böse, dass Stephan den Job nicht bekommen hatte, obwohl er doch nun extra seine Beziehungen hatte spielen lassen.

»Es bleibt ja immerhin in der Familie«, sagte er. Er ist in

letzter Zeit anders geworden, was wir unter anderem auf die heiße Affäre mit seiner Nachbarin Roberta Knopp zurückführen. Die beiden halten sicher nicht nur Händchen, nach allem, was man so hört.

Evelyn gehört allerdings nicht mehr zur Familie, wenn man es genau nimmt. Sie und Oliver sind seit drei Wochen geschieden. Wir überlegen allerdings, sie zur Taufpatin unseres Babys zu machen.

Stephan schäumte einige Tage vor Wut, als er erfuhr, dass Evelyn ihm den Job vor der Nase weggeschnappt hatte. Auch jetzt noch zuckt er jedes Mal schmerzlich zusammen, wenn jemand Evelyns Namen erwähnt, aber es wird besser.

Es war ein bisschen kompliziert, all unsere Besitztümer auseinander zu dividieren, aber schließlich haben wir es doch geschafft. Ich habe Stephan seinen Anteil an der Gärtnerei abgekauft, und Evelyn hat Oliver seinen Anteil am Penthouse abgekauft. (Den Z4 hat er ihr geschenkt.) Allerdings braucht Evelyn die Wohnung ja zurzeit nicht, da sie in Chicago ein traumhaftes Apartment gemietet hat, ganz minimalistisch eingerichtet. Also hat sie das Penthouse untervermietet, zu einem wirklich fairen Preis, da konnte Stephan trotz aller Aversionen nicht widerstehen. Schließlich brauchte er eine neue Bleibe, und das Penthouse macht ja nun auch wirklich etwas her. Ab und zu fahre ich ihn besuchen, um auf der Dachterrasse nach dem Rechten zu sehen. Stephan hat nun einmal einfach keinen grünen Daumen. Und seine neue Freundin auch nicht. Er hat sie in der Firma kennen gelernt, eine nett aussehende Sekretärin, die keinerlei Ambitionen zeigt, die Karriereleiter emporzusteigen. Ich hoffe, das garantiert ihr ein gutes Auskommen mit Stephan, denn Stephan erträgt es nicht, wenn seine Frau mehr Geld verdient als er.

Oliver und ich kommen jedenfalls bestens miteinander aus. Wir wohnen in der Ruine, die mittlerweile diesen Namen wirklich nicht mehr verdient hat. Wir haben da weitergemacht, wo Evelyn aufgehört hatte: Mit Herr Kabulkes tatkräftiger Hilfe haben wir uns Zimmer für Zimmer vorgeknöpft, Etage für Etage. Jetzt ist die Ruine ein richtiges Schmuckstück geworden, überwiegend im schwedischen Landhausstil eingerichtet. Na ja, jedenfalls denke ich, dass es schwedisch sein könnte. Seit Evelyn nicht mehr da ist, entwickle ich allmählich meinen eigenen Stil. Elisabeth, mit der ich seit dem Riesenkürbisstadium nur noch walke (seit kurzem nur noch watschele), sagt aber, es sei trotzdem alles ausgesprochen hübsch geworden. Eigentlich sagen das alle. Oliver hat darauf bestanden, dass wir getrennte Badezimmer einrichten, wegen meines Ling-Ling-Problems, und zu Anfang hielt ich das auch für eine sehr rücksichtsvolle Idee. Aber mittlerweile bin ich gar nicht mehr so prüde und gehemmt, wie ich einmal war. Im Gegenteil, seit kurzem will ich nicht mal allein aufs Klo gehen, aus Angst, den Heißluftballon nicht mehr hochzuwuchten. So eine Schwangerschaft wirft alle Erziehungsgrundsätze über den Haufen. Ich will sogar, dass Oliver bei der Geburt dabei ist, ganz egal, was meine Pflegemutter auch darüber denkt. So etwas will ich auf keinen Fall allein durchstehen müssen.

Sie sehen also, alles ist bestens. Na gut, Stephan und ich, wir verstehen uns noch nicht gerade wirklich gut, aber das wäre wohl auch etwas viel verlangt, unter den Umständen. Es ist tatsächlich so, wie Evelyn es sehr passend formulierte: »Stephan erträgt die Niederlage wie ein Mann. Er macht seine Frau dafür verantwortlich.« Seine Ex-Frau, um genau zu sein. Seit knapp zwei Wochen sind wir ebenfalls offiziell geschieden. Leider ist er sehr nachtragend und verdreht die Ereignisse nun im Nachhinein gerne schon mal. Vor allem, dass ich jetzt mit Oliver zusammen bin und dass ich Olivers Baby erwarte, empfindet er als Angriff auf sein Ego. Neulich erst sagte er, er habe überhaupt nur deshalb etwas mit Petra angefangen, weil ich ihn mit seinem eigenen Bruder betrogen hätte. Nun ja, wir wissen ja Gott sei Dank alle, wie es in Wirklichkeit war.

Was aus Petra geworden ist, weiß ich nicht genau. Elisabeths Freundin Hanna schwört aber, sie habe sie in der neu eröffneten Gartenabteilung des Baumarktes gesehen, in dem Kittel, den die Angestellten dort tragen, grün mit einem orangefarbenen Nagetier darauf. Hanna sagt, der Kittel sei ausgesprochen günstig geschnitten gewesen, man hätte fast nichts von Petras O-Beinen erkennen können. Aber Petra hätte ein miesepetriges Gesicht gemacht. Wenn die Geschichte wahr ist, können die die Gartenabteilung gleich wieder schließen: Petra wird die weiblichen Kunden im Nu vergraulen, und die männlichen Kunden wird sie in diesem Kittel wohl auch nicht wirklich becircen können. Mir ist es egal. Diese Gartenabteilung ist, wie ich es vorausgesehen hatte, keine wirkliche Konkurrenz für uns.

Doktor Berner, Bankdirektor Scherer und der gute alte Hubert gehören übrigens immer noch zu meinen besten Kunden. Was sie mit dem Cannabis gemacht haben, weiß ich nicht, aber wahrscheinlich haben sie es nicht verbrannt. Einmal, als ich Hubert danach gefragt habe, hat er geheimnisvoll gelächelt und gesagt: »Ich verrate nur so viel: Man kann das Zeug auch trinken …«

Nun ja, alt genug für derartige Experimente sind sie ja. Nur wegen Fritz tut es mir Leid. Ich fürchte, dass sie ihm das Zeug heimlich unterjubeln und sich dann köstlich über ihn amüsieren.

Doktor Berners Tochter, die mit dem Metzger, ist übrigens in Olivers und meinem Geburtsvorbereitungskurs. Sie bekommt ebenfalls demnächst ihr erstes Kind von ihrem Metzgermeister.

Huch! Was ist das? Rohrbruch? Überschwemmung?

Ich fürchte, gerade eben ist meine Fruchtblase geplatzt. Sie werden sicher verstehen, dass ich an dieser Stelle aufhöre und laut um Hilfe schreie.

Wünschen Sie mir Glück.

Danksagung

Wie immer steckt viel Arbeit in diesem Buch, und diese Arbeit hätte ich nicht ohne tatkräftige Unterstützung leisten können. Ich danke meiner lieben Mama, Biggi, Silke, Michaela und Birgitt, die ihre Zeit geopfert haben, um mir welche zu verschaffen. Ich bin sehr froh, dass es euch gibt.

Besonders möchte ich auch meiner Lektorin, Frau Dr. Claudia Müller, danken, für ihre Geduld, ihren Humor, ihre Kritik und ihr Lob – alles das braucht man, um motiviert zu werden.

Es war ein heißer Sommer, und es war nicht immer einfach, sich auf die Arbeit zu konzentrieren. Ich möchte daher meinem Mann Frank für die kreativen Ideen danken, die mir das Schreiben in meiner glühend heißen Dachkammer erleichtert haben. So standen meine Füße beispielsweise stets knöcheltief in einer Salatschüssel mit Wasser, das mit Kühlakkus temperiert wurde. Und der Bettüberwurf, der vor dem Fenster an den Giebelbalken aufgespannt worden war, sah zwar merkwürdig aus, erfüllte aber durchaus seinen Zweck. U. a. verirrten sich nicht mehr so viele Wespen in meine Apfelschorle. Für den Bandscheibenvorfall konntest du ja nichts, du Armer, auch wenn das meinen Zeitplan ziemlich durcheinander gebracht hat.

Er wird mir im kommenden Winter wahrscheinlich

fehlen, der Bettüberwurf, genauso wie dieser lange, ausdauernde Sommer sowie die saftigen Flüche der Dachdecker, die beim Nachbarn mit ungeheurem Lärmaufwand das Dach reparierten. Es tut mir Leid, dass ich mir des Öfteren gewünscht habe, dass einer von ihnen vom Dach fallen möge.

Kerstin Gier, im August 2003

Eine herrliche Komödie!

Als typische Karrierefrau hat Samantha hauptsächlich ihren beruflichen Erfolg im Auge. Als sie zu einem immens wichtigen Geschäftsdinner mit russischen Investoren eingeladen wird, taucht ein Problem auf. Zu dem Treffen kann sie nur in männlicher Begleitung erscheinen. Es kommt wie es kommen muss: Samanthas Lebensgefährte hat keine Zeit und spielt lieber Golf. Und der hilfsweise eingespannte Bruder legt sich eine Stunde vor dem Dinner eine scheußliche Allergie zu. Zum Glück gibts Spezialagenturen, wo man einen professionellen Begleiter buchen kann! Doch anstelle eines distinguierten Herrn erscheint Eddie – ein raubeiniger, muskelbepackter Bursche in viel zu engem Smoking ...

ISBN 3-404-16250-1

Ein wunderbar leichter Chat-Roman, der zeigt:
Lügen machen lange Beine.

»Niemand pfeift zwei wandelnden Litfasssäulen hinterher«, sagt Hanna und denkt dabei an ihre Beine. Dass sie mit einer eher pummeligen Figur ausgestattet ist, hat die sechsundzwanzigjährige Frohnatur bisher wenig gestört. Schließlich war sie zu sehr damit beschäftigt, ihren Traumjob zu ergattern und ihren Freundinnen, die ständig in Schwierigkeiten stecken, zu helfen. Für Männer hat sie sich bisher nicht die Bohne interessiert. Das wird schlagartig anders, als sie beim Chatten im Internet »Boris« kennenlernt, den Mann, der all das zu haben scheint, was Hanna sich wünscht. Nur hat Hanna leider nicht das, was »Boris« vorschwebt – zum Beispiel die Figur von Julia Roberts ... Zum Glück kann man sich beim Chatten aber schnell mal eine solche Figur andichten. Dabei ahnt sie natürlich nicht, dass sie für »Boris« längst keine Unbekannte mehr ist ...

ISBN 3-404-16236-6